李杰玲　二〇〇六年在廣西大學取得文學學士學位，二〇〇九年於同校取得文學碩士學位，二〇一二年於上海師範大學取得文學博士學位，二〇一三年九月開始在蘇州大學文學院從事博士後研究工作，二〇一八年一月完成課題順利出站，獲得博士後證書。二〇一五年東京學藝大學訪問學者，二〇一七年南京大學域外漢籍研究所訪問學者。二〇一二年九月—二〇一九年七月任教於廣東第二師範學院，現爲國際日本文化研究中心（国際日本文化研究センター）研究員、泰山研究院特聘研究員、蘇州大學中國近代文史研究所兼職研究員。

除本書外，已公開出版學術專著三部，發表學術論文六十多篇，譯文近三十篇，包括日語學術論文翻譯、英語文學作品翻譯。另有原創文學作品散見於報刊。日語口頭發表多次。今主要從事中日文化、文學交流研究，日本漢詩文文獻研究和江户時代百物語研究，海外泰山文化傳播與接受研究。同時由於養育自己兩個孩子的原因，關注并研究日本幼兒教育、日本繪本閱讀和古典文學作品的繪本化。

本書爲教育部人文社會科學青年基金項目《日本圖書館漢詩文鈔本文獻整理與研究》（批准號：一七YJC八七〇〇〇八）的成果，該課題於二〇二〇年二月已結項，結項證書編號爲「二〇二〇JXZ〇一二二」。同時也是作者在國際日本文化研究中心（國際日本文化研究センター）擔任研究員期間的研究成果。

本書所影印詩文，均出自日本國立國會圖書館，感謝圖書館的出版許可與授權。同時感謝日本國際交流基金會二〇一五年對本研究提供的各種幫助。

此書給我可愛的孩子年涵鈺和年涵宇，感恩人生中有她們的愛和陪伴！

没有父親李海泉和母親邵翠霞的培養和支持，就没有今天的我，所以無論何時，最深的敬意要獻給父母！

日藏漢詩文叢刊　第二輯

富士山漢詩研究

李杰玲　著

黄山書社

圖書在版編目（CIP）數據

富士山漢詩研究/李杰玲 著.—合肥:黃山書社,
2020.5
ISBN 978-7-5461-8941-3

Ⅰ.①富… Ⅱ.①李… Ⅲ.①漢詩—詩歌研究—日本
Ⅳ.①I313.072

中國版本圖書館 CIP 數據核字 (2020) 第 078505 號

富士山漢詩研究 李杰玲 著

出品人 賈兴权
選題策劃 湯吟菲
責任編輯 劉 春
責任印製 李 磊
裝幀設計 韓玉英
出版發行 時代出版傳媒股份有限公司（http://www.press-mart.com）
黃山書社（http://www.hspress.cn）
地址郵編 合肥市政務文化新區翡翠路 1118 號出版傳媒廣場 7 層 230071
印 刷 安徽聯衆印刷有限公司
版 次 2020 年 6 月第 1 版
印 次 2020 年 6 月第 1 次印刷
開 本 787mm×1092mm 1/16
字 數 320 千
印 張 22.75
書 號 ISBN 978-7-5461-8941-3
定 價 200.00 圓

服務熱綫 0551-63533706
銷售熱綫 0551-63533761
官方直营書店（https://hsss.tmall.com）

富士見（序）

對山的特别關注，源於我寫成於二〇一二年的博士學位論文，論題是山嶽文化與詩歌創作，首先從中國的泰山開始，次及日本的富士山。我對泰山的探索常常聯繫到富士山，在思考泰山文化與詩歌創作的關係的同時，我自然而然地經常碰到富士山文化與富士山漢詩，我覺得中日兩座名山之間有許多文化同源的地方，這也許是因爲日本文化與中國文化原本就有着千絲萬縷的關係。將中日這兩座名山互相對照着看，我發現許多有趣的現象，富士山的漢詩創作，深受杜甫《望嶽》的影響，其與中國古代文學的深層聯繫，亦可想而知。

回憶起來，我對富士山最初的印象，來自我初學日語的那段時間。『山』這個漢字在日語中通常讀作『やま』，而在『富士山』這個專有名詞中，『山』被讀作『さん』。『さん』在日語中是對人的敬稱，相當於『先生』或『小姐』。日語是一種音大於形的文字，一個日語漢字往往有好幾種讀音，讀音在較大程度上決定了這一漢字的意義。當時，我感覺到富士山在日本人的心目中，有着非同一般的地位。

此後的學習，也印證了我的感覺。

不管是在文學、繪畫，還是在教育和旅游等方面，富士山都是一座獨特而又非常重要的山——對於日本人來説，富士山是日本的象徵之一，是他們的驕傲和精神寄托。隨着了解的深入和資料的積纍，我先後寫了一些關於富士山的論文，其中有一篇是談論中國和日本的教材中的富士山的插圖美育效果的，發表於《美育學刊》（二〇一六年第六期）。富士山那簡單的綫條勾勒，三峰并峙、白雪覆頂的經典形狀，在中日兩國广泛傳播并深受歡迎。即使在我們的日常生活中，也能隨處看到類似的形狀和圖像。

二〇一三年六月初，參加信州大學（長野縣松本市校區）的東亞名山文化論壇時，我第一次與富士山面對面。

烈日之下，富士山以一個大大的冰淇淋的姿態立在眼前！

看到富士山的那一刻，車厢裏沸騰起來，不管是中國人、韓國人，還是日本人，都熱切地朝窗外看去，并且拿起相機不停地拍照。白雲環繞，恍如輕紗飄蕩，那經典的一朵白雪，仿佛天空倒放下來的蓮花，清爽脱俗。回想起來，二〇一一年夏天在大阪，我口頭發表過一次關於富士山和泰山文化比較的小論文。那時我對富士山還没有真實的感覺，對富士山的印象，仍止於書面的描述。如今她安静地端坐在面前，一時讓人難以置信，又有點不知所措。一直待在書頁裏的富士山，真的走出來了嗎？

由於富士山登山衹限於每年七、八月份，所以當時我和其他參加東亞名山文化論壇的學者都没有登山，衹是遠觀——然而就算是短暫的遠觀，也已滿足了心裏久久的期待：富士山真的從書頁裏站出來了，就在我們面前，在夏天透亮的陽光下，以一個冰淇淋的形象，大大方方地出現在大家面前，讓人不禁産生想要爬到山頂嘗一嘗那雪、摸一摸那雲的衝動。

這是我的『富士見』。富士見，顧名思義，是指觀望富士山，同時也指一些視野好的地方，比如富士見臺、富士見橋等。

在日本，幾乎處處都能看到『富士』，時時都能碰到與『富士』有關的標志、廣告或者圖像、地名、站名等。以『富士見』作爲地名的，就有好幾個，比如富士見市，位於埼玉縣南部武藏野高地東部，沿着東武東上綫一帶是去東京上班族的住宅區；比如富士見町，位於長野縣東部、八嶽西南山麓，地處高寒地帶，是著名的別墅區。還有富士見村，在群馬縣中部的赤城山西南山麓。

我住在東京板橋區的時候，也看到了『富士見町』——這裏的富士見町，與上述的埼玉縣的富士見町不同，這裏説的是東京板橋區的一個站名，我坐公車去保育園接送女兒時，常常路過。習慣了聽『富士見』，也熟悉了『富士見』。

漢詩中的『富士見』，更是驚艷，衹可遠望、難以近觀的脱俗之美，被表達得淋漓盡致。江户時代，日本的漢詩人熱衷於歌咏富士、描寫富士，反反復復，似乎永遠無法完全寫出富士山的美和詩人對她的愛。

一座山享有如此寵愛，在文學、繪畫、教育、文化、歷史等方面都顯得獨一無二，既是天地靈氣之結晶，也是山與人精神遇合的結果。每個國家都有這樣的一座山吧，作爲一個國家的象徵，作爲民族心靈的縮影，被放到教科書裏，被放到音樂中，被放到五彩繽紛的顔料裏……被世世代代刻畫和塗抹。這樣的山，在中國，有泰山。因此二者在漢詩創作上的比較研究，使我備感激動，也覺得意義深遠。人類的詩歌創作活動該如何闡釋？兩座山的影響，爲何如此之廣泛而久遠？從古到今，從國内到國外，兩座名山雖從未『謀面』，却似乎天生就有血緣關係，千絲萬縷，難以分清。而恰巧，富士山和泰山早就結爲兄弟友好山，傳遞着兩國人民和平友愛的美好心願。

人們需要山一樣的脊梁，需要山一樣的高度，需要山一樣的堅定。不管來自哪個國家，這一點精神需求，都是一樣的吧！

我們有自己的山，自己的風景和精神，也需要了解别國的山、别國的精神和文化。日本學術界對中國泰山的研究由來已久，而且碩果纍纍，不管是歷史上的、書法上的、文學上的，還是宗教民俗上的研究，都能列出許多成果，從明治維新開始，就不斷地有日本游客登臨泰山，有學者，也有僅僅爲了觀光的游客。而中國學術界對於富士山的研究，相對來説比較缺乏，大多數中國人對於富士山的了解，祇是知道那是一座旅游名山，海拔三千七百多米，山頂終年積雪。除此之外，對富士山，談不上更深入的了解。尤其是在漢詩創作方面，日本人是如何通過這些源自中國的漢字、格律來表達富士山的，這是一個值得我們思考和認識的問題，唯有走進日本漢詩人的富士山世界，纔能有獨特而深入的體會。當然，不同的讀者，會有不同的閲讀感受和創作體驗、期待。讀者在這些漢詩中可以品嘗既熟悉又具有異國風情的詩意。這種既熟悉又陌生的『别樣的滋味』，來自我們熟悉的漢字和我們不熟悉的異國風景和情懷。

值得一提的是，近十年來，除了在旅游方面對富士山的介紹之外，學術界也在開始悄悄對富士山産生研究的興趣，并漸見成果——我所説的『悄悄』，是相對於之前幾近空白的富士山研究而言，終於有了些改變，但相關的成果仍然不多。從近十年來發表在期刊上的十來篇相關論文來看，國内學術界對富士山漢詩、文化、繪畫形象、民俗等方面有了一些研究成果。比如唐千友的論文《日本漢詩中的富士山形象研究》（《安徽大學學報》二〇一二年第六期，七十二—七十九頁）指出：『日本漢詩中的富士山形象可以概括爲四個方面：地質形態上的山嶽富士；宗教神話中的神化富士；軍國主義操弄下的異化富士；回歸理性之後的人化富士。』此外，作者還認識到在富士山漢詩創作中，中國傳統文化、文學對其不可忽視的影響：『中國文化的影響與日本民族文化心理的發展共同建構了漢詩中的富士山形象。』文中論述大多采用江户時代的富士山漢詩作爲例證，比如釋澤庵的《望士峰》、室鳩巢的《富嶽》、石川丈山的《富士山》、龜田鵬齋的《望富嶽》，等等，從中不僅可以看出江户時代富士山漢詩創作的量多，也可以看出其重要性。不過，文中對富士山漢詩的論述還没有充分展開，尚有許多細節和空間可以探討。唐千友還在不同的文章中分析了富士山漢詩的不同特點，如富士山漢詩的神化叙事特色（《富士山漢詩中的神化叙事》，見《世界文學評論》高教版，二〇一八年一月三十一日刊），等等。也有的學者從繪畫形象等多角度探討富士山，如鄭林的文章《山與影：解讀李青萍的富士山作品》（《藝術教育》二〇一一年四月一日刊），又如樊麗麗的《論日本近世的富士山形象及形成要因》（《長春師範大學學報》二〇一七年八月二十日刊）。

可喜的是，二〇一七年和二〇一九年，分別出現了兩篇關於富士山的碩士論文，一是錢璐瑶的《從古代到近代的富士山形象考察》（河北師範大學二〇一七年碩士學位論文），探討富士山在宗教信仰中的形象、文學藝術中的形象等，分析富士山形象的形成要素，并從《富士圖》和《萬葉集》等資料出發，對富士山形象及其變化進行具體的論述。二是温巧慧的《中日漢詩中富士山的芙蓉意象的成立》（江西師範大學二〇一九年碩士學位論文），該文是從漢詩的角度，分析富士山的芙蓉意象形成的原因，指出這一意象的形成過程和中國詩歌對這一意象形成的影響。另外，從專著的角度來看，國内近十年來出版的關於富士山的著作，幾乎都是關於旅游介紹的，而在學術研究方面，除了譯著《富士山與日本人》（青弓社編輯部編，周以量譯，北京：社會科學文獻出版社，二〇一〇年）之外，幾無所見，國内學術界對富士山研究的諸多空白，如果與日本學術界對中國泰山豐富多樣且成果纍纍的研究比较而言（日本學術界對泰山的研究綜述，可以參考我發表在《泰山學院學報》二〇一三年第二期的文章《二十世紀日本社科界泰山研究動態》及二〇二〇年第四期的文章《日本學界泰山研究述評［二〇一二—二〇二〇］》），不能不説是一種遺憾。

本書共分爲兩部分，第一部分是研究與論述，第二部分是影印江户時代日本人創作的兩種富士山漢詩文獻。這些文獻尚未被國内學者注意和使用，從這些文獻很容易看出，日本人所寫的漢詩與中國傳統文化有着多麼密切而深層的聯繫。這座在日本人看來『近看遠看，横看側看，亦渾厚雄英，面面蓮華，不要奇而自奇，不求工而自工』（《不二紀行詩》卷首朝川善庵序）的富士山，在江户時代，由於東京的政治和經濟地位逐漸提升，靠近東京的富士山的地位也隨之提升，并逐漸被描述爲國家的象徵。江户時代的富士山漢詩，也在不斷肯定和强調富士山崇高而獨一無二的位置，在精神層面和政治層面，富士山的地位都有了讓人驚訝的變化。可以説，了解富士山，就可以了解日本近現代歷史的許多方面。

通過一座山，認識中國文化和漢詩作品在海外的傳播與發展；通過一座山，認識日本近現代的文化和歷史；通過一座山，了解日本近現代民族心理的變化。

希望本書也以山的姿態展開，呈現在讀者諸君面前，讓人尋思，讓人感受美，讓人體會歷史和文化，激發攀登求知的熱情和信心。

是以爲序。

李杰玲

二〇一八年秋，廣州花都『擇雲居』

二〇二〇年初夏修改於京都日文研

目録

上篇　研究與論述

第一章　富士山漢詩文獻及其研究

二〇〇七年四月十二日，時任國家總理的温家寶在訪問日本的時候發表了題爲《爲了友誼與合作》的演講，説，日本有一句諺語：『儘管風在呼嘯，山却不會移動。』『中日兩國關係的發展，儘管經歷過風雨和曲折，但中日兩國人民友好的根基，如同泰山和富士山一樣不可動摇。』[一]演講中提到的富士山，又稱『不二山』，因爲『富士』和『不二』的日語發音相同，都是『ふじ』。此外，富士山又叫『蓮嶽』『富嶽』等名。富士山位於日本東京西南方約八十公里處，海拔高度三千七百七十六米，是日本第一高峰，自古以來被視爲日本民族文化的象徵之一。日本人對富士山的重視和喜愛，在物質生活和精神生活中都可以看出來，富士山的英姿在日本幾乎無處不在。例如，目前還在使用的一千日元紙幣印着富士山。如圖1-1所示。

圖1-1　日本目前還在使用的一千日元紙幣上的富士山影像

上圖所示一千日元紙幣上的富士山，是從本栖湖畔看到的富士山及其水中倒影。這一圖像取材於

[一] 中共中央文獻研究室編：《十六大以來重要文獻選編》（下），北京：中央文獻出版社，二〇一一年，第一〇一九頁。

已故的富士山攝影師岡田紅陽（一八九五—一九七二）的作品《湖畔之春》。從本栖湖畔捕捉到富士山如此美麗的倒影是很難得的，因而這幅攝影作品十分珍貴。在這之前使用的五千日元舊紙幣上也有富士山及其水中倒影的畫像。二〇一九年四月九日，日本財務省發布新聞招待會，稱爲了適應時代變化的需要，也爲了更好地防止僞造，日本將全面更新一萬日元、五千日元和一千日元紙幣的設計圖案，同時用新的材料製造五百日元硬幣，日本的 ATM（自動取款機）也將相應地進行全面的改修。新的紙幣將於二〇二四年啓用。新的日元紙幣中也有富士山的形象，如圖 1-2 所示新版的一千日元紙幣圖像。

圖 1-2　二〇一九年四月日本財務省發布的新版一千日元紙幣圖案〔一〕

新的一千日元紙幣采用了江户時代著名的浮世繪畫師葛飾北齋的木版畫《富嶽三十六景》之《神奈川衝浪裏》，這是一幅從今東京灣海浪的角度描摹富士山的名作，被視爲葛飾北齋的代表作之一。富士山也吸引了中國的一些畫家和詩人，他們爲富士山創作了許多傳世的作品，詩歌方面，下文會談到，繪畫方面，比如我國二十世紀表現主義畫家李青萍（一九一一—二〇〇四）所作的一系列富士山主題的畫作。對這些畫作的

〔一〕據日本 NHK 二〇一九年四月十日十六時十二分官網新聞，同時見於同日 NHK 廣播新聞。https://www3.nhk.or.jp/news/html/二〇一九 0410/k10018 七九四 31000.html?utm_int=detail_contents_news-related_001.

研討，可以參考《李青萍的富士山系列作品闡釋》〔一〕和《山與影：解讀李青萍的富士山作品》〔二〕。

另一方面，日本人取『富士』爲名字，同樣體現了富士山在日本人心目中具有重要的地位。

隨着土地制度的改革、科學技術和市場經濟的發展，還有城市化的進程，人們與土地的關係較之從前已是十分生疏和遥遠，但人名和地名的關係不會斷絶，因爲衹要人類存在，就要生存在土地上，人類存在，姓名就不會消失；土地也是不會消失的，地名和土地同在，所以，人名和地名的關係就不會根本斷裂。這就是爲什麽在二十一世紀依然能看到一些以地名爲人名的例子，比如，在日本薩摩川内市，有一位母親給自己的孩子取名爲『薩摩』，并以此登記了户籍。

那麽，日本人以『富士山』『不二』『富士』或『富』爲名的，又有多少呢？許多人可能會想到二十世紀的小説家富士正晴（一九一三—一九八七），本名富士正明，同人雜志《VIKING》的創始人，他以獨特的文體描寫老百姓的生命力，有《富士正晴詩集》（五月書房，一九七五年版）等。後岩波書店於一九八八年十一月出版了《富士正晴作品集》。今以文學家、學者爲例，略舉以『富士』爲姓名的日本人如下：富士穀御杖（一七六八—一八二三）；富士川游（一八六五—一九四〇），有《富士川游書簡》等存世；富士谷成章（一七三八—一七七九）；富士屋吉達（生卒年不詳）；富士谷成孚（生卒年不詳），曾爲《源氏物語》作注。而以『富士』爲名的企業、團體、機構的名稱更爲常見，如『富士機電』『富士光文化聯盟』『富士教育出版社』『富士汽車商會』等。也有以『不二』爲姓名的，如高田不二（一八六九—一九五四），有花鳥圖存世；田中不二磨（一八四六—一九〇九），有《臺灣土番考》寫本存世，其寫給伊藤博文的書簡也

〔一〕仰琦：《李青萍的富士山系列作品闡釋》，《東方收藏》二〇一五年十二月第十二期，第八十九—九十二頁。
〔二〕鄭琳：《山與影：解讀李青萍的富士山作品》，《藝術教育》二〇一一年四月第四期。

留存了下來；和田不二男（？—一九三八），有書簡筆記存世。當代的有藤田不二、中西不二夫、池田不二男等。也有以『不二』爲名的企業、機構的，如『不二出版』『不二石油株式會社』『不二制油』等。但看起來并没有以『泰山』『東嶽』『岱』爲名的那麽多。有不少日本人的名字以『泰山』『東嶽』『岱』來命名，日本人的姓名與漢字、與『泰山』的關係，可以參考拙文《日本人名的中國文化印痕》（《日本研究》二〇一三年第一期），此不贅述。

泰山，是中國五嶽之一，被稱爲岱宗，居五嶽之首，自古被宗奉爲長。泰山的地位和影響就極爲引人矚目，有不少關於泰山的詩歌、散文和傳説、繪畫作品流傳於世。唐代詩聖杜甫的《望嶽》是寫泰山的傳頌千古的名作，其影響不僅僅在國内，對日本詩人的富士山漢詩的創作也有極其深遠的影響。泰山是一座承載着厚重的文化意藴的山，神聖而略顯神秘，《初學記》卷五曰：『泰山，五嶽之東嶽也。《博物志》云：泰山一曰天孫，言爲天帝孫也。主招魂。東方萬物始成，故知人生命之長短。《五經通義》云：一曰岱宗，言王者受命易姓。報功告成，必于岱宗也。東方萬物始交代之處。宗，長也。言爲群嶽之長。』[一]泰山位處東方，東方，萬物生長，太陽升起，古人便認爲泰山可執掌人類的生與死，泰山也因此被認爲是凡人升仙成道之處。

歷代帝王的巡狩封禪也大大增加了泰山的『重量』。史載，從三代開始，就已有帝王巡狩泰山。明人汪子卿《泰山志》卷一『狩典』載曰：『唐虞天子五載一巡狩，歲二月，東巡狩，至於岱宗。夏后氏因之……』又《望典》曰：『夫祀，莫大乎天地，而五嶽次之。矧乎天子四望，懷柔百神，而岱則首焉。……《舜典》：歲二月，東巡狩，至於岱宗。柴，望秩於山川。』又《封禪》曰：『秦始皇即帝位三年，封泰山，禪梁父。』

〔一〕（唐）徐堅等著：《初學記》，北京：中華書局，一九六二年，第九十四頁。

可見帝王對泰山的尊崇。

泰山何以擁有如此神聖的地位？有學者指出：

歷史上特定的人、山關係。一是帝王朝祭泰山，二是文人入山修道，三是民衆朝山請願。……上述特定的人山關係，就使泰山成爲王權與神權密切結合，皇族推崇與民間信仰統一，舉國朝拜、雅俗共賞的『官山』和『神山』。

古老的泰山崇拜，導源於……對……太陽的崇拜。……引發出對太陽升起方位東方的崇拜。由於『名山大川』爲『兩間（天地）物形之最巨者』（《明孝宗御制重修東嶽廟碑記》），『山嶽則配天』（《左傳·莊公二十二年》）……而泰山，由於地處古代中原的東方，方位爲尊，因而地位就在其它四嶽之上〔一〕。

可見泰山在中國的地位和影響，正如黄炎培所説的：『泰山泰山，固已深中於一般婦孺之心理。凡欲狀其人或物之尊崇有勢力可倚托者，莫不資泰山爲罕譬。』〔二〕

二〇〇七年十一月，泰山和富士山在東京結爲『友好山』〔三〕，中日之間開始了直接而頻繁的名山文化交流。二〇〇八年九月六日，第二十二届泰山登山節開幕，同時舉辦的泰山·富士山中日友好節成爲該届登山節最大的亮點。泰山和富士山都是世界文化遺産，泰山也和富士山一樣，被印製在通用的紙幣上，請見圖1-3五

〔一〕劉凌著：《反思傳統 重識泰山》，北京：綫裝書局，二〇一〇年，第二三五頁。另，黄炎培在《泰山》序言中也是同樣的觀點，持此説者甚多。

〔二〕黄炎培、莊俞著：《泰山》，上海：商務印書館，民國四年（一九一五）版：序言。

〔三〕山東省地方史志編纂委員會編：《山東省志·大事記（一九九九—二〇〇八）》，濟南：山東人民出版社，二〇一五年，第五四六頁。

元人民幣上的泰山『五嶽獨尊』圖。

據説這是采用了空間『蒙太奇』的手法，把『五嶽獨尊』的石刻和泰山的主峰放在一起，體現了泰山在歷史人文中的崇高地位〔一〕。紙幣中的泰山爲紫色，泰山位於東方，有紫氣東來的含義，泰山的『泰』也寓意着平安吉祥，因此人民幣上印着泰山，寄寓着國泰民安的希望。前文説過，人名取『泰山』爲名，也有平安吉祥的寓意。人名與地名的關係非常密切，許多研究者都指出了這一點。尤其是稀少的貴族姓名，多是以地名取名字。『古代豪族的姓由地名或職名而來，其中百分之七十多，都來自於他們居住地的地名。比如治理出雲國的出雲氏、統領尾張國的地方豪族尾張氏。』〔二〕『富士』和『泰山』（岱、東嶽）屬於地名，以它爲名，并不少見。

圖 1-3　現在我國通用的五元人民幣紙幣上的泰山『五嶽獨尊』圖

此外，由於地方（即所居住的地區）與姓名的密切聯繫，可以從名字推測出鄉里，也可以看出一個家族的遷居歷史。正如柳田國男指出的：以家庭爲單位，將其姓氏歷史追溯寫出，就可以形成一個時代、一個階

〔一〕孟祥生編著：《新中國紙幣鑒賞與研究》，上海：上海遠東出版社，二〇一五年，第二二八頁。

〔二〕〔日〕武光誠著：《名字與日本人：從先祖而來的資訊》，東京：文藝春秋，二〇一二年，第三十六—三十七頁。

層的變遷史，因此對姓氏的研究是重要而且必要的〔一〕。

值得一提的是，除了日本，韓國人的姓名中，也有以故鄉或者祖宗出生地的地名爲姓名的，韓國人的取名公式是：籍貫+姓+名，如『朴正熙』，『朴』指籍貫在高靈，而韓國人名字中有一個字是表示輩分、行列的，所謂『行列』，是指在親族内部的系譜中，表示縱的輩分順序，各代分別都用一個漢字來表示，有的家族按『金木水火土』的五行排序，有的則按『仁義禮智信』或『甲乙丙丁』，等等。這一點源於中國。中國的命名方式中較普遍的一種，就是以輩分排序來稱名，如《唐詩選》中有『王十一』等，另如『伯』『仲』『叔』等。而日本也常常以長幼排序來命名，最典型的例子莫過於『太郎』『次郎』『三郎』了。柳田國男還指出，日本的『太郎』『次郎』，是我國唐朝文化傳入日本時出現的，是中國式稱名習慣的體現〔二〕。

由日本人姓名的命名方式，可以真切地感受到日本人對富士山的親切感，以及日本文化與中國文化的密切聯繫。關於日本人名取名和泰山、富士山等名稱有關的論述，可以參看拙文《日本人名的中國文化印痕》（發表於季刊《日本研究》二〇一三年第一期）。

在文學創作上，日本人圍繞富士山，留下許多流傳千古的作品，其中重要的一部分，就是漢詩。富士山漢詩的誕生，體現了漢詩在日本的興起和發展，日本詩人圍繞富士山，從風景、民俗、傳説等多個角度去刻畫。富士山漢詩的創作，在江户時代達到高峰，此時出現了不少富士山漢詩專集。詩人與富士山的關係，也引起了外國人的注意，外國人所畫的富士山與日本詩人圖，可以爲證，如圖1-4所示。

〔一〕〔日〕柳田國男：《談名字》，選自《定本 柳田國男集第二十卷》昭和三十七年八月，東京：築摩書房，第三一六頁。

〔二〕〔日〕柳田國男：《談名字》，選自《定本 柳田國男集第二十卷》昭和三十七年八月，東京：築摩書房，第二九四頁。

下文將以江户時代的富士山漢詩爲主，對富士山漢詩創作及其研究進行梳理和綜述。

第一節　江户時代的富士山漢詩創作

江户時代初期，出現了一本富士山漢詩集，即加藤利正（空山）的《富士百首詩》（『富士百詠』）。這部詩集在國會圖書館和信州大學圖書館等地有收藏。該書成於天和二年（一六八二），和刻本，國會圖書館藏本，長二十七．二厘米，寬十八．三厘米，題簽長十七．八厘米，寬三．四厘米，綫裝，封面畫有暗紅色圖，内封有一幅左邊爲日、右邊爲月，聳立於大海之中的富士山圖。四周單邊，無欄，半

圖 1-4　詩人與富士山（一八八六年）〔一〕

〔一〕國際日本文化研究中心創立二十周年紀念視野實行委員會編：《異邦人的眼光：富士山》（第一輯），京都：同朋社，二〇〇七年，第四十七頁。

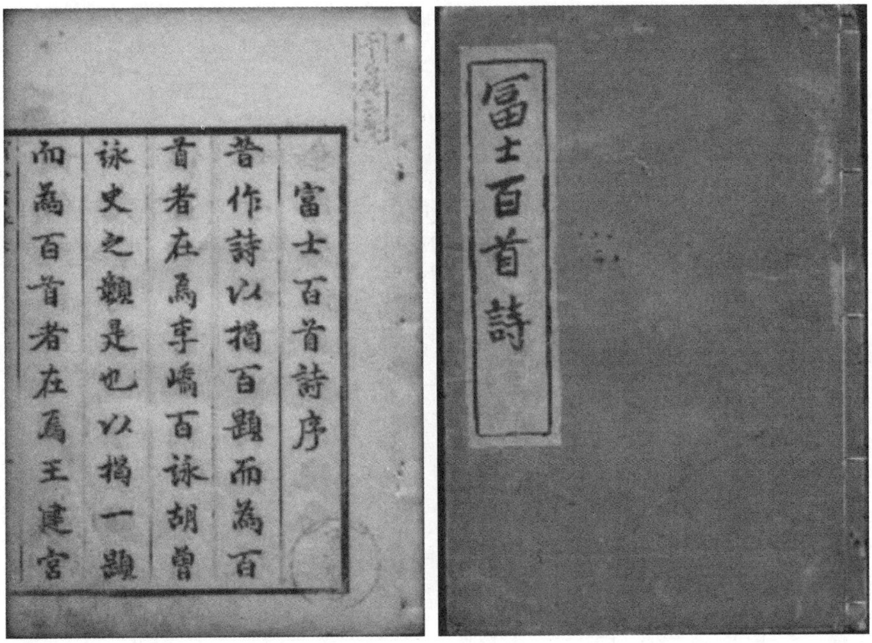

圖 1-5 信州大學圖書館所藏《富士百首詩》，江户初期刻本

頁八行，行十六字，正文的漢詩有訓讀。版心上方題『富士百詠』，下有頁碼，無魚尾。

國會圖書館藏本與信州大學藏本同出一系，但版本形式略有不同。信州大學藏本爲小林義正藏。開篇爲竹洞野節作於『延寶丙辰（一六七六）春三月』的序，并有印章。如圖 1-5 所示。國會圖書館藏本的序首頁右下角有『高麗藏』長方形雙邊朱印一枚，并有『明治三十三年九月二十六日購求』之印。另有林整宇直民甫所作序，弘文學士院主林叟的序作於『延寶癸丑（一六七三）仲冬』、晋軒林章卿的序作於『延寶二年（一六七四）季春』，另有作者加藤利正寫於『東武草堂』的序。後有加藤利正和整宇先生序言中寫的詩，其子加藤正延、加藤氏節的和詩，叔僕小心軒藤運的和詩，加藤利正和弘文學士林先生在序中所作的詩。後還有小心軒藤運所作的《題富士百詠後》、加藤正延所作的《題富士百詠後》、加藤有甫的跋、東武野逸蘭齋阪亨作於延寶丙辰（一六七六）冬的《書富士百詠後》、旅僧松隱作於天和壬戌（一六八二）之秋的和詩兩首。

從各序和作者自序中稱『老書生』可以看出，加藤利正并無功名，終生布衣，交游不廣。小心軒藤運所作的《題富士百詠後》簡單地介紹了加藤利正：『子明藤先生，武江隱士也。素厭利名，塵巷抱烟霞痼疾。偶有富山百首之吟，立窺千丈絶頂，坐發六義藴奥矣。其志樂山而不遷者乎？』〔一〕爲其作序諸人，皆當時有名望或有地位者，與加藤利正平時似無來往，所以措辭之中，時時流露高踞語氣，并多客套之言，且表明是因爲贊嘆加藤利正老而勤勉、不輟詩文的志氣所動而爲之作序。由於關於加藤利正的資料甚少，所以此處不避冗長，引用諸序。如竹洞野節之序曰：『頃日老書生藤倫字子明者，作富士山詩。既滿百矣，爲册子而袖來曰請作之叙。余開卷看之，弘文院學士林子及直民氏章卿各示詩以嘆其多而不倦……余於是有感於老而黽勉……余嘆賞其志以爲之序云。』〔二〕

由此可知作序者與作者似素昧平生，序中稱其詩者少，言其志者多。這篇序言，是客套却又略顯高傲的。直民氏所作序則更爲直接地表露了這一態度：『加藤利正詠富山作七絶一百首，請余雌黄。余未遑辨其可否，然一電覽之際，改正數字以遺之，乃感其老而無怠之志，賦一絶示之。』〔三〕

至此可知，加藤利正完成這本百首富士詩請他們作序時，已經年邁，所以被請之人雖然與他并無交情，地位相差也較懸殊，但都念在加藤利正年老志不老的份上，給了他一篇序。直民氏的序寫得很不客氣。『未遑辨其可否，然一電覽之際，改正數字以遺之』〔四〕，意思是説，還没空辨别這本送來的書是不是值得我寫序、評

〔一〕〔日〕加藤利正：《富士百首詩》，江户時代刻本：十四。
〔二〕〔日〕加藤利正：《富士百首詩》，江户時代刻本：序。
〔三〕〔日〕加藤利正：《富士百首詩》，江户時代刻本：序。
〔四〕〔日〕加藤利正：《富士百首詩》，江户時代刻本：序。

價，速速看了幾眼，匆匆改正幾個字，算是打發了他（即加藤利正）。『遣之』二字，用得很不禮貌。二者的關係，顯然十分生疏，且有地位上的差距，所以作序者纔會如此不禮貌、不客氣。

又林叟序曰：『古來詠富士山者車不能載、斗亦難量，然未聞一人賦百首者，頃間加藤利正有愛山之癖，吟題不措，每成十首，請直民改正之，既積滿百，括爲一帖，呈余一覽，且望題其後。余不遑偏見，然知其多，事無暇，奇老學之不倦，作一絶以塞其求。』〔一〕此序與上一篇序語氣相差無幾，『以塞其求』，不難看出其匆忙敷衍的態度。

加藤利正的富士山漢詩以吟詠風景爲主，突出富士山的高、寒、美。但是漢詩畢竟源於中國古典詩，以中國古典詩的要求爲要求，且會作漢詩者，其漢學功底必然較好，諳熟中國典籍。所以日本漢詩中難免會出現很多中國典故，哪怕詩裏寫的是日本的風土人情。在加藤利正的富士山漢詩中，我們首先看到，詩中聯繫到中國的孔子、泰山來寫富士山，如其六：『君子國中神德風，四時吹雪失青空。若令孔聖浮滄海，直指富山入日東。』〔二〕詩中首先描寫富士山的神態，矗立在這君子之國中的富士山，仿佛也有君子的風範，顯出凜凜的神德之風。富士山山頂積雪，峰頭四季白雪茫茫，使天空都爲之失色。如果聖哲孔子渡過滄海來到此處，那麽他也會指着位於日出東方的富士山贊嘆不已的。

此外，加藤利正用中國的五嶽與富士山作對比，寫出富士山的高峻，如其二十一：『雲烟捲雪景無窮，山上深淵山下風。五嶽低頭千里外，九天浮影一壺中。』〔三〕這首詩是説，富士山雲霧繚繞，白雪紛紛，景色無窮，令

〔一〕〔日〕加藤利正：《富士百首詩》，江户時代刻本：序。
〔二〕〔日〕加藤利正：《富士百首詩》，江户時代刻本：二。
〔三〕〔日〕加藤利正：《富士百首詩》，江户時代刻本：四。

人應接不暇，富士山下有五湖環繞，低頭看去，仿佛深淵，而抬頭看山，山上狂風凛冽。站在高高的富士山山頂，遥想遠在千里之外的五嶽，在高聳的富士山面前，仿佛都低着頭，然天空之大，也被這富士五湖的湖水倒映，盡收湖中。言語中爲富士山的高峻而不無驕傲之意。

加藤利正還以銀河、織女星的傳説來寫富士山，見其四十六：『海東絶頂激烟波，何慣張騫用寄槎。直是客星登可涉，士峰雪浪入銀河。』〔一〕這首詩引用了中國的一個典故，即張騫泛槎遠行，無意間到了銀河，看見織女。加藤利正在這裏用銀河的典故，極言富士山之高，加藤的這首漢詩是説張騫若知道有這麽一座高山，那麽他也不用發木造船，衹需登上富士山山頂，自然就可以順着山頂的雪找到銀河。

與其他寫富士山漢詩的日本詩人一樣，加藤利正看到富士，也不由自主地聯想到秦始皇求靈藥、徐福東游扶桑的故事：『秦帝求仙如刻舟，蓬萊雪夜遠望幽。若令徐福知清興，富士山陰王子猷。』〔二〕（見第九十二首）還有以伯夷相比的：『若將岩雪比孤竹，千歲伯夷論聖清。』〔三〕（見第九十四首）由此可見中國傳統文化對日本漢詩創作的深刻影響。

在加藤利正《富士漢詩百首》之後的快菴先生所著的《富士紀行詩》，成於江户時代後期，天保二年（一八三一）〔四〕，和裝。灰蓝色封面，四眼綫裝，刻本長18厘米，寬12.1厘米，題簽上書『不二紀行詩』，前文説過，『不二』与『富士』的日語發音相同（ふじ），富士山有時又被稱爲『不二山』（含獨一無二、舉

〔一〕〔日〕加藤利正：《富士百首詩》，江户時代刻本：九。
〔二〕〔日〕加藤利正：《富士百首詩》，江户時代刻本：十八。
〔三〕〔日〕加藤利正：《富士百首詩》，江户時代刻本：十八。
〔四〕信州大學圖書館也有藏本，但認爲該書成於天保三年（一八三二）之後。

世无雙之意）。內封上題：『天保辛卯秋新鐫，快菴先生著《不二紀行詩》，詩史園藏。』并有方形藏書朱印。刻本半頁八行，行十八字，四周單邊，烏絲欄，單魚尾，版心題各卷名稱，下有頁碼，版心下有『詩史園』三字。有詩佛序、五山序、朝川序，有柳灣館題詞、竹谷崧菴題詞、三汝圭所畫富士山圖，另外還有廣瀨冲、二宮督、源亮、廣瀨章、水野行、竹村易、宇佐美明、土橋魯、天野亮、三井惟明、青島純、菅井俊之、松井濤、岡鹿門的題詞（均爲漢詩）。有江户曾繩卿所撰後序、述堂所作跋。如圖 1-6 所示。

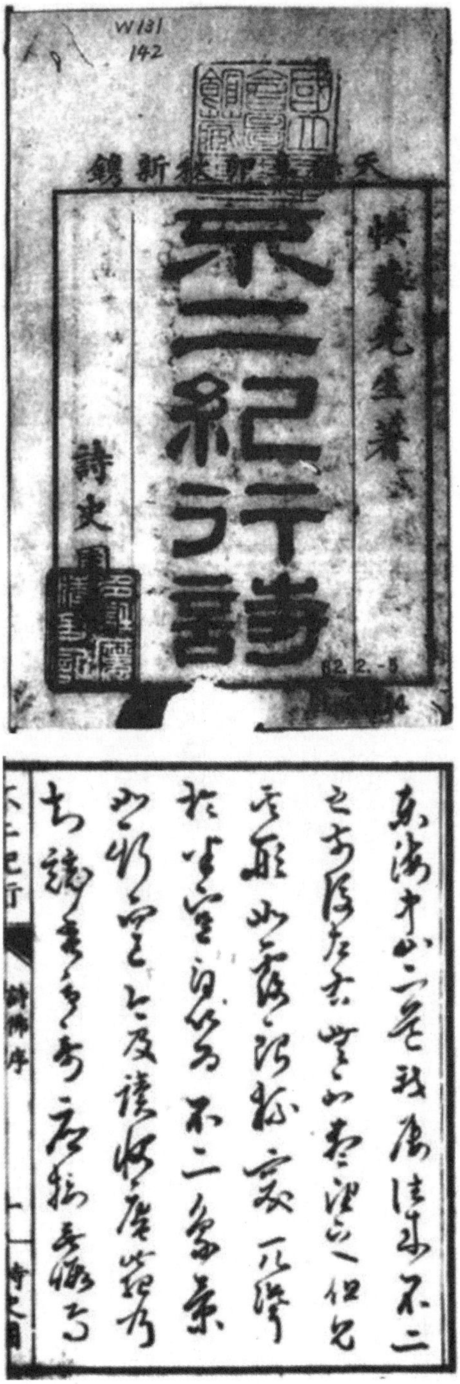

圖 1-6　快菴先生著：《富士紀行詩》，江户時代刻本（國會圖書館藏）

關於富士山的漢詩幾乎都是吟賞風景，多以『芙蓉』（雪芙蓉、玉芙蓉等）美之，并常以蓬萊喻其爲仙境。不過，比起芙蓉來，蓬萊之喻極少。如柳灣館題詞：『一枕午窗睡思奇，芙蓉萬仞劈雲披。豈言閑夢無嘉兆，傳得名山覽勝詩。』三汝圭在卷前附圖時稱：『芙蓉眺望，川口湖爲最奇也。余屢游川口，頗盡奇景，今秋復來游焉，會大森舜民不二紀行之詩刻成，仍圖其仿佛，以并卷端，天保辛卯九月甲子。』而廣瀨冲的題詩，也以芙蓉比擬富士：『芙蓉勝概入詩來，豪藻瑰奇絶點埃。讀至一聲長嘯句，使人羽化上蓬萊。』〔一〕

再看二宫督的題詩：『閑把詩篇子細看，山峰萬壑在毫端。讀至芙蓉白雪句，頓覺茅堂六月寒。』〔二〕這首詩在衆多的富士山漢詩中很有典型意義，不僅用芙蓉形容富士山的高潔美麗，同時還突出了其『寒』的特點。由於富士山終年積雪，所以詩人以『冰肌雪骨』『玉芙蓉』『雪芙蓉』比喻富士山，并不是憑空而來的想象和感受，而是有實際上的地理環境根據的。其次，富士山海拔三千七百多米，因此漢詩中也經常突出其『高』的特點，如宇佐美明的題詩：『東海名山千萬仞，世間誰復可争高。八棱突兀神仙窟，何料收來在兔毫。』〔三〕詩歌塑造了富士山『高處不勝寒』、不染塵埃的人間仙境的形象，也因此而衍生出了富士山『清』的特點，清麗、清净。因此詩人經常描寫富士山的雪景，哪怕衹是讀富士山的詩歌，也能感覺到清風拂面，使人有似乎要羽化爲仙的感覺，體現出富士山漢詩描寫中所蕴含的神仙思想，如水野行的詩：『新詩翻卷坐三更，不盡山风透骨清。無限罪根渾滅了，正疑兩腋羽翰生。』〔四〕綜觀富士山漢詩作品，不難看出，除了日本本土的傳説之外，中國神仙傳説和道教思想是激發詩人寫富士山漢詩靈感的來源之一，此類例子不勝枚舉。除上述詩句外，還有如：『借得真人九節筇，雲梯步步討仙蹤。來游玉井蓮池上，王母壇邊第幾峰。』〔五〕道教神仙思想對富士山漢詩創作的影響是極大的，通讀《不二紀行詩》，對神仙的嚮往，山頂連接帝闕的想

〔一〕〔日〕快菴先生著：《富士紀行詩》，江户，天保二年（一八三一）刻木：卷首題詞，一。
〔二〕〔日〕快菴先生著：《富士紀行詩》，江户，天保二年（一八三一）刻木：卷首題詞，一。
〔三〕〔日〕快菴先生著：《富士紀行詩》，江户，天保二年（一八三一）刻木：卷首題詞，二。
〔四〕〔日〕快菴先生著：《富士紀行詩》，江户，天保二年（一八三一）刻木：卷首題詞，一。
〔五〕〔日〕快菴先生著：《富士紀行詩》，江户，天保二年（一八三一）刻木：正文，三。

象，俯拾皆是，兹列舉如下：『讀至一聲長嘯句，使人羽化上蓬萊。』（卷首廣瀨冲題詩）『徐福當年來海外，訪仙采藥不歸鄉。』（原書第二頁）『詩囊携去扣神仙，千仞振衣自泠然。』（原書第二頁）『杖履高凌雲霧間，身如羽化出人寰。一聲長嘯驚仙客，陣陣剛風吹帝關。』（原書第五頁）日本詩人把中國的神仙思想與富士山聯繫起來，與日本本土神道教也有莫大關係。而道教思想又與泰山關係密切，泰山被道教視爲聖山。富士山漢詩與泰山詩歌的關係非常密切，下文會詳細論述。

十一世紀初期，北宋真宗敕撰一百二十卷《云笈七簽》，道教迎來了黄金時期，道教的神學教理基本完備。日本自古以來的咒術信仰就包含了道教的一些神仙思想。日本學者早就研究過道教與日本古代的關係，指出，中國的天人思想使得歷代的政治和宗教有着『一體不離』的關係[一]，因此，日本在引進中國的律令制等政治制度、思想的同時，也無形中引進了中國的宗教思想，道教便是其中之一。爲了論述中國道教對日本的多方面影響，三位日本學者還共同撰寫了一本專著：《道教與古代的天皇制度：古代日本史新考》（福永光司、上田正昭、上山春平著，東京：德間書店，一九七八年）。該書開篇即爲福永光司的《天皇與真人——天皇概念的來源》，論述了日本古代的天皇與中國道教中的『天皇』（道教認爲宇宙最高神是天皇大帝）有着緊密的關係，道教中的天皇大帝管轄着真人和仙人，真人又位居於仙人之上，天皇大帝和真人、仙人同在天上的『紫宫』，其機構如同人間的官僚組織。日本的『天皇』源於道教的天皇大帝觀念，上承天命，下轄百官，帶領群仙視察和考核凡人的善惡行爲，給予適當的奬懲，善者賜福，惡者賜禍。在日本，象徵着天皇絶對權威的兩種神器——鏡和劍，還有作爲日本國號的漢字『大和』（やまと）都可以説出自道教的思想範疇。

如果從日本古代歷史來看的話，七世紀後半期，約在天武、持統天皇時代，中國道教中的『真人』一語

[一]〔日〕福永光司著：《道教與日本思想》，東京：德間書店，一九八五年，第五十四頁。

已經開始在日本使用，《日本書紀》所載天武天皇的謚號『天淳中原瀛真人』（あめのぬなはらおきのまひと）即是。

道教中的神仙觀念影響了日本，在富士山漢詩中可以很容易看出來。山頂被詩人想象成高遠的神仙世界，因此富士山漢詩對山中和山頂景色的描繪，也帶着道教的神仙氛圍。《富士紀行詩》對富士山雲烟霧翠的歌詠，就屬於此：『烟嵐濃淡霧紛披，百里名山多少詩。知是胸中幾丘壑，一層吐得一層奇。』〔一〕對富士風景的吟詠，是《富士紀行詩》的一大主題，作者快菴先生介紹自己創作這些紀行詩的原委時，如是説：『富士之勝，不獨本邦稱之，雖異域亦稱揚不置。故古今騷人墨客至畫家者流，各窮其所能，贊成其美，實神仙之所宅也。文化丙子，余始登此，一瞬千里，殆盡天下奇觀，小詩二十首，以記其勝概云。』〔二〕可見，這些寫景的漢詩主要描寫富士山的風景之美、高潔之形和神仙之境。

值得注意的是，富士山本身是火山，古代還不時地噴火，所以漢詩中也描寫過富士山冒烟，即根據富士山作爲火山這一特點來寫的。而不死藥的想象，恐怕與徐福東渡替秦始皇尋找不死藥的傳説有關。在這首詩裏，詩人巧妙地把富士山火山噴火冒烟與徐福故事聯繫在一起，再引入竹姬的傳説，讓人讀了產生無窮的遐想。看來融入民間故事傳説和民俗，漢詩就顯得更爲豐富。

江户時代後期，值得關注的另一部富士山漢詩專集還有《芙蓉百律》（又稱『富士百律』）。《芙蓉百律》爲仁科白谷（一七九一—一八四五）著，岡天民（江户末期）評注，天保八年（一八三七），一册，和裝，刻本長二十六厘米，寬十七．二厘米，封面有題簽，題簽長十七．七厘米，寬三厘米，上題『芙蓉百律』。

〔一〕〔日〕快菴先生著：《富士紀行詩》，江户，天保二年（一八三一）刻本：崧菴題詞。
〔二〕〔日〕快菴先生著：《富士紀行詩》，江户，天保二年（一八三一）刻本：正文，一。

姜黃色封，綫裝。内頁分三欄題寫『白谷先生著《富士百律》，醉古堂藏』。上題一行字曰『天保丁酉新鐫』。有桂月摩島作於天保丁酉的序、作者自序。刻本四周單邊，烏絲欄，細黑口，單魚尾，版心題書名、卷數、頁碼。半頁十行，行二十字，小字雙行。有句讀標點，有訓讀。正文部分以《游富嶽記》一篇開頭，然後是芙蓉百律，正文部分的首頁有方形朱印藏書印一枚，字迹模糊，未辨何印。『芙蓉百律』部分於天頭處畫出一欄，寫詩評。後有源恒所作的《題白谷先生芙蓉百詠後》、僧道雅所作的《題白谷先生芙蓉百律》，并有兩篇跋文。如圖1-7所示。

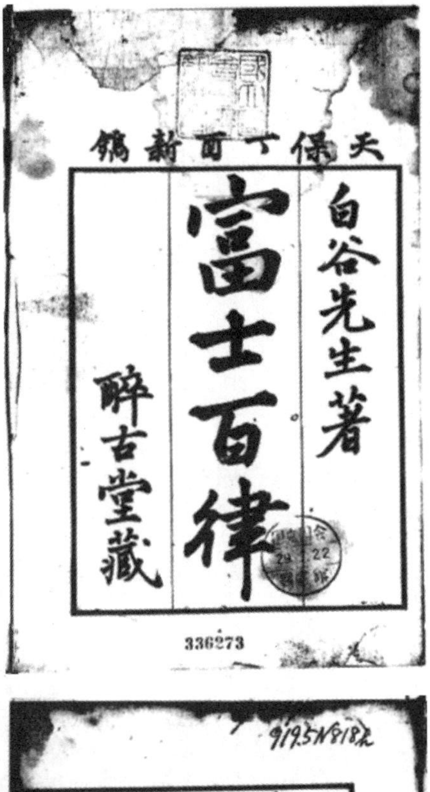

圖 1-7 國會圖書館藏《芙蓉百律》

在詩中，詩人也不時聯想到杜甫的《望嶽》和杜甫筆下雄偉高奇的齊魯泰山，如：『不是靈蹤自琵琶（固是安傳），東天削出玉蓮花（何妨太白）。雲通奥陸三千里，雪照江城百萬家（無所不見）。的的寒光連墨水（墨水在江城），葱葱佳氣接金華（金華山在奥陸）。唯須絶域窺神秀，齊魯青余何足誇（泰宗齊魯青未了，孰與我富嶽，無所不見）。』[一]集中常以『芙蓉』『玉蓮花』比喻富士山，并把富士山描寫爲『嶽王』，如『堂堂氣象帝雲霄，四面峰巒擬百僚（嶽王照臨，群山臣事）。恭立自如尊可仰，拱垂宛似富無驕（嶽王之態，形容得好）。皴間應是含星宿，毛孔何妨納海潮（奇語之甚，楞嚴云一毛孔中納四海水）。長釀東方靈淑氣，要將膏雨致豐饒。』[二]詩集多次提到富士山爲『嶽王』，如『照臨四海絶從衡（真是嶽王）』。此外，作者還聯想到女媧煉石補天的傳説：『媧氏休誇煉石功，兹峰削出放神工。信湖北漾鵝紋亂（信湖名鵝湖，嶽影落焉），天水西馳龍氣雄（天龍河源自鵝湖）。夏色春蒸千頃緑（信湖），雨聲晴瀉一川風（天水）。忽驚詭彩妝瓊麓，躡得雲間萬丈虹（煉石何足誇）。』[三]

集中有《登嶽二十首》，把富士山頂寫得仙氣飄飄，迥異人間。并吟詠長生藥，這與《竹取物語》的故事有聯繫：『烟容不止藍田玉，皮相動遭詞客辱。……真訣由來非易論，何人已得長生籙。』[四]而泰山頂上也被認爲藏有金篋玉策之類可知人壽命長短的東西。《芙蓉百律》中還有詩人從各個角度描寫富士風姿的望嶽詩多首。

此外，出身於京都的龍草廬（一七一四—一七九三）的詩集中也有很多關於富士山的漢詩。而大典禪師（一七一九—一七七九）的《北禪詩草》《北禪遺草》中也散見多首富士山漢詩。

〔一〕〔日〕仁科白谷著，岡天民評注：《芙蓉百律》，天保八年（一八三七），第三頁。
〔二〕〔日〕仁科白谷著，岡天民評注：《芙蓉百律》，天保八年（一八三七），第三—四頁。
〔三〕〔日〕仁科白谷著，岡天民評注：《芙蓉百律》，天保八年（一八三七），第四頁。
〔四〕〔日〕仁科白谷著，岡天民評注：《芙蓉百律》，天保八年（一八三七），第五頁。

第二節　富士山漢詩與富士山圖集

除了祇有文字的漢詩專集之外，圖文并茂的富士山詩、畫集顯得别具一格。烽臺山人原賢畫、大坪君之需模寫的《富士山上真景縮圖》就是這樣一本圖文并茂的富士山集，不過其圖遠多於漢詩。該圖集作成於嘉永五年（一八五二），彩色繪本，長二十七厘米，寬十九·三厘米，封面有題簽，綫裝，内頁右下角有三邊長方形『柳河氏藏書』朱印。第一頁圖左上方有『特許局圖書』方形朱印。每幅圖長三十四厘米，寬二十四厘米。圖集所畫爲富士山山麓到山頂的登山朝聖圖，各合目的神社、泉、石、雲霞等景點刻畫細緻，對山頂的描繪更是讓人驚嘆，圖集不僅畫出了富士山的形貌，也包含了許多民俗資訊。末頁有漢詩一首，曰：『不二峰頭景最幽，由來天下自無儔。神奇寫得圖新就，便是使人爲卧游。』〔一〕

圖集以寫實的筆法刻畫出富士山登山路徑以及沿途富士山的建築、景觀和居民，從古吉田之圖到上吉田宿、淺間宫社，再到未明之富士、旭日之富士、當午之富士、夕暮之富士，還有諏訪森出口、三里原始、父母御胎内、中之茶屋、龍馬場、鈴原御馬返、一之嶽大日社、二合目一之鳥居、二合目小室淺間社，一直到富士山頂劍鋒，共五十七幅圖。有的圖片還附有漢文介紹，如寫出淺間神社所祭三位大神的名稱、介紹源賴朝在三里元以弓探水，祈求神仙，最後地上湧出名水的傳説。對瞭解當時的富士山登山及民俗信仰無疑很有幫助。比如其中的淺宫神社圖，不僅畫出了當時的神社布局和建築樣式，也用漢文介紹了神社供奉的木花開耶姬等三座祭神。

神社迴環曲折，依山而居，蒼松翠柏，幽静雅緻。關於富士山的主神，在日本有多種説法，但多認爲是

〔一〕見本書下篇影印的圖集。

女神木花開耶姬，據《日本神名辭典》〔一〕的介紹，福慈神（ふじのかみ），又稱爲木花之佐久夜毗殼，《常陸國風土記》中有其傳説，即上述的木花開耶姬（このはなのさくやひめ）。木花開耶姬是大山津見神之女，意指如花盛開一樣美麗的女子，《古事記》中也有其傳説。江户時代，有不少木花開耶姬的雕像，筆者在拙文《日語教材富士山插圖之美育研究》（刊於《美育學刊》二〇一六年第六期，二十九—三十八頁）中曾引用過一尊江户時代的木花開耶姬雕像圖，讀者可以參考。類似的建築還有大日社，這些圖片真實地反映了江户時代富士山登山的路綫以及沿途的宗教場所，對研究富士山在江户時代的信仰傳播和登山活動，都有極大的參考價值。此外，《富士山上真景縮圖》還介紹了登山路上的栖息地。這些圖畫，可以視爲當時富士山登山的導游圖，給登山者以清晰詳細的登山路綫和沿途風景指南，還爲登山途中所要參拜的神社做了描繪和介紹，直觀而具體，保留了珍貴的富士山資料，具體請參考本書下篇的影印文獻。

此外，用漢詩和畫來同時表現富士山的，還有不少的文獻值得注意，比如江户時代後期的《富嶽雪譜》〔二〕，這部書後來被收入《江户期山書翻刻叢書》（東京：國立國會圖書館山書讀書會，一九七九年刊），原書成於江户時代後期，是詩畫文合爲一體的寫本。作者在登山道上畫了多幅富士山雪景圖，并對富士山登山情況和富士山的景色進行描述説明，畫中附有漢詩，并在畫中標注出富士山及其周圍的景點名稱。漢詩有多首，如《從駿河驛望富士圖》：『白水浸山脚，青雲接峻峰。東方日出影，先照玉芙蓉。』〔三〕今摘其畫三幅，供讀者觀覽體會，如圖 1-8 所示。

〔一〕神社新報社編：《日本神名辭典》，東京：三報社印刷株式會社，平成七年第二版。
〔二〕和久田寅寫，高田與清校：《富嶽雪譜》，天保八年（一八三七）序刊。
〔三〕和久田寅寫，高田與清校：《富嶽雪譜》，天保八年（一八三七）序刊，第三頁。

富岳東北面図
嶺姑嶺頂雲
正遶芙蓉腰
雨下人間日
峯卷天上涵
右陶山逢雨作
吉田口
諸山
陶山村

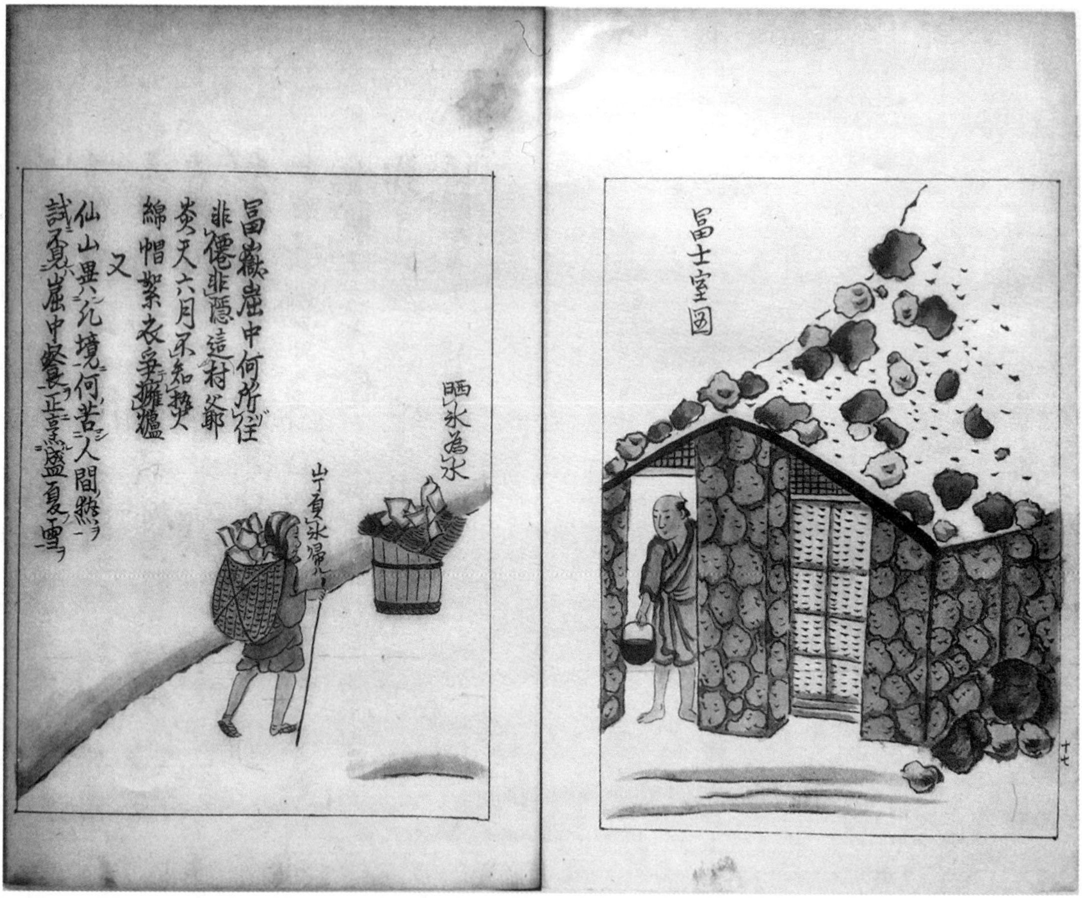
冨士室圖
十七
冨嶽嵓中何所住
非僊非隱這村爺
炎天六月不知熱
綿帽絮衣争擁爐
又
仙山異凡境
何苦人間熱
試見嵓中餐
正盛夏雪
晒氷為水
山子負氷帰

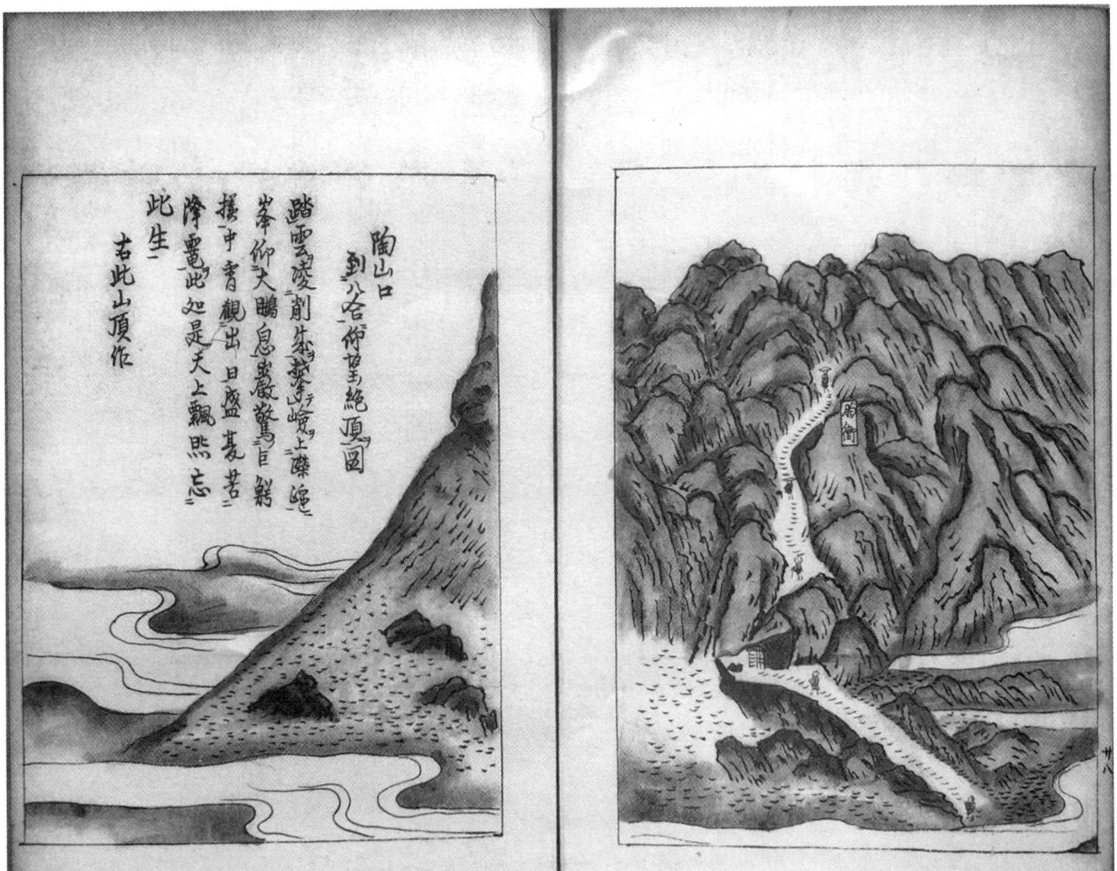

圖 1–8　《富嶽雪譜》摘圖三幅

第三節 江户之後的富士山漢詩創作

近代也不乏富士山詩集，如小西理兵衛所編的《富嶽詩集》〔一〕，内含富士山漢詩五言古詩十五首、七言古詩十八首、五言律十五首、七言律五十九首、五言絶句五十六首、七言絶句一百四十五首。另外有海外人所作富士山詩九首，選録了明治時期及之前各時代的富士山漢詩作品，除了著名的詩人詩作之外，還保存了許多不知名的詩人的作品。詩集中大部分是江户後期和明治時期的富士山漢詩，對後代研究富士山漢詩與富士山文學史有很大的幫助。這部詩集在信州大學圖書館和國會圖書館等地均有收藏。

由於原書并無細目，今不嫌繁瑣，特將其具體詩目列成表格，以全面瞭解該書的内容。

表 1-1 《富嶽詩集》詩目表

詩歌體式	所在頁碼	作者	詩題
五言古詩	一	釋六如（慈周 京都人）	雪後望嶽因憶叡山舊居
	二	賴山陽	畫島望嶽圖
	二	仁科白谷	游富嶽
	三	河野鐵兒	富士
	四	小原鐵心	富士川
	四	小原鐵心	荒井渡
	四	廣瀨林外	富嶽

〔一〕〔日〕小西理兵衛編：《富嶽詩集》，東京：東京堂，一九一六年。

續　表

詩歌體式	所在頁碼	作者	詩題
	四	那珂梧樓	詠不二嶽
	四	大沼枕山	富嶽圖贊 三首
	四	岡本黄石	富嶽贊 二首
	五	副島種臣	詠不二山
	五	本田種竹	登富嶽絶頂枕上作
七言古詩	六	祇園南海	富士行
	七	莊田子謙	自題芙蓉圖
	八	釋萬菴	途中望嶽
	九	余熊耳	莊子謙游芙蓉圖而歸同題賦
	九	平野無逸	夢游富嶽歌
	十	匹田柳塘	夢游富嶽
	十	賴春水	望嶽行示人
	十一	釋道光	題西山拙齋所藏玉芙蓉
	十一	賴山陽	夢嶽歌爲仙台邸監櫻田權太夫
	十二	仁科白谷	游富嶽歌
	十三	森田梅磵	富嶽歌送丹初進赴駿河
	十三	友部忍廬	送佐久間子篤登富嶽
	十四	平野五嶽	夢登不二山
	十五	本田種竹	雲海歌
	十六	本田種竹	日出歌
	十七	本田種竹	芙蓉仙蝶歌

續　表

詩歌體式	所在頁碼	作者	詩題
	十七	作者不明	富嶽
五言律詩	十七	山崎闇齋	富士山八面擬八陣
	十八	松浦禎卿	出金川驛遥望富士山
	十八	太宰春台	登富嶽
	十八	祇園南海	望富士
	十八	柴野栗山	富士山
	十八	柴野栗山	東海道山河
	十八	松崎慊堂	題橋下富士小照
	十九	阪井虎山	夢上富士山
	十九	武田自放	題富士圖
	十九	梁川星岩	富士山 三首
	十九	長三洲	元日望富嶽雪色
	二十	向山黄村	望嶽
	二十	森槐南	經相模洋群山皆見獨芙嶽爲陰雲所掩
七言律詩	二十	那波木庵	望富士峰
	二十	深見玄岱	看富士山
	二十	荻生徂徠	望嶽
	二十一	祇園南海	望士峰
	二十一	莊允益	登芙蓉
	二十二	高野蘭亭	冬日登樓望芙蓉
	二十二	高野蘭亭	送友人游富嶽

續　表

詩題	作者	所在頁碼	詩歌體式
望嶽	服部南郭	二十二	
駿河道中望芙蓉	服部南郭	二十二	
夜夢富嶽夢中得一聯既覺足成一律	高朗季融	二十三	
春曉望富嶽	益户滄州	二十三	
富嶽	釋元政	二十三	
題富士山	佐竹泰峨	二十三	
題不二山圖分韻得監	賴春水	二十四	
崎港寓中夢與諸秀才同泛舟湎江望鳥峰中又説曾泛舟田子浦望富嶽之夢	平井樗堂	二十四	
葭原驛望富嶽	石川正猗	二十四	
富士山	竹内南溪	二十四	
夢登富嶽	根岸鶴亭	二十四	
富嶽次士廣韻	大槻平泉	二十五	
夢登富嶽二首	松本奎堂	二十五	
送人游富嶽	大槻盤溪	二十五	
夢登富嶽	河原田麓園	二十五	
富嶽	森春濤	二十六	
登嶽	大沼枕山	二十六	
八月十五日登富士山阻風雨困苦尤甚十八日下山 四首	織田鷹洲	二十六	
登嶽二十一首	本田種竹	二十七	
丙申元日對嶽有感自題小照	伊藤博文	三十	
登嶽三首	小野湖山	三十	

續　表

詩歌體式	所在頁碼	作　者	詩　題
五言絶句	三十一	新井白石	士峰晴雪二首
	三十一	勘解由小路資善	嶽巔帶反穎圖
	三十一	同上	蓋雲釀雨圖
	三十一	同上	雲峰起嶽腹圖
	三十一	同上	冰暉澄映圖
	三十一	同上	蓋雲三重促風雨圖
	三十二	東坊城聰長	寒飆掩彤雲圖
	三十二	同上	新雪始霽圖
	三十二	同上	豪雨籠嶽圖
	三十二	八條隆祐	聽暉射映圖
	三十二	同上	夏日晴後圖
	三十二	同上	快晴圖
	三十二	外山光施	淡霧籠嶽圖
	三十二	同上	臘雪始消圖
	三十二	同上	三重蓋雲萌圖
	三十二	梁田蛻嚴	夏日富山畫
	三十三	菅茶山	富山帶殘月
	三十三	同上	富嶽遇雨圖
	三十三	同上	題富嶽圖
	三十三	同上	富士山
	三十三	釋六如	富士冬景

續表

詩歌體式	所在頁碼	作者	詩題
	三十三	柿岡林宗	望芙蓉二首
	三十三	同上	冬日望芙蓉
	三十四	賴春水	題富士圖
	三十四	同上	掛川始望嶽
	三十四	釋道光	題富士曉景圖
	三十四	谷田部漪	題富士二首
	三十四	吉川忠鄉	芙蓉峰
	三十四	賴山陽	題富嶽圖二首
	三十五	日野資愛	富士山罩彩霞圖
	三十五	大繩念齋	題富士山
	三十五	石田無得	中嶽
	三十五	松崎慊堂	題嶽項石壁
	三十五	仁科白谷	富峰
	三十五	石野雲嶺	富士山
	三十五	藤森弘庵	富士山圖
	三十五	小原鐵心	望嶽有感二首
	三十五	總生寬	富士山
	三十五	廣瀨青邨	富士山圖
	三十六	佐藤梅軒	富嶽圖
	三十六	菅原白龍	富嶽圖
	三十六	岡本韋庵	望富嶽

續 表

詩歌體式	所在頁碼	作者	詩題
	三十六	岩穀一六	夢登富嶽
	三十六	金井金洞	富士山
	三十六	小山堂	畫富士
	三十六	東久世竹亭	富嶽
	三十六	作者不明	富士山
七言絶句	三十七	釋空華	富士山
	三十七	同上	戲題扇面富士山圖
	三十七	林羅山	富士山
	三十七	釋謙齊	富士山
	三十七	藤原惺窩	富士山二首
	三十七	石川丈山	富士山二首
	三十八	釋天閑	富士山吟 十五首
	三十九	山崎闇齋	不盡峰
	三十九	那波木庵	題西行法師望富士峰圖
	四十	金蘭齋	不二
	四十	室鳩巢	富士山
	四十	益户滄州	擬伊勢語中所記在中郎東行諸詠賦王孫游數篇其四芙蓉嶺
	四十	同上	題芙蓉
	四十	同上	金峨扇面芙蓉畫即題
	四十	同上	吉原驛望富嶽

續表

詩歌體式	所在頁碼	作者	詩題
	四十一	釋六如	公淇園及公子宴于某氏江樓酒酣公指江上之芙蓉峰命秀典及佐藤祐英中山盛履賦詩謹賦二絶應教二首
	四十一	江村北海	望富嶽
	四十一	橋本香坡	不二山
	四十一	菅茶山	富士山
	四十一	同上	題文晁畫富士薄暮
	四十二	釋六如	題富嶽圖
	四十二	細井平洲	送人登嶽
	四十二	中井竹山	題富嶽圖二首
	四十二	皆川淇園	詠不二圖
	四十二	柿岡林宗	富士
	四十二	賴春水	不二三首
	四十三	同上	閏七月七日夢到海涯望嶽歸路謁一館公子口占一詩未成而覎覎後遂成之
	四十三	柏木如亭	向登富士道經吊橋偶思其險試圖之因題
	四十三	太田南畝	富峰
	四十三	葛因是	題富士山圖
	四十三	太田錦城	富嶽
	四十四	同上	題不二山圖
	四十四	龜田鵬齋	望富嶽
	四十四—四十五	賴山陽	題富士山圖（外八首）
	四十五	奥山榕齋	題富士櫻花圖

續　表

詩歌體式	所在頁碼	作者	詩題
	四十五	仁科白谷	題富士櫻花圖
	四十六	朝川善庵	同上
	四十六	岡本花亭	士嶽圖
	四十六	宮澤雲山	富士山圖
	四十六	青木雲岫	富士
	四十六	新宮凉庭	不二山
	四十六	石野雲嶺	秋日望不二山
	四十六	同上	富峰雪霽
	四十七	藤田東湖	登駿台望富嶽
	四十七	市川米庵	望富嶽 四首
	四十七	同上	吉田望不二峰
	四十七	牧𩕳〔一〕齊	富嶽圖
	四十八	舟橋清潭	同上
	四十八	安積艮齋	富士山
	四十八	藤森弘庵	加藤肥州望嶽圖
	四十八	貫名海屋	富嶽
	四十八	廣瀬旭莊	夏日題某生夢富山圖
	四十八	後藤松陰	富山曉色圖
	四十九	内村鱸香	富嶽圖
	五十	藤井竹外	蓮嶽
	五十	門田樸齋	白須賀道中望富山

〔一〕筆者按：此字無法識别，原字爲上下結構：左上『章』右上『頁』，下爲『心』。

續　表

詩歌體式	所在頁碼	作　者	詩　題
	五十	大槻盤溪	望嶽詩　五首
	五十	村上佛山	富士山（外一首　題富士山圖）
	五十	成島柳光	富嶽圖（外一首　題西行望嶽圖）
	五十	長棋外	富嶽雪
	五十一	川原田麓園	清正咸鏡道望富嶽圖
	五十一	賴支峰	途上書懷
	五十一	大沼枕山	富嶽贊
	五十一	平野五嶽	題富嶽圖贈德川慶喜公
	五十一	西宮端齋	富嶽旭峰　二首
	五十一	陸奥六石	偶感用奥州途上韻
	五十二	鱸松塘	諏訪湖上望富嶽
	五十二	長户得齊	富嶽圖
	五十二	楠潛龍	詠富嶽
	五十二	江馬天江	加藤肥州望嶽圖
	五十二	伊藤春畝	題自畫富嶽圖（外一首　日出）
	五十三	小野湖山	望嶽
	五十三	島地雨田	登嶽即事
	五十三	小松愚山	富士山圖
	五十三	乃木石林	富嶽
	五十三	芳賀篁墩	富嶽旭暉圖
	五十三	松浦大麓	登富嶽

續　表

詩歌體式	所在頁碼	作者	詩題
	五十三	兄臧	題扇面富士山
	五十四	高朗季融	箱根湖上望富士
	五十四	金木摩齊	富嶽
	五十四	熊穀荔墩	富士暮雪
	五十四	僧觀水	富嶽
	五十四	武富圯南	富嶽
	五十四	森田月瀨	題富士山圖（外二首）
	五十五	小原梅坡	題富嶽圖
	五十五	柏梅溪	同上
	五十五	大岡笙洲	送友人登富嶽
	五十五	渡邊曉山	富士初日圖
	五十五	門馬正恭	望芙蓉
	五十六	岳東海	愛宕山望富嶽
	五十六	河野亮	望嶽
	五十六	□□村庵[一]	客東游攜富士山圖而歸
	五十六	□□琴齊	扇面富士二首
	五十六	□□省齊	劍鋒爲富嶽絶巔
	五十七	井義端	不二山中九首
	五十八	作者不明	芙蓉峰
	五十八	中國・宋濂	賦日東曲十首 其三
	五十八	詹僖	題雪舟畫芙蓉峰圖

〔一〕筆者按：原文闕字，後二者同。

續表

詩歌體式	所在頁碼	作者	詩題
	五十八	（清）王治本	富士山三首（外一首題富士山圖）
	五十九	朝鮮·李東郭	詠富士山
	五十九	朝鮮·張應門	富嶽
	五十九	朝鮮·林鴻年	題富士山畫
	五十九	朝鮮·秋月	賦富峰贈熊箕山

由以上目録可以看出，江户時代後期，日本人登富士山的次數和人數逐漸增加，富士山漢詩也相應地多了不少的『登嶽』詩，而不再是以『望嶽』爲主。日本詩人寫《望嶽》，在很大程度上受到了杜甫《望嶽》的影響，産生創作焦慮，隨着登富士山詩的出現，這一『影響的焦慮』也得到釋放，日本詩人的寫作也得到創新。所謂『影響的焦慮』，是指作家在創作時受到前輩作家作品的影響，産生如何超越前人、寫出有新意的作品的焦慮之感。求新立新的意識，可以説是從古至今的詩人潛在的一種追求和自覺的意識。

王充在《論衡·對作》中就説：『百夫之子，不同父母，殊類而生，不必相似，各以所禀，自爲佳好。』王充在强調反對貴古賤今的同時，提出了反對文辭相襲，尊重個性，提倡獨創的觀點。劉勰在《文心雕龍·通變》中更明確地提出了求新立新的觀點，他説：『贊曰：文律運周，日新其業。變則可久，通則不乏。趨時必果，乘機無怯。望今制奇，參古定法。』這就是説，文章創作的規律不是固定不變的，要善於創新，善於變化纔能運轉不止，生生不息。直至清代，仍然有人大力疾呼求新立新。趙翼在《論詩·其一》裏就一再强調求新立新的必要，并説明它是個永無止息的過程：『滿眼生機轉化鈞，天工人巧日争新。預支五百年新意，到了千年又覺陳。』

從歷史發展的角度來看，這種現象具有深刻的背景，如果離開背景去談，就無法得出準確答案。在文學史上，唐朝是詩歌發展的全盛期，詩歌發展達到了頂峰，各體兼備，且藝術成就高。從内容方面看，涉及各個領域，大到國家層面，小到生活瑣事，杜甫的詩歌就是典型的例子。日本詩人在杜甫的《望嶽》之後，難免會感到創作的壓力，想要寫出超越《望嶽》的富士山漢詩，展現自己的特色，顯然并非易事。因此日本詩人不僅要在詩中肯定和提高富士山的地位，也要在遣詞造句上超越《望嶽》。富士山海拔遠遠高於泰山，這對日本詩人來説即是一個優勢，因此他們對富士山的肯定和自豪就有了實際的地理依據。但同時，由於富士山海拔三千七百多米，而且山頂終年積雪，寒冷異常，富士山又是活火山，隨時都有可能噴火，况且登山之路遥遠而險峻，由於種種客觀、主觀的因素，大部分詩人并不能親自登上富士山山頂，『一覽衆山小』，因此他們不得不衹是『望嶽』。長時間地『望嶽』，處在杜甫《望嶽》的影響焦慮之下。

『影響的焦慮』是美國耶魯大學文學教授哈樂德·布魯姆——二十世紀影響很大的西方文藝理論者——在其著作《影響的焦慮》（中文版，徐文博譯，三聯書店，一九八九年版）中提出的觀點。布魯姆提出，今天的詩人在面對前代詩人的巨大成就及其形成的詩歌格局、詩歌傳統時，他要進行創作，就會感到『影響的焦慮』。在前代詩人巨大的背影中，今天的詩人『要達到樹立自己的詩人的形象的目的』，就要『反傳統之道』（見譯者前言）。布魯姆説，時至今日，一切詩歌的主題和技巧都被千百年來的詩人用盡。後人如何『嶄露頭角』呢？布魯姆又説：『詩的歷史是無法和詩的影響截然區分的』，『所謂詩人中的强者，就是以堅韌不拔的毅力向威名赫赫的前代巨擘進行至死不休的挑戰的詩壇主將們。天賦較遜者把前人理想化；而具有較豐富的想象力者則取前人之所有爲己用』，『試想，哪一位强者詩人希望意識到：他并没有能够創造出自己的獨特風格？』（見書中作者序言）〔一〕因此，日本詩人在時代和環境的變化下，隨着登山的機會多起來，登山的條件成熟起來，他們開始逐漸傾向於『登嶽』的漢詩創作了。

詩人在詩中真實而細膩地描寫登山的喜怒哀樂，還有途中遇到的天氣變化等狀況，富於想象的詩人則寫出了自己登上富士山山頂後的浪漫感受。另外，明治時期隨着西方文化的傳入，出現一些新名詞，而這些新名詞也活躍於富士山漢詩中。如小野湖山的《登嶽》：『鶴駕鸞驂何所羨，短笻支到白雲邊。豪懷不覺地球大，放眼真知天體圓。絶頂寒風無六月，陰崖積雪自千年。腰間我有一瓢酒，欲醉玉皇香案前。』〔二〕詩中的『地球』『天體』都是明治時期的新詞彙，用在這首以『鸞驂』『短笻』『一瓢酒』『玉皇』『香案』等漢詩常用的帶着古典色彩的詞語描寫富士山山頂感觀的漢詩中，顯得十分活潑，而略帶頑皮。詩歌寫出了富士山高聳入雲的特點，讓人在山頂上感覺潔寒如冬。憑着一根短短的竹竿，詩人登上這高高的山頂，不必羨慕古代仙人乘鸞坐驂，字裏行間透露出自豪感。詩人腰間有一壺酒，在這高達天際的山頂，也許可以在玉皇大帝的香案前暢飲一番，大醉而歸，不亦樂乎！登山的真實感受中，洋溢着豐富的想象。

没有登山的詩人也有不少夢想着登上富士山的，因此江户時代後期也多了『夢登富嶽』『夢游富嶽』之類的作品，另外出現了許多『送友人登富嶽』的漢詩創作。看來富士山登山熱也引起了漢詩創作的變化。隨着明治時期的改革，日本的社會、經濟、文化都有了很大的發展，日本詩人在創作漢詩的時候也都有了更多的自信，而有政治抱負的詩人則經常用富士山來抒發自己的自信和理想，如伊藤博文的《丙申元日對嶽有感自題小照》：『資性由來天所賦，窮通有命復奚疑。心隨日月分明晦，脚履山河試險夷。今古一人誰是我，乾

〔一〕關於影響的焦慮的理論，更詳細的論述，可參考拙作《從『奪胎换骨』談寫作》，發表於《寫作》二〇一五年第四期，第二十九—三十頁。

〔二〕〔日〕小西理兵衛編：《富嶽詩集》，東京：東京堂，一九一六年，第三十頁。

坤萬象即皆師。芙蓉嶽雪千秋潔，敦此華巔志未衰。』〔一〕伊藤博文詩中表達了對自己的信心，和對自己志向的堅定。以富士山矗立的雄風和千秋未消的積雪，比喻自己的心意。相應地，富士山繪畫作品也在增多，題畫詩也隨之增加，這是明治時期富士山漢詩創作的另一個特點。

此外，一些期刊也專門撰寫論文研究富士山的歷史、文化、漢詩與和歌等，如《國文學》二月號（第四十九卷第五號，東京：學燈社，二〇〇四年）特輯《富士山之綱》，其中有兩篇論文討論富士山與詩歌的關係，其一爲鈴木健一《江户詩歌所描寫的富士山——神龍、鹿之雲、若葉》〔二〕，其二爲池澤一郎《漢詩所詠的富士山——從京儒的角度來看》〔三〕。池澤一文指出：『漢詩所吟詠的從江户（東京）看到的富士山，有一個特徵，出生於江户或在江户居住的漢詩人，常常把富士山當作關東或江户的象徵，而不僅僅是日本的象徵。這是江户詩人强烈的位居都城的意識體現，把實際上并不聳立於關東、江户的富士山强制性地歸屬於江户，這是欲與文化先進的京阪地區對抗的意識的産物。』〔四〕可見富士山早就已經被當作一種地域的象徵，并與政治意識聯繫在一起。

第四節　近現代富士山漢詩與《富士山漢詩百選》

高柳光壽曾爲關於富士山的文學作品寫了一部文學史專著：《富士的文學》〔五〕。高柳光壽（たかやな

〔一〕〔日〕小西理兵衛編：《富嶽詩集》，東京：東京堂，一九一六年，第二十頁。
〔二〕《國文學》二月號（第四十九卷第二號），東京：學燈社，二〇〇四年，第五十六—六十一頁。
〔三〕《國文學》二月號（第四十九卷第二號），東京：學燈社，二〇〇四年，第八十八—九十二頁。
〔四〕《國文學》二月號（第四十九卷第二號），東京：學燈社，二〇〇四年，第八十八頁。
〔五〕〔日〕高柳光壽著：《富士的文學》，東京：名著出版，一九七三年。

ぎ　みつとし）（一八九二—一九六九），出生於静岡縣，日本史學者，曾任教於國學院大學和大正大學。富士山横跨静岡縣和山梨縣。高柳光壽自小對富士山十分熟悉和親切。《富士的文學》從與富士山有關的和歌、狂歌、俳諧、狂句、漢詩到謡曲、俗曲，再到散文中，進行了較全面的探討。高柳光壽在第一章第一段説：『與富士山有關的文學作品，自《萬葉集》中的和歌之後，其數量可謂多矣。尤其是中世富士山稱爲國民憧憬的山嶽，更是如此，富士山形象被一般化、普遍化，隨着交通的便利，人們與富士山接觸的機會越來越多，與富士山有關的文學作品就越發多起來，説不勝枚舉，實不爲過。』〔一〕高柳光壽的《富士的文學》是淺間神社社務所編的《富士的研究》系列叢書的第四册，《富士的研究》共六册，分别是：一、《富士的歷史》（井野邊茂雄）；二、《淺間神社的歷史》（宫地直一、宏野三郎）；三、《富士的信仰》（井野邊茂雄）；四、《富士的文學》（高柳光壽）；《富士的美術》（澤田章）；《富士的遺迹》（柴田常惠）；五、《富士的地理與地質》（石原初太郎）；六、《富士的動物》（岸田久吉），《富士的植物》（矢部吉禎）。這套叢書圍繞富士山的歷史、文學、美術、地理、動植物等進行了詳盡而深入的研究、説明，加深了人們對富士山的認識。

對於富士山的漢詩，高柳光壽指出：日本的漢詩在平安時代初期興起，遣唐使廢止後漢詩創作受到很大影響，鎌倉時代隨着禪宗傳來日本，漢詩的創作迎來了五山盛期，江户時代則是漢詩創作結出碩果的時期。富士山的漢詩創作，也基本和這一時代特點相符。平安初期尚未看到關於富士山的漢詩，高柳光壽認爲，當時有能力創作漢詩的文人都在京都，他們没有機會接觸富士山，而且當時富士山還没有成爲歌枕〔二〕。所謂歌枕（うたまくら），是指和歌名勝、和歌題材，被和歌吟詠而出名的各地名勝古迹。也指寫和歌的時候必

〔一〕〔日〕高柳光壽著：《富士的文學》，東京：名著出版，一九七三年，第一章，第一頁。
〔二〕〔日〕高柳光壽著：《富士的文學》，東京：名著出版，一九七三年，第六章。

不可少的和歌用語、枕詞、名勝古迹等。高柳光壽認爲，最早的富士山漢詩，是鐮倉時代建長寺開山蘭溪道隆的法嗣約翁德儉所作的詩：『山是扶桑第一山，巍巍雪頂透天關。許誰陟險視登到，下規茫茫宇宙寬。』〔一〕德儉歷任净妙、建仁、建長、南禪諸寺主持。他多次往返京都、鐮倉，途中可以仰望富士山的景觀，因而作了這首詩。

久保田淳在《富士山的文學》一書裏，歷數日本文學史上寫到或者提到富士山的作品及其意義，從《聖德太子傳説》到《古今和歌集》《伊勢物語》《竹取物語》《源氏物語》《更級日記》，一直到永井荷風、北原白秋、武田泰淳的《富士》和百合子的《富士日記》，以簡論的方式叙述了歷代日本文學作品中出現的富士山，而在漢詩方面，則衹提到了江户時代著名儒學者林羅山的漢詩選，在林羅山寫成於元和二年（一六一六）的《丙辰紀行》中，選録了京都五山禪林十位詩僧的富士山漢詩，此外他自己也寫了一首富士山漢詩附在其中，詠嘆了富士山的雪和烟，也表達了對高出衆山的富士山的自豪感和贊美之情。相對於日本漢文學歷史上數量衆多的富士山漢詩作品而言，單論林羅山所選和所作的富士山漢詩，顯然是不够的，因此其論述也相對缺乏系統和深入，更像是富士山知識的普及讀物〔二〕。

進入室町時代，五山詩僧創作的富士山漢詩比較多，比如虎關師煉的詩：『昔日仰望難及間，今朝回顧無頭山。不將遠近改吾眼，頂上雪花舊玉鬟。』又：『水底一團雪，春風吹不融。料知士峰影，寫在碧波中。』〔三〕這兩首詩都寫了富士山的雪景，寫得十分雅緻清幽。與虎關師煉同時的乾峰士曇寫的詩也將着眼點放在山頂

〔一〕〔日〕高柳光壽著：《富士的文學》，東京：名著出版，一九七三年，第一五〇頁。
〔二〕〔日〕久保田淳著：《富士山的文學》，東京：文藝春秋，二〇〇四年，第一三二—一三六頁。
〔三〕〔日〕高柳光壽著：《富士的文學》，東京：名著出版，一九七三年，第一五一頁。

的白雪上：『大地撮來無寸土，當空還見此山成。海寬纔醮半邊影，多少虛舟載雪行。』這首詩還有作者虎關師煉寫的序，曰：『夫子登東山而小魯，登泰山而小天下。余也見士山而大扶桑也。』[一]作者看到高高聳立的富士山，想起孔子登泰山而小魯的典故，而有登富士可小扶桑之感。富士山漢詩與泰山文化、杜甫的《望嶽》詩有深層聯繫，關於這一點，本書會詳細論述，此處從略。

描寫富士山的雪景，把山頂寫成神仙境地，是富士山漢詩一直以來的一個顯著特點。翻閱富士山漢詩，對雪景的描寫比比皆是，如大德義堂周信的詩句：『不盡仙山冠海東，半天削除玉玲瓏。武陽草野三千里，來往人行雪影中。』[二]富士山漢詩中的雪景描寫及其寫作手法，值得探究，本書也將詳細論述，詳見後文。

應永（一三九四—一四二八）以後，五山叢林以禪僧寫富士山的詩文爲主，其中又以惟肖得巖（一三六〇—一四三七）、瑞溪周鳳（一三九一—一四七三）和村菴靈彦（一四〇四—一四八八）爲代表。如惟肖得巖的《扇面富士》：『一見士峰三十年，當時意氣欲摩天。開舒扇面發長喟，山亦何憂白了巔。』[三]瑞溪周鳳的詩：『富士飛來入碧波，波間不散雪嵯峨。禪翁一笑支橈立，舟自最高峰頂過。』村菴靈彦的詩：『士峰天下白，群嶺捧心顰。突出青空外，分明面目真。』[四]這些詩有題寫富士山畫作的，有寫富士山實景的，也有表達對富士山的想象和嚮往的。值得注意的是，高柳光壽認爲瑞溪周鳳所作的富士山漢詩『大正東歸易亦東，僧中今日見儒宗。天邊寫出連山象，雪白扶桑第一峰』是詩人送友人前往東國旅行時，提到富士山的最早的漢詩。

〔一〕〔日〕高柳光壽著：《富士的文學》，東京：名著出版，一九七三年，第一五二頁。
〔二〕〔日〕高柳光壽著：《富士的文學》，東京：名著出版，一九七三年，第一五三頁。
〔三〕〔日〕玉村竹二編：《五山文學新集》第二卷《東海瓊華集·拾遺》，東京：東京大學出版會，一九六八年，第九〇一頁。
〔四〕〔日〕高柳光壽著：《富士的文學》，東京：名著出版，一九七三年，第一五四頁。

寫東國旅行送別，提及富士山，這在和歌、俳句中常見，但在漢詩中是首次〔一〕。此類的漢詩還有如橫川景三（一四二九—一四九三）的《送文紀居士赴東國詩并序》，序曰：『小倉文紀居士，余故人也。丙申之載寄書，告以東游看富士之事。抑富士此方名山也，明宋學士賦日東曲以寓假想，況於予乎？遂壯其行，詩而餞之。』詩曰：『要看扶桑第一山，聞君萬曆赴東關。時問富士惟圖畫，請袖吾詩洗雪還。』〔二〕小倉文紀居士是近江蒲生郡佐久良豪族小倉左近將監實澄。橫川景三是室町時代中期臨濟宗的僧人，也是五山文學代表作家之一。他的這首詩也和上述瑞溪周鳳的漢詩一樣，是東行送別時寫到富士山的作品，但這首詩所寫的，是爲了看富士山而去東國的旅行，可見在室町時代，富士山名聲已經傳播開來，吸引人們去旅行，并刺激了漢詩的創作。在東行送別的漢詩中，提到富士，逐漸成爲一個寫作的『套路』。無論是東行送別，還是題畫詩，富士山山頂千年不化的白雪通過反復吟詠，給讀者留下了難以磨滅的印象。白雪也是富士山圖畫形象的最大特徵之一，讓人過目難忘。高柳光壽認爲，漢詩比和歌自由，漢詩雖然不是寫生，但體現富士山實際形態，寫出詩人面對富士山的實際感受的漢詩却不少。雖然説漢詩要比和歌自由，没有那麽多定型的創作方式，但其實漢詩到了明治時代，也形成了不少寫作『套路』，定型的某一類型的詩多了起來，後人衹是照着前人的創作套路去寫，比如寫到富士山，習慣了與中國的泰山比較，也習慣了使用有關徐福、孔子、昆侖、蓬萊的典故，表現神仙思想，等等。高柳光壽還認爲，富士山漢詩最大的缺點，在於學術性的字句過多了，把學問和藝術混淆，因而使創作晦澀生硬，也顯得繁雜，日本詩人寫富士山漢詩，有的通篇都在『賣弄』中國典故，而且，整體來看，稱得上傑作的富士山漢詩幾乎没有。高柳光壽認爲原因在於寫這些富士山漢詩的都是日本人，即使漢語水平再

〔一〕〔日〕高柳光壽著：《富士的文學》，東京：名著出版，一九七三年，第一五六頁。
〔二〕〔日〕高柳光壽著：《富士的文學》，東京：名著出版，一九七三年，第一五五—一五六頁。

怎麼高，也還是有許多不能熟練運用的地方。所以，在這個意義上説『藝術没有國境是不真實的』〔一〕。

對於這個觀點，相信仁者見仁，智者見智，不同的人會有不同的説法。筆者覺得日本詩人的富士山漢詩也有其獨特之處，在摹景寫物、抒情達意方面并不遜色，不能一概否定。而且，富士山漢詩中大量出現中國典故，與泰山類比，并不奇怪，因爲漢詩源於中國，日本人學作漢詩，必定要經過長時間的學習，不僅學語言，也學中國的典籍和文化，以中國人寫的漢詩爲範本，當然不乏中國文學、文化的影子。無論如何，日本詩人的富士山漢詩在富士山文學中占有一席之地，不容忽視。而且，用漢詩這一文體來寫富士山，從古到今，綿延不絶。

關於富士山的漢詩，當代也有不少的成果問世，如《論江户漢詩中的富士山吟詠的開展》〔二〕，對富士山漢詩吟詠在江户時代的盛行進行了分析。静岡縣文化觀光部富士山世界文化遺産科編印的《富士山漢詩百選》（二〇一四年）則不局限於江户時代的與富士山有關的漢詩，而是對中世一直到近代的日本、中國、朝鮮詩人所寫的富士山漢詩都有涉及。其封面以富士山爲背景，配以藍色的天空和海水，顯得幽静典雅。這部詩選由日本著名學者石川忠久、上垣外憲一、市川桃子、鷲野正明、宇野直人選定。這部詩集選録了古今詩人歌詠富士山的漢詩一百首，同時刊行的還有《富士山百人一首》《富士山百人一句》。在《富士山漢詩百選》的序言中，作爲選考委員長的石川忠久説，日本人早在飛鳥、奈良時代就開始學習漢詩，自此以後漢詩多用來歌詠自然風光；用漢詩來歌詠富士山，大量出現在開通了東海道的江户時代。因此這部漢詩選大部分的篇幅選録的就是江户時代的富士山漢詩。石川忠久認爲，到了江户時代，日本人寫漢詩的水準得到一個階

〔一〕〔日〕高柳光壽著：《富士的文學》，東京：名著出版，一九七三年，第一九二頁。
〔二〕《江户文人論——以大田南畝爲中心》，東京：汲古書院，二〇〇〇年。

段性的提高，大約到了江户時代中期，柴野栗山學着杜甫的《望嶽》，創作了格調較高的五言律詩《詠富士山》，『達到了（富士山漢詩創作的）頂點[一]』。從江户時代中期到明治時代，是漢詩創作的黄金時期，不管是學者、小説家還是政治家，很多人都寫過《富士山詠》，大正、昭和之後，寫漢詩的日本人慢慢減少，用漢詩寫富士山的，也相應減少了。

《富士山漢詩百選》從大正天皇（一八九七—一九二六）的《望富士山》開始，到中世以前的富士山漢詩，再到江户時代前期、中期、後期的富士山漢詩，然後是近世以後。詩集的特色是，除了日本人的漢詩之外，還選録了中國大陸、臺灣地區，朝鮮的富士山漢詩。大正天皇的《望富士山》以『芙蓉』形容富士之美，并以光澤衆山寫出了富士山的風範：『神州瑞氣鍾，曉日照芙蓉。雪色何明潔，餘光披衆峰。』[二]大多數富士山漢詩寫其獨立於衆山之上的高聳和傲岸，如乾峰士雲（一二八五—一三六二）的『闔國之人俱仰望，高寒獨聳壓天關』（七言絶句《富士山雪》）[三]。富士山漢詩的另一個顯著特點就是描寫富士山美麗脱俗的雪景，如中岩圓月（一三〇〇—一三七五）的七言絶句《富士山》：『春風泥深行路難，途中借宿待晴乾。士山影落茶杯底，吞却天邊雪一團。』[四]這首詩避開直入主題歌頌富士山美景的套路，而是從旅途疲倦間無意的發現，用一杯淺淺的水折射出富士山頂清凉的雪景。另一些富士山漢詩則兼寫富士雪景之美及其高高在上的雄姿，如古劍妙快的七言絶句《送侍者登富士》：『富士扶桑第一峰，青天兼雪白雲重。犀牛扇破時炎熱，絶

〔一〕静岡縣編：《富士山漢詩百選》，静岡縣：富士山文化遺産観光科，二〇一四年，石川忠久卷首語。
〔二〕静岡縣編：《富士山漢詩百選》，静岡縣：富士山文化遺産観光科，二〇一四年，第四頁。
〔三〕静岡縣編：《富士山漢詩百選》，静岡縣：富士山文化遺産観光科，二〇一四年，第七頁。
〔四〕静岡縣編：《富士山漢詩百選》，静岡縣：富士山文化遺産観光科，二〇一四年，第八頁。

頂高寒別有冬。』〔一〕

從前面提及的富士山漢詩得知，富士山作爲日本第一高峰，常被用來與中國岱宗（泰山）作比較，如義堂周信（一三二五—一三八八）的七言律詩《次韻賦富士山寄祖東傳》：『富山面目自天開，肯與群峰競作堆。六月雪飛天外雨，三冬龍奮地中雷。岱宗謾説雄齊魯，培塿饒他屹草萊。爲報詩人須頌德，莫將千仞賦高哉。』〔二〕這首詩將富士山與岱宗（泰山）作比較，認爲泰山雖自稱雄於齊魯，但作者覺得，富士山的高遠及厚德更應該被歌頌。釋元政（一六二三—一六六八）的《富士山》則直接將富士與岱宗一較高下：『天鐘神秀海之東，萬仞高崖壓岱宗。根跨三州烟樹老，嶺分八葉雪花重。才衰難續都生記，身病何尋役氏蹤。唯有浮雲變遷去，巍然不改舊時容。』〔三〕這種比較的心態，反映了詩人的民族自豪心理。而柴野栗山（一七三六—一八〇七）的《富士山》則將這一心理表現得更爲直接：『獨立原無競，自爲衆嶽宗。』〔四〕有的詩人則把富士山推到了極高的地位，如國分青崖（一八五七—一九四四）的七言絶句《富嶽》：『五嶽三山豈足言，儼然端坐領乾坤。芙蓉自有人君象，南面滄溟萬古尊。』〔五〕這首詩尊奉富士山爲宗，并將其視爲『人君』，其爲富士山驕傲的民族心態溢於言表。詩人常稱富士爲『嶽』，如太宰春台（一六八〇—一七四七）的《登富嶽》；有以『望嶽』爲題的富士山漢詩，如秋山玉山（一七〇二—一七六三）的《望芙蓉峰》、江村北海（一七一三—

〔一〕静岡縣編：《富士山漢詩百選》，静岡縣：富士山文化遺産觀光科，二〇一四年，第九頁。
〔二〕静岡縣編：《富士山漢詩百選》，静岡縣：富士山文化遺産觀光科，二〇一四年，第十頁。
〔三〕静岡縣編：《富士山漢詩百選》，静岡縣：富士山文化遺産觀光科，二〇一四年，第二十四頁。
〔四〕静岡縣編：《富士山漢詩百選》，静岡縣：富士山文化遺産觀光科，二〇一四年，第五十八頁。
〔五〕静岡縣編：《富士山漢詩百選》，静岡縣：富士山文化遺産觀光科，二〇一四年，第一一一頁。

一七八八）的《望富嶽》，大田南畝（一七四九—一八二三）的《望嶽》尤其引人注目：『日出扶桑海氣重，青天白雪秀芙蓉。誰知五嶽三山外，別有東方不二峰。』〔一〕仁科白谷（一七九一—一八四五）的《望嶽二十首》也是寫富士山。這些富士山漢詩，無論是題名還是詩句，多少帶着杜甫《望嶽》的影子。

值得一提的是，杜甫《望嶽》詩寫泰山的詞語，也時不時被日本詩人用在寫富士山的詩歌裏，如心田清播（一三七五—一四四七）的七言絶句《富士》：『欲作東游四十年，士峰突兀落吾前。惟疑夢駕歸鴻輩，一覽神州凌絶巔。』〔二〕這首詩中的『一覽神州凌絶巔』與杜甫的『會當凌絶頂，一覽衆山小』神韻相通。關於富士山漢詩和杜甫的關係，容後再作詳細探討。

除了與中國山東泰山相比較之外，詩人還時不時把富士山與傳説中的中國靈山——昆侖山作比較，如吉田松陰（一八三〇—一八五九）的七言古詩《富士山》：『吾曾兩度過芙蓉，芙蓉何心潛三峰。今日更向三峰行，三峰快現芙蓉容。料知芙蓉亦有心，欲向昆侖評雌雄。』〔三〕這種比較的心態在富士山漢詩中并不少見。

富士山漢詩多姿多彩，角度獨特，詩人們從各個角度寫富士山，有蘭坡景茝（一四一七—一五〇一）的《扇面富士》、邵庵全雍的《水底富士》、松永尺五（一五九二—一六五七）的《富士川》、山崎闇齋（一六一八—一六八二）的《品川望士峰》、伊藤東涯（一六七〇—一七三六）的《題富士畫》、梁田蛻崖（一六七二—一七五七）的《士峰雪彩》、服部南郭（一六八三—一七五九）的《夢游富士二首》，等等，極盡富士之雄姿與美麗。

〔一〕静岡縣編：《富士山漢詩百選》，静岡縣：富士山文化遺産觀光科，二〇一四年，第六十五頁。
〔二〕静岡縣編：《富士山漢詩百選》，静岡縣：富士山文化遺産觀光科，二〇一四年，第十二頁。
〔三〕静岡縣編：《富士山漢詩百選》，静岡縣：富士山文化遺産觀光科，二〇一四年，第九十八頁。

此外，江户時代中期以來，詩人常以『芙蓉』或『玉芙蓉』來形容富士山，如篠崎小竹（一七八一—一八五一）的七言絶句《送小枝默默游江都》：『道中何物豁心胸，唯有芙蓉帶雪峰。平素慣看圖畫裏，馬頭明日見真龍。』[一]詩中的『芙蓉』就是指富士山。梁川星岩（一七八九—一八五八）的《芙蓉三首》也以『芙蓉』稱富士。

這部《富士漢詩百選》最具特色的地方在於輯録了中國大陸、臺灣地區的詩人寫富士山的作品。今將這部分作品輯録如下：

表 1–2 《富士漢詩百選》中的中國大陸、臺灣地區詩人寫富士山作品

作者及時代	詩　題	詩歌類型	詩歌内容	出　典
（元）成廷珪	送秀岩上人歸日本	七言律詩	幾年中國游方遍，看山看水念念非。海眼枯時千劫壞，日頭出處一僧歸。黄梅雨打袈裟濕，白蜃雲隨錫杖飛。富士岩前留語在，庭松新長舊禪扉。	《居竹軒詩集》卷一
（元）王逢	日本月千江長老攜其國僧裔竺峰級禹門征詩二首其一	七言律詩	日本盤盤瀛海間，夜分先見曙光殷。毛人傍帶窮荒島，富士高瞻奠枕山。開國使來東漢觀，游方僧詑大唐還。征詩慎説雞林售，不欲貪名著百蠻。	《梧溪集》卷五
（晚清）黄遵憲	富士山	七言絶句	拔地摩天獨立高，蓮峰湧出海東濤。二千五百年前雪，一白茫茫積未消。	《日本雜事詩》
康有爲	蘆湖樓望富士山	七言古詩	絶頂山湖絶頂樓，欲長幽隱洗我愁。惜非吾土難淹留，王孫芳草空幽幽。	《康有爲全集》
郭沫若	五絶	五言絶句	白日照天地，秋聲入早潮。披襟臨海立，相對扇峰高。	

[一] 静岡縣編：《富士山漢詩百選》，静岡縣：富士山文化遺産觀光科，二〇一四年，第七十四頁。

從以上幾首詩可以看出，中國詩人寫富士山，要麼直接稱呼『富士』，要麼稱之爲『蓮峰』『絶頂山』『扇峰』，雖承認其高，但少了日本詩人作品中對富士山的尊崇和熱愛之情，這是受詩歌創作時民族心態的影響。除了黄遵憲曾在日本擔任使館參贊，對富士山的瞭解會具體真實一些之外，其他中國詩人寫的富士山，多是憑藉想象和粗淺的瞭解寫出模糊的概念，并没有具體而清晰的描述，一是由於許多詩人并未真正到過富士山、看過富士山，二是對富士山抱有距離感。對於作爲日本象徵的富士山，中國詩人是不可能像日本詩人那樣傾注滿腔熱情去歌頌的，他們不把富士山和泰山進行比較，恐怕也是出於民族心理。不過，從中國人寫的富士山詩至少可以知道，富士山的名稱早在中國傳播開來，爲人所知。

此外，該漢詩選集中還有朝鮮通信使寫的富士山漢詩，描述富士山的美麗，稱頌富士山一帶人傑地靈，富士山可護國安民等，如張有斗（享保年間朝鮮通信使書記）所作的《富士山絶句書寄》：『獨立巍巍白玉巒，中天積雪夏猶寒。五雲佳氣連金闕，雄鎮扶桑萬歲安。』[一]這首詩不僅描寫了富士山的英姿，且形容其可以『雄鎮扶桑萬歲安』，極盡稱頌之辭。

日本學術界關於富士山文學的研究成果，還有一些。但是關於富士山漢詩文的研究，則比較少。如深田久彌於昭和十五年（一九四〇）編了一本題爲《富士山》的書（東京：青木書店，一九四〇年），全書分爲四部分，集合了古今關於富士山的諸多名家名作。第一部分爲關於富士山的概説，有河東碧梧桐的《富士的景觀》、别所梅之助的《富士的文學》、藤懸静也的《富士的繪畫》等九篇文章；第二部分爲紀行文，有加茂季鷹作於寬正二年（一七九〇）的《富士日記》，有大町桂月的《富士八海》等共十三篇文章；第三部分

[一] 静岡縣編：《富士山漢詩百選》，静岡縣：富士山文化遺産觀光科，二〇一四年。

爲五篇富士山導游文；第四部分爲隨筆，有林羅山的《丙辰紀行》等五十九篇隨筆，也有從《竹取物語》《伊勢物語》等古典文學作品中選取的關於富士山的片段。

久保田淳的《富士山的文學》〔一〕也循着古今文學作品，如物語、狂歌、俳句、漢詩、小説等中的富士山的足迹及其與日本人的心靈聯繫娓娓道來。全書選取五十多篇與富士山有關的文學作品，對從《萬葉集》《竹取物語》到現代文壇的夏目漱石、太宰治的作品進行解説，被出版社稱爲『富士山文學鑒賞的定本』〔二〕。

第五節　近現代富士山文學研究

静岡縣富士山世界文化遺産科從繪畫、和歌、物語、俳句等文學作品的角度論述了富士山的形象及其文化内涵。例如，从繪畫方面來看，根据文獻記載，早在十世紀的時候，就有了畫着富士山的屏風，現存最早的富士山繪畫，是平安時代秦致貞（はたのちてい）所畫的《聖德太子繪傳》第三面（一〇六九年，東京國立博物館藏）。由於富士山時不時噴火，富士山被視爲有着讓人畏懼的神力的靈山，而非人們可以隨便攀登、隨便描畫的山。《聖德太子繪傳》就是在這樣的信仰背景下誕生的，聖德太子被尊爲日本佛教之祖，被神格化，因此聖德太子纔可以飛躍富士山山頂。然而日本人認爲，圖中的富士山山頂凹凸不平，且嚴重傾斜，怎麼看都像是中國水墨畫中的山，因此《聖德太子繪傳》中的富士山畫的并不是實際所看到的山，而是想象中的樣

〔一〕〔日〕久保田淳著：《富士山的文學》，角川學藝出版，二〇一三年。
〔二〕出自書店宣傳廣告。

子〔二〕。如圖1-9所示。

十一世紀末以後，富士山火山活動暫時停止，修驗道者開始登山活動。平安时代末期的末代上人（まつだいしょうにん）是最有名的修验道者。但是登上富士山并非易事，富士山是自然條件嚴酷的修行場所，一般人并不能登上山去。

圖1-9　東京國立博物館藏《聖德太子繪傳》（富士山部分）

到了鎌倉時代，出現了像《一遍上人繪傳》《游行上人緣起繪》等畫卷作品，富士山作爲背景的一部分出現在這些畫傳中，在這一時期的畫作中，富士山獨特的美麗得到認識和表現。鎌倉幕府成立以後，東海道的往來活躍起來，看到真實的富士山的人逐漸增多，因此比起平安時代的想象中的富士山，鎌倉時代的富士山更具有真實性。富士山登山變得大衆化，是在室町時代，静岡縣的三處登山口、山梨縣的一處登山口，都在室町時代就已經被開鑿使用，而且富士山作爲主角的畫作開始出現，如『畫聖』雪舟等楊（一四二〇—一五〇六）所畫的《富士三保清見寺圖》（永青文庫）。隨着富士山信仰在江户時代的推廣，富士山参詣曼荼羅圖也批量產生。而且，在江户時代，富士山被神聖化的一個體現就是富士山與龍成爲繪畫的主題，如《富士山登龍圖》（静岡縣立美術館，如

〔一〕静岡縣文化觀光部富士山世界文化遺産科官網 http://www.fujisan22.com/reason/arts/picture/.

圖 1-10　静岡縣立美術館藏《富士山登龍圖》

圖 1-10 所示）。擁有神力的龍與神秘的富士山結合在一起，象徵着富士山的靈性和神聖。畫着向富士山飛升的龍的畫在江户時代有很多。

雪舟等楊是一位令人關注的畫家，他在中日文化交流歷史上起着十分重要的作用。雪舟，俗姓小田。由於見到元朝僧人楚石梵琦的墨迹『雪舟』二字，他感到雪地之舟的意境十分符合内心的心境，因此以『雪舟』爲名。雪舟出身於下級武士家庭，十二歲就出家爲僧，其繪畫天賦得到師父的賞識和鼓勵，後向相國寺畫僧天章周文學習水墨山水畫。雪舟一直希望能直接到明朝去學習水墨畫。一四六七年，已經四十八歲的雪舟以從僧的身份搭乘室町幕府的遣明使團船隻來到中國，該年冬天，雪舟抵達明朝都城北京。途中他飽覽了中國山川，訪求名師畫友，欣賞臨摹前人名作，繪畫水準進一步提高。到北京後，他先後向明朝著名畫家李在、張有聲學習水墨畫的技法。上文提到的《富士三保清見寺圖》就是雪舟在華期間所作。明朝詩人詹僖爲這幅畫題詩。一四六九年，雪舟和遣明使一行從寧波出發，渡海回到日本九州博多。他以畫作的方式『向日本人民介紹了中國美麗的自然風光』〔一〕。當然，同時，雪舟也以自己的畫作向中國人民介紹了日本的山水。

十八世紀以後關於富士山的畫作更具有個性化的特色，被譽爲富士山代表作的是葛飾北齋的《富嶽三十六景》。此時的富士山，已經成爲日本的象徵。

富士山也與和歌關係密切，奈良時代編撰的日本最古老的歌集《萬葉集》有四千五百多首和歌，其中十一首歌詠富士山。和歌除了描寫富士山雄偉高大的山形之外，就是寫高高的山頂上燃燒的火和冒出來的烟。富士山是一座火山，當時頻繁的火山噴發使得歌人把富士山描寫成一座熱情却又讓人敬畏的靈山，并用富士山形容熾熱的男女愛戀之情〔二〕。這一點被《萬葉集》之後的和歌沿襲，稱之爲『寄烟戀』〔三〕。

在日本古典物語作品中，富士山也起到了重要的作用，雖然故事的主角并非富士山，但可以從中窺見古代的富士山民俗信仰。比如作成於十世紀的被稱爲日本最古老的物語《竹取物語》就有關於富士山的描寫和信仰，這部分後文將詳細論述。另外，平安時代的歌物語《伊勢物語》第九段中也出現了對富士山山頂積雪、高度、形狀等的描述。

在被稱爲世界最短的詩型——俳句中，富士山更是頻繁地出現，且成爲俳句中表示季節的詞語——季語（又稱季題）。從江户時代一直到現代，有衆多俳句詩人吟頌富士山。静岡縣曾在日本全國徵集『迴響心中的富士山俳句』，從古今的俳句詩人作品中選出了最受大衆歡迎的百句富士山俳句，編成《富士山百人一句》。另，在藝能《羽衣》中，也出現了富士山的身姿。

〔一〕王曉秋著：《中日文化交流史話》，北京：商務印書館，一九九六年，第九十四—一〇〇頁。
〔二〕〔日〕井上さやか：《從萬葉集看到的『世界』》，東京：新典社，二〇一二年，第七十七頁。
〔三〕〔日〕高柳光壽著：《富士的文學》，東京：名著出版，一九七三年，第七頁。

由此可見，富士山已經滲透在幾乎所有的日本文學藝術中，而漢詩是其中最獨特的一種文學樣式。因爲漢詩來源於中國，無論是用語、格律、平仄、用典、字數、韻脚都源自中國傳統詩歌，并嚴格按照中國傳統詩歌的要求進行創作，當然也毫不例外地浸染着中國傳統文化。中國詩歌自古講究『詩言志』，常與政治主張、民族情懷、個人志向緊密聯繫，因此日本的漢詩，一反日本文學的不問政事、多抒發個人情懷的傳統，在日本衆多文學樣式中，顯得别具一格。用漢詩形式寫就的富士山作品，與中國傳統文化藕斷絲連，難分難解。

第二章　富士山文學與泰山民俗文化

第一節　富士山母體文化意識與中國傳統文化

富士山的形象，在漢詩、繪畫和民俗傳説中，都鮮明地體現出一個特點：母體。日本人把富士山看作可以孕育萬物的母體。嘉永五年（一八五二）的彩色繪本集《富士山上真景縮圖》就有一幅題爲《父母御胎内》的富士山圖，如圖 2-1 所示。

這是開始登山不久經過的一個景點，攀登富士山，仿佛進入母親的子宫内，領略自然之力的神奇和富士山的博大寬厚。

由於火山噴發的原因，富士山麓形成了一百二十多個溶洞。御胎内就是其中之一。這些溶洞也成了民間信仰的對象，被賦予了特別的意味。修驗道者喜歡在自然洞穴中修行。被稱爲『御胎内』的溶洞的發現，可以追溯到享保十八年（一七三三）七月，富士行者食行身禄在富士山中的烏帽子岩絶食入定，據説此事在米價幾次暴漲的江户社會裏，引起轟動。不管怎樣，食行身禄之後，以吉田御

圖 2-1　《富士山上真景縮圖》之《父母御胎内》

師田邊十郎右衛門爲首的衆弟子，依據食行身禄留下的教義開始廣泛布教，使富士講在以江户爲中心的地區廣爲流傳，大受歡迎。食行身禄所著的教典中有一卷稱爲『一字不説之卷』，該卷開頭部分稱富士之神淺間大菩薩在御藤山北口上吉田往上大約一合目的稱爲『御胎内』（ごたいない）的地方。所以，御胎内溶洞與富士講信仰的盛行有關，被認爲是淺間大菩薩出現的地方，是富士講信徒的聖地，登山路上必經的參拜場所。據富士講的信仰，走進溶洞再走出來，就能洗凈身上的污穢，仿佛再次從母親的子宫出來，獲得新生。

人們把御胎内溶洞看作人體内部，是由於這些溶洞是熔岩樹型溶洞，火山噴發之際流出的熔岩把樹木包住，被熔岩燒着的樹木後來形成洞穴，洞穴内部有非常複雜的形狀。由於御胎内的名氣越來越大，參拜人數越來越多，後來富士講信徒根據御胎内的樣子，人工製造了許多稱爲『富士塚』的富士山型參拜對象。

十九世紀後半期盛行以富士參拜爲主題的浮世繪，從玉蘭齋貞秀的《富士山體内巡之圖》（安政五年）等資料，大概可以知道御胎内的巡拜方式和路綫。一身白衣裝束的富士講信徒手持蠟燭進入御胎内，再把蠟燭帶回去，就可以保護産婦生産順利、母子平安〔一〕。而這與富士講信徒中有很多女性有關，雖然富士登山曾實行比較嚴酷的女性禁制〔二〕，認爲女性登山可能會導致天氣變壞，但後來這種觀點遭到了極力反駁，女性禁制有所緩解，女性登山者陡增，富士山信仰中也融入了女性心願的成分。因此富士山不僅被視爲民族精神的母親，其信仰本身也包含着濃厚的母性。

這種將富士山看作母體的文化意識不僅存在於古代，在現當代，我們仍然可以看出這一文化意識。請看

〔一〕〔日〕山本志乃：《富士的聖地與洞穴——從『人穴』與『御胎内』看近世庶民的信仰及旅行》，《圍繞着富士山的日本人的心性》，東京：法政大學國際日本學研究所，二〇〇七年，第二四〇頁。

〔二〕關於富士登山女性禁制，詳細的論述可參考竹谷靭負著：《富士山與女性禁制》，東京：岩田書院，二〇一一年。

下面兩幅出自《富士山的詩Ⅱ》[一]的圖片（圖2–2、2–3）。

在圖2–2的簡短的解說文中，作者如是說：『持續地創造着生命與美的地球，自然是愛，自然是偉大的藝術家。』[二]創造着生命與美的不正是母體嗎？大地如母的思想在古今中外都有。圖2–3更是明顯地體現了這種思想，富士山被看作孕育萬物生命之芽的母胎，而圖片中的富士山直觀形象，看起來也很像一個母胎。

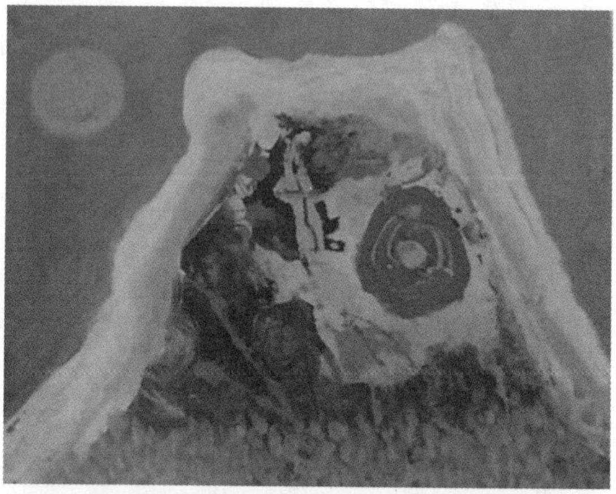

圖2–2　《富士山的詩Ⅱ》之一三二・愛

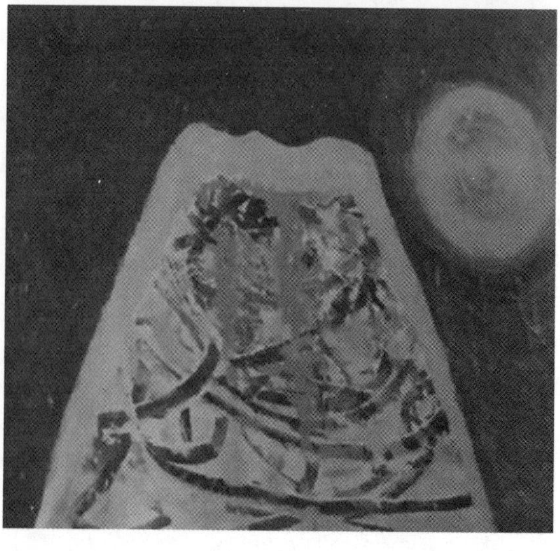

圖2–3　《富士山的詩Ⅱ》之一五八・生命發芽

此外，書中的圖畫也展現出了富士山的另一個與母體文化意識相關的特點，就是在日本的民族思想裏，把富士山看作女性，有清純的少女、也有優雅的貴婦人，如下圖（圖2–4、2–5）所示。

〔一〕〔日〕陣内一士著：《富士山的詩Ⅱ》，東京：日經BPコンサルティング，二〇一二年八月。
〔二〕〔日〕陣内一士著：《富士山的詩Ⅱ》，東京：日經BPコンサルティング，二〇一二年八月，第一三二頁圖說。

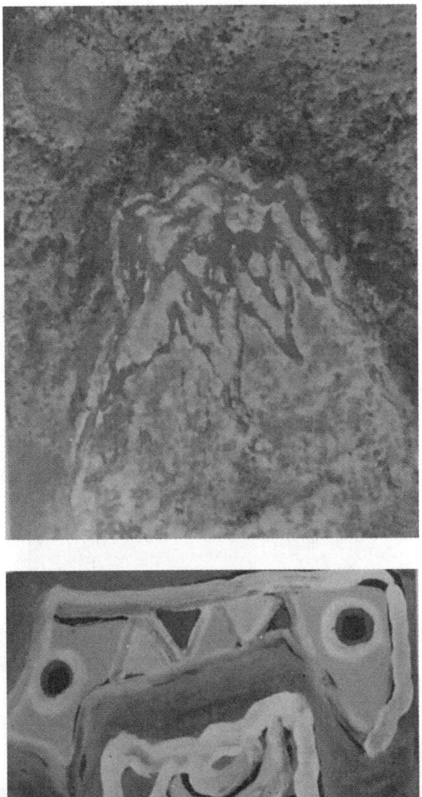
圖 2-4　《富士山的詩 II》之一二六・少女

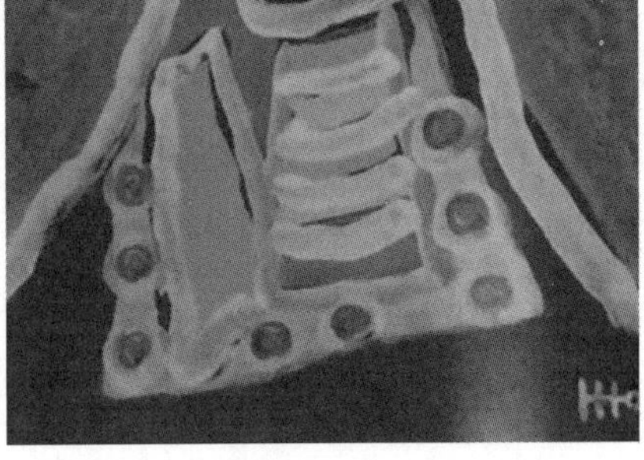
圖 2-5　《富士山的詩 II》之一四一・貴婦人

《貴婦人》的圖片解説稱：『貴婦人雖然年齡大，可是依然優雅美麗。』〔一〕富士山歷史悠久，但絲毫不減風采，在日本人的心靈裏，富士山也許就是最優雅高貴的母親。鐮田東二在《富士信仰與日本的靈性》一文中指出：『「富士山」的名字在阿伊奴〔二〕語中叫「富奇」，意思是「老婆婆」，它是阿伊奴人的聖地。富士山是母親的山，是大地的根源，是從深深的洞穴中噴發出火焰的地方，是大地的子，這就是「老婆婆」的山——富士山。』〔三〕山嶽被視爲母體的文化意識，在日本并不罕見。比如據《甲斐國志》卷二十二《山川部第三》稱，同在山梨縣境内，就有一座叫『菩提山』的山，因爲形狀相似，所以又叫『母胎山』〔四〕。

〔一〕〔日〕陣内一士著：《富士山的詩 II》，東京：日經 BP コンサルティング，二〇一二年八月，第一四一頁圖説。
〔二〕指日本的原住民，主要居住在日本的北部地方，現爲日本的少數民族。
〔三〕青弓社編輯部編，周以量譯：《富士山與日本人》第六章，北京：社會科學文獻出版社，二〇一〇年，第九十一頁。
〔四〕松平定能編：《甲斐國志》（上册），甲府市：少國民新聞社，一九三五年，第二九二頁。

上文説過，在日本的民俗信仰中，據《日本神明辭典》介紹，富士山的神有兩種比較流行的説法：一是指木花開耶姬（意指像花開時一樣漂亮的女神）；二是福慈神〔一〕。富士山神被看作女性的神。古代富士山的神被認爲是淺間（仙元）大神、淺間明神。到江户時代後期，淺間大神和淺間明神合稱爲淺間大菩薩。平安時代初期的文人都良香（八三四—八七九）在《富士山記》中曾説山頂有兩位翩翩起舞的天女〔二〕，這也許是把富士山神視爲女性的最早的記載〔三〕。富士山神爲女性這一認識，在十四世紀前半期所寫成的《富士縁起》（稱名寺傳本・金澤文庫藏）中有明確記載。書中把富士淺間大明神看成穿青衣、持寶珠、乘白雲的天女，根據同樣成書於十四世紀的《神道集》記載，淺間大菩薩又成了《竹取物語》中的女主人公赫夜姬（竹姬）及其戀人。在《竹取物語》最後，竹姬要回到天上去，她想報答養育過她的老爺爺、老奶奶，就在日本最高的山——富士山（海拔三千七百七十六米）山頂上放了一些不死藥，讓老爺爺去取。由這個故事可知，富士山文化中也包含着不死文化觀念，這與中國泰山、昆侖山的民俗信仰頗爲相似。

日本人從古至今保持着一種風俗，即登上富士山祭祀祈福，祈禱生育時母子平安、驅邪驅魔、遠離灾禍，或者祈禱能够找到好伴侣，有一段美滿的婚姻。這些都可以從側面説明日本人把富士山看作母體（女性）的文化特點，而日本又具有母性社會的特質〔四〕。

〔一〕關於富士山神的系統論述，可參考竹谷靭負著：《富士山的祭神論》，東京：岩田書院，二〇〇六年。
〔二〕關於都良香的《富士山記》，後文還將詳細論述。
〔三〕但是也有研究者認爲淺間大神的性别一直到鎌倉時代纔有區分，之前并未有明確的男女之别。見富士吉田市歷史民俗博物館編：《富士的神佛》之《總論・富士的女神像》，吉田：羽田印刷，二〇〇八年。
〔四〕日本臨床心理學家河合隼雄先生曾對日本的母性特質作過深入而系統的分析，可參考其著作《母性社會日本之病理》，東京：中央公論社，一九七七年。

富士山的母體文化意識，與中國古代典籍所體現的傳統山嶽文化，是多麽的相似。『山』在詩中不是一個簡單的意象，而是『有意味的意象』。從《詩經》開始，『山』就體現出了母體文化的意義，古人通過詩告訴我們，在生存物質來源上，在古人的婚禮和葬禮中，『山』都具有母體文化意義。這種母體文化意義影響着後世的思想和創作。關於中國山嶽文化中的母體文化意識，可以參考拙著《泰山詩歌意象與中日民俗》（濟南：山東人民出版社，二〇一七年）第二章的論述，此不贅述。

第二節　漢文《竹取物語》與中國民俗

《竹取物語》作爲日本最早的有文字記載的物語故事，原來是靠口口相傳的方式流傳下來的。《竹取物語》的作者和具體成書年代并不清楚，但是并不影響該書廣泛地流傳，其與富士山文化的緊密聯繫，也備受學術界關注。

《竹取物語》對古代物語和近現代小説都有極大的影響。有人認爲這部書大概成於平安時代初期（九世紀末）〔一〕，久保田淳在《富士山的文學》一書中提出自己的想法，認爲《竹取物語》很有可能在《古今集》編撰的時候就已經出版，并被廣泛閱讀〔二〕。由於故事廣受歡迎，相關的傳本非常多，超過百種，并出現了不少漢譯寫本。這裏介紹一種，即刀川橋丁的《漢譯竹取物語》，一册（二十四．四×十六．六厘米），藏於早稲田大學圖書館。如圖 2-6 所示。

〔一〕《竹取物語》，東京：角川書店，二〇一三年，第二四二—二四三頁。

〔二〕〔日〕久保田淳著：《富士山的文學》，東京：文藝春秋，二〇〇四年，第四十四頁。

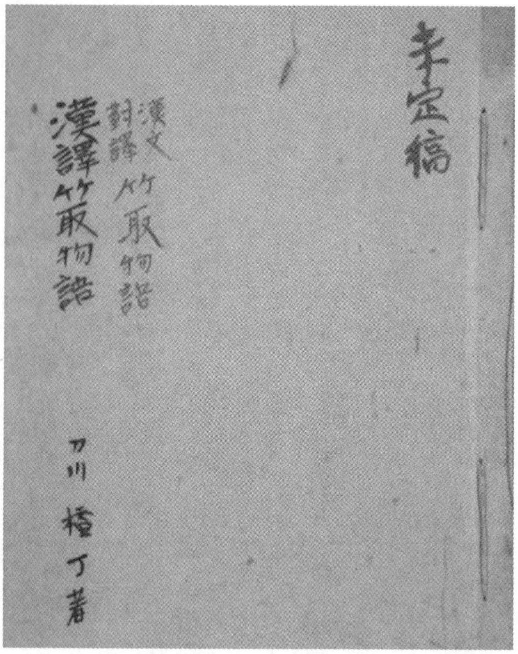

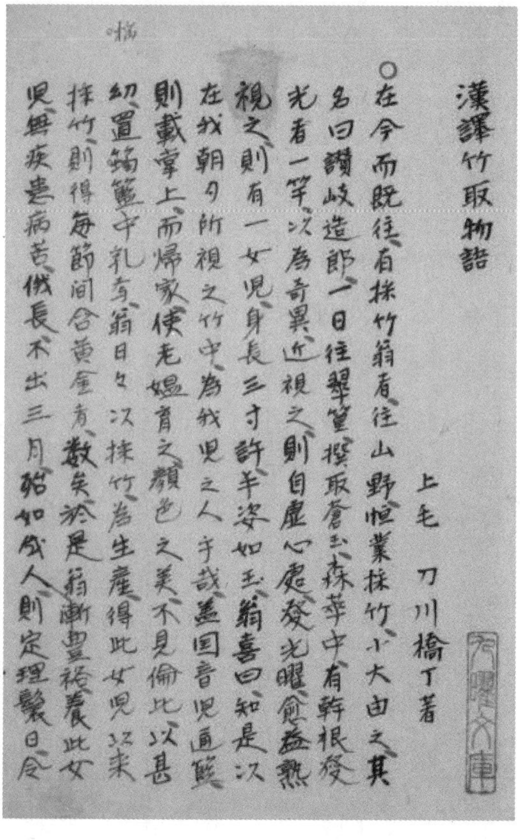
漢譯竹取物語

上毛 刀川橋丁著

○在今而既往有採竹翁者往山野恒業採竹小大由之其名曰讚岐造郎一日往翠篁撰取蒼玉森華中有幹根發光者一竿以為奇異近視之則自虛心處發光曜愈益熟視之則有一女兒身長三寸許丰姿如玉翁喜曰知是以在我朝夕所視之竹中為我兒之人乎哉蓋因音兒通假則載掌上而歸家使老媼育之顏色之美不見倫比以甚幼置籠中乳育翁日々以採竹為生產得此女兒以來採竹則得每節間含黃金者數矣於是翁漸豐裕養此女兒無疾患病苦徐長不出三月殆如成人則定理髮日令

圖 2–6　刀川橋丁的《漢譯竹取物語》（早稻田大學圖書館藏）

故事的梗概是：很久之前，有一位靠伐竹爲生的老人，有一天在山上伐竹時看到一棵竹子閃閃發光，他發現有一位美麗的三寸許長、丰姿如玉的小姑娘坐在竹筒中，十分喜愛，於是把她帶回家，讓老伴撫養，取名『赫映姬』。自從收養這個女孩後，老翁上山伐竹，數次在竹筒中發現金子，生活漸漸富裕起來。赫映姬從無疾病，三個月後，即長成成人女子的模樣，美麗非凡，聞名國中。年及二八，登門求親者絡繹不絕，其中有五位國中最爲尊貴的公子，堅決要娶她爲妻，不肯退去。赫映姬却始終無意出嫁，但礙於人情世俗，不便總是拒絕，於是分别給這五人每人一道難題，要五人分别尋找五件稀世珍寶：天竺佛鉢、蓬萊山上的金玉樹枝、唐土中入火不化的火鼠裘、龍頭明珠、玄鳥安産貝。五人最終無法尋得這些寶貝，祇得悻悻而歸。後帝聞姬美名，遂遣使問之，赫映姬堅不出户，不從王命。伐竹翁及其老伴多番勸説，帝以勛爵富貴相誘，赫映姬仍不爲所動：『妾决無仕王宫之心也，家君欲使强仕之，則妾唯有亡失而已。大人有得尊爵乎？則妾唯有一死耳。』〔一〕伐竹翁不敢再説什麽，擔心赫映姬有個三長兩短，因此極力替她辭謝帝王。帝無奈之下，祇好借上山狩獵之際，要求見赫映姬一面。『見有婉孌綽約，光彩照徹滿一室，宛然似藐姑射之仙，知其爲赫映姬，迫而見之，姬將逃入華帳，帝直捉其衣袖，姬俯伏以袖掩面，帝已瞥見其花顔，大愛之，不敢釋其袖。將率以歸王宫。赫映姬奏曰：「以賤妾已住於王土，大王欲奪妾志，以令侍床幃。雖然，妾元是非王土之民，大王安能得以妾歸宫闕乎？」』〔二〕就在帝令侍衛强行要將赫映姬拉入車中送回王宫之際，赫映姬道出了自己『原非王土之民』，隨即隱身而去，帝不敢輕舉妄動，但已爲赫映姬的美貌失魂落魄，念念不忘。但神人不能相交，帝祇好作歌贈赫映姬，以慰心魂。如此三載。

一天傍晚，赫映姬對月悲傷，大異於平時，伐竹老夫婦一再追問之下，得知赫映姬本是月宫之人，仙中之王來接赫映姬，曰：『（赫映姬）嘗以有罪辜，少間來汝之家，今者以罪障消滅，期已至，我來迎之。』〔三〕赫映姬必須隨他返回月宫。伐竹老夫婦雖然大爲悲傷，百般勸阻，帝亦命士兵持弓守衛，但赫映姬還是披上了羽衣，被群仙帶回月宫。爲報答伐竹老夫婦的養育之恩，赫映姬留書以慰思念，且分别送老夫婦和帝王不死藥。老夫婦悲痛欲絶，將不死藥傾覆，困卧病床。而『大國率師歸闕，奏群仙奪姬去之狀，且獻藥壺及書。

〔一〕〔日〕刀川橋丁譯：《漢譯竹取物語》寫本，早稻田大學藏本，第十八頁。
〔二〕〔日〕刀川橋丁譯：《漢譯竹取物語》寫本，早稻田大學藏本，第十九頁。
〔三〕〔日〕刀川橋丁譯：《漢譯竹取物語》寫本，早稻田大學藏本，第二十三頁。

帝覽其書，大悲之，絶飲膳，遂至廢諸游宴。一日，召集百官有司，問曰：「四海之內，何州何山是峻極於天？」卿等各奏所聞知。有司奏曰：「駿河國有高山，去京畿不遠，天闕甚近。」……則使行人調岩笠，持赫映姬所獻之靈丹及奏書，登駿河國高山之絶巔以焚之。岩笠奉命，率從士教人至駿河，登山焚之。爾後稱此山曰不死山者，蓋源於此也。其烟直上，至今猶接雲漢云』〔一〕。

這就是《竹取物語》故事中最後出場的富士山。故事中有不少情節來源於中國的典籍與傳統文化，比如赫映姬給五位貴公子出的難題中，就有蓬萊金玉樹枝、唐土火鼠裘和龍頭上的明珠。火鼠裘的來歷不甚明瞭，赫映姬明確指出火鼠裘是『唐土』（即今中國）之物，《竹取物語》中也寫了那位追求赫映姬而被要求找到火鼠裘的貴公子右大臣阿部御主人，他給來自中國的貿易船上一個叫王慶（或譯爲『王卿』）的人寫信，不惜重金托他帶一件火鼠裘來日本，王慶却回復説『我國并無此物』，『倘若天竺偶爾有此物舶來我國，鄙人倒可向我國一些商家長者打探，或許可借助他們之力得到此物』〔二〕。看來火鼠裘在傳説中是從天竺傳入中國的寶物。

關於龍首之珠與中國典籍、文化的關係，早已有研究者專門撰文分析，指出龍首明珠是吸收了漢文典籍纔得出的，漢文典籍的利用在日本文學中占據重要地位，是日本文學創作的一個傳統模式，當然，這一利用并非衹是單純的模仿，在吸收漢文典籍的過程中，日本文學也創造出了自己獨特的民族文化。龍首之珠的故

〔一〕〔日〕刀川橋丁譯：《漢譯竹取物語》寫本，早稻田大學藏本，第二十五頁。

〔二〕火鼠裘其物是否真的存在尚存疑問，在諸多版本的《竹取物語》中，有一點是一致的，即右大臣最終没有找到赫映姬所要求的火鼠裘。正文所引之語出自唐月梅譯：《竹取物語圖典》，上海：上海三聯書店，二〇〇五年，第三十七—三十八頁。

事有的學者認爲取自《莊子》中的『驪龍頷下之珠』的故事，而有的則認爲取自《史記·秦始皇本紀》〔一〕。

蓬萊山是中國古代典籍中記載的仙山，《山海經·海内北經》稱：『蓬萊山在海中。』〔二〕有關蓬萊山的故事，也可以參考《列子·湯問》：

渤海之東不知幾億萬里，有大壑焉，實惟無底之谷，其下無底，名曰歸墟。八絃九野之水，天漢之流，莫不注之，而無增無減焉。其中有五山焉：一曰岱輿，二曰員嶠，三曰方壺，四曰瀛洲，五曰蓬萊。其山高下周旋三萬里，其頂平處九千里。山之中間相去七萬里，以爲鄰居焉。其上臺觀皆金玉，其上禽獸皆純縞。珠玕之樹皆叢生，華實皆有滋味，食之皆不老不死。所居之人皆先聖之種；一日一夕飛相往來者，不可數焉。

蓬萊仙山的景象及居住其上的『先聖之種』，不老不死的仙丹，與《竹取物語》故事中的多個因素暗合，其受中國古代神話的影響，是顯而易見的。日本學者也曾研究指出，日本有海幸彦、山幸彦等漂浮仙山型的神話故事，其原型其實早在中國的神話故事中出現〔三〕。蓬萊仙山上的不老不死仙丹吸引秦始皇派遣徐福去求藥，傳説徐福率領童男童女到達如今的日本之後定居下來。中國五代時期義楚和尚所撰的《六帖》卷二十一稱徐福到了日本，在日本有座富士山，『亦名蓬萊』。相關的遺迹仍散見於日本多地。據考證，在日

〔一〕〔日〕伊澤美緒：《〈竹取物語·龍首明珠〉中求婚難題的漢文典籍利用》，《南京師範大學文學院學報》二〇〇九年十二月第四期，第一一一—一一五頁。
〔二〕（漢）劉向、劉歆編：《山海經》（圖文版），瀋陽：萬卷出版公司，二〇一四年，第二八三頁。
〔三〕〔日〕吉田敦彦著：《日本神話的考古學》，西安：陝西師範大學出版社，二〇一三年，第五十二—五十五頁。

本和歌山縣新宮市一片背山面海的樹林裏，有一座刻着『秦徐福之墓』幾個大字的墓碑，當地群衆每年九月還要舉行盛大的『徐福祭』。又，傳説徐福曾在佐賀市的金立山住過，因此當地居民建了一座金立神社奉祀徐福，佐賀縣每五十年舉辦一次隆重的慶典『徐福大祭』，當地還流傳着徐福與土著酋長女兒阿辰的愛情故事。又，三重縣熊野市的矢賀海岸（熊野浦）被認爲是徐福的登陸地，附近有徐福之丘和徐福祠。甚至有傳説稱徐福後來在富士山，即蓬萊山山麓找到了不老不死的仙藥，但當時秦始皇已經去世，徐福向日本當地居民傳播了中國文化和生産技術後，變成一隻仙鶴，經常盤旋在富士山原野的上空。因此富士山山麓也有幾個徐福祠[一]。山梨縣富士吉田市還有爲化爲仙鶴的徐福而建造的『鶴塚』。時任富士山徐福館館長的土橋壽熱衷把這個故事講給當地的小學生聽，傳播富士山文化和徐福文化。他還將這個故事整理發表在《亞細亞游學》第五十二號（二〇〇三年六月五日刊）的徐福特輯（第四十到四十三頁）上。從上述中日間交錯穿行的神話傳説和民間風俗，可以感受到中日文化水乳交融般的密切交流。

另外，在《竹取物語》中，帝王初見赫映姬時驚爲天人，覺得她就像傳説中的藐姑射之仙，在《山海經·海内北經》中，也有關於姑射的記載：『列姑射在海河州中。』又曰：『姑射國在海中，屬列姑射，西南，山環之。』[二]意思是説大海中有幾座沙州，州上有幾座連麓的山，名叫姑射列山。而姑射國是海中的一個島國，轄地爲姑射列山的一部分，位於姑射列山的西南部，姑射國的周圍都是山。但是姑射山與藐姑射是否爲同一座山，并不得而知，但藐姑射之山也是傳説中的仙山，『古代傳説中仙人所居住的山』，出自《莊子·逍遥游》。也有一種説法認爲，藐姑射之山就是指遥遠的姑射山，藐就是遠的意思，姑射就是指《山海經》中

〔一〕王曉秋著：《中日文化交流史話》，北京：商務印書館，一九九六年，第十二—十八頁。

〔二〕（漢）劉向、劉歆編：《山海經》（圖文版），瀋陽：萬卷出版公司，二〇一四年，第二八一頁。

的姑射山〔一〕。從這樣的地理環境可以大概推測，藐姑射之仙是山神，是海中的山神，而海中島國、四周環山也符合日本的地理特點，因此《竹取物語》的故事還有一個寓意恐怕是指赫映姬作爲日本這一島國的山神。當然，她同時也是月神。而藐姑射之仙則出自《列子·黄帝》和《莊子·逍遥游》，《列子》對《莊子》有很大影響。《列子》曰：『列姑射山在海河洲中，山上有神人焉，吸風飲露，不食五穀；心如淵泉，形如處女。不偎不愛，仙聖爲之臣；不畏不怒，願慤爲之使；不施不惠，而物自足；不聚不斂，而己無愆。陰陽常調，日月常明，四時常若，風雨常均，字育常時，年穀常豐；而土無札傷，人無夭惡，物無疵癘，鬼無靈響焉。』〔二〕《莊子·逍遥游》中對姑射神人的描述要簡單一些，但有一些因素保留了下來：『藐姑射之山，有神人居焉，肌膚若冰雪，綽約若處子；不食五穀，吸風飲露；乘雲氣，御飛龍，而游乎四海之外；其神凝，使物不疵癘而年穀熟。』〔三〕這位仙子住在藐姑射山上，肌膚潔白如雪，身姿柔軟如處女，不吃五穀雜糧，吸清風、飲露水，乘着雲氣，駕着飛龍，遨游於四海之外。她的神情凝聚而專一，能使萬物不受灾害而五穀豐登。這一點與《列子》中的姑射女神一致，二者都可以使自然界風調雨順、人間和睦、五穀豐登，看來藐姑射之仙還是豐收女神。

按照物語故事的情節，富士山之所以被稱爲『不死山』，具有不死文化的信仰因素，是因爲月宫仙子赫映姬的不死藥被放在富士山山頂焚燒。故事中的帝王没有服用赫映姬留給他的不死仙丹，而是以在國内最高、高得接近天闕的山的山頂上焚烟的方式祭拜和紀念赫映姬。《竹取物語》中富士山不死文化觀念的來源，反映了古代月與山、與女子的民俗信仰。爲此，本節特地從赫映姬的角度、竹子的角度和月亮信仰的角度來探

〔一〕杭州大學中文系《古書典故辭典》編寫組編：《古書典故辭典》，南昌：江西人民出版社，一九八四年，第五三一頁。
〔二〕葉蓓卿譯注：《列子》，北京：中華書局，二〇一五年，第三十一頁。
〔三〕方勇譯注：《莊子》，北京：中華書局，二〇一五年，第十頁。

討《竹取物語》的文化内涵及其與中國傳統文化的關聯，論述中會涉及當代民俗活動與繪本閱讀等相關内容，從側面體現古代文化强大的生命力及其對當代生活多方面的影響。

一、《詩經》中的竹意象與中日古代文化交流

首先來看一下赫映姬，按照物語的説法，赫映姬本是月宫之子，由於戴罪被罰，降到人間，在竹筒中被伐竹老翁發現，後罪障消除，被迎回月宫。從赫映姬出現的地方——竹林和竹筒開始，赫映姬就帶上了神秘的色彩。赫映姬爲什麼會出生在竹林裏呢？

在古代的民俗信仰中，竹子是大自然中具有强大生命力的神秘的存在，古代的祭神等民俗活動多采用竹製品，也説明了古人對竹子的信仰，古人相信竹子可以招來神靈。如此解讀的話，伐竹老翁就相當於神社裏伺候神靈的人。有研究者進一步指出，竹筒裏的空間，是人間與神靈相通相接的神秘區域，神靈自天降臨，就可能寄居在竹筒中[一]。類似的信仰還體現在瓜和壺等中空的物品中。耐人尋味的是，上文提到的蓬萊仙山被認爲是壺形的，宛如遥遠的海上漂流着的壺[二]。關於竹、《竹取物語》和竹的民俗信仰等，有不少學者從不同的角度進行了闡述，如上田弘一郎在《竹與日本人》（東京：日本放送出版協會，一九八一年）第三章第一節就以《竹取物語》爲討論的對象，從現代科學的角度分析爲何遠古的人們會産生從竹子中誕生人類的想法，并指出《竹取物語》的故事情節與中國四川的斑竹姑娘的故事相似，并説這樣的故事類型在産竹子

〔一〕《竹取物語》，東京：角川書店，二〇一三年，第十六—十七頁。
〔二〕〔日〕吉田敦彦著：《日本神話的考古學》，西安：陝西師範大學出版社，二〇一三年，第五十五頁。

的熱帶國家并不少見。此外，竹内叔雄在《竹之素肌》（東京：石崎書店，一九五六年）裏也對竹的民俗信仰進行過探討，高島雄三郎也撰寫了《竹的風土記》（東京：しなの出版，一九六七年），探討在日本文化和日常生活中竹子的方方面面。

竹子，在中國最早的詩歌總集《詩經》中已經出現，并與古代的婚育民俗産生聯繫。《詩經》的竹分别出現在《衛風·淇奥》《衛風·竹竿》和《小雅·斯干》《小雅·采緑》中。

正如有的生態學者所言：『縱觀人類社會文化歷史的發展進程，文學藝術的命運與大自然的狀况、人類精神的狀况是血脉相連、息息相關的。文學藝術就其本性來講可能更接近生命的屬性和生態學的原則，它的根深植於自然的土壤中。』〔一〕我國古典文學作品中藴含着豐富的生態思想，體現着人與大自然的和諧相處。文學創作通過藝術化的方法，把人類的情感和生命觀、世界觀融入到大自然物象中，就成了一個個流傳千古的文學意象。竹便是其中之一。

意象從自然的物象轉化而來，經過詩人的藝術加工，就成了文學意象。最初的時候，這些意象都是源於先人在日常生活中對大自然的觀察、體會和樸實的感受。中國傳統詩學中的意象理論很早就出現了，《周易》説：『立象以盡意。』這裏的『意』不是西方語言學所説的語義、字義，而是情感和内心的感受、想法，等等，古典文學中的『意』不是指某個具體的詞語、句子的意思，而是大的、抽象的情感和内心的感受。它的含義非常豐富。而這往往是語言難以一一表達出來的，纔會借助於『象』，《莊子》説：『言有盡而意無窮。』所以，意象首先體現爲物，是作者取外界之物融入情思，再經過藝術化的加工創作，使之成爲文學意象。意象所取之物，多來源於自然界，也來自社會，這些意象藴含着豐富多樣的情思，也反映了當時的民俗信仰。

〔一〕魯樞元著：《生態文藝學》，西安：陝西人民出版社，二〇〇〇年，引自内容提要部分。

俗話説『人非草木，焉能無情』，可實際上，人類與自然共同生活在地球上，作爲地球生態圈中的一環，當人類的物質生活和情感生活都與草木發生聯繫的時候，草木并非真的『無情』。在文學作品中，草木就是人類的化身，是人類情感的依托，人類對草木的認同和親近，從中外的古典文學作品中，我們就能找到許許多多的例證。英國肯特大學女教授 M.M. 馬胡德就寫了一本名爲《作爲植物家的詩人》的書來研究詩人與草木的關係：幾個世紀以來，詩人——如安德魯・馬維爾説的，詩人衹是這個（被植物吸引的）群體中的一員——被花朵的美麗所吸引。……除了探索詩學和科學對這片緑色世界的反應之間的關係，這種關係隨着人類在生態圈中所處位置的變化而變化〔一〕。莫里・馬胡德雖然一直是文學教授，但她退休後，爲了進行植物學和詩學的研究，特地到公開大學修完了植物學的課程。另外，有的研究者更進一步指出：『文學藝術是現實生活的反映，現實生活包括兩個方面……一是指自然環境對作家心理、氣質、情愫的影響。』〔二〕可見，人與自然界之間的影響是相互的，所以李清照看到落花，就覺得感傷，李商隱看到落葉，也不禁想起了遠方的親友和遠去的時光。自然界對於人類的心靈，是有極大觸動作用的。今天讀《詩經》中的竹，讀者仍然會有這樣的心靈觸動。

先看《衛風》。衛風是衛地民歌，衛地曾是殷商王朝的中心區域，周武王滅商之初，封商紂王之子武庚爲殷後，同時三分其地，分別由管叔、霍叔和蔡叔監管，稱爲『三監』。自紂城以北謂之鄁，以南謂之鄘，以東謂之衛。《漢書・地理志》中有相關記載。後三監聯合武庚造反，被周公平定，於是封康叔，即周公之弟

〔一〕M.M.Mahood, *The Poet as Botanist*, Cambridge University Press, New York, 二〇〇八年。

〔二〕李岫：《自然的永恒與文學的變調——文藝生態學探索之一》[J]，《京都外國語大學研究論叢》，第一〇一〇一〇五一號，一九九〇年，西川商店出版，第五〇二頁。

於原武庚、三監之地，是謂衛國，在今河北南部與河南北部一帶。先看《衛風·淇奥》：

瞻彼淇奥，緑竹猗猗。有匪君子，如切如磋，如琢如磨。瑟兮僩兮，赫兮咺兮。有匪君子，終不可諼兮。

瞻彼淇奥，緑竹青青。有匪君子，充耳琇瑩，會弁如星。瑟兮僩兮，赫兮咺兮。有匪君子，終不可諼兮。

瞻彼淇奥，緑竹如簀。有匪君子，如金如錫，如圭如璧。寬兮綽兮，猗重較兮。善戲謔兮，不爲虐兮〔一〕。

傳統認爲，這首詩是『贊美衛國一位有才華的君子的詩，古書上都説贊美的是衛武公』〔二〕。然而，聞一多指出：『《詩經》是中國有文化以來的第一本教科書，而且最初是唯一的教科書。古時教育以詩教爲最重要。……教是對青年而言的，青年受教育正是青春時期，這時期在心理上有很大變化，生理上亦然。男女的性問題是很大的問題，施教自然要針對被教者的問題，故詩中關於性愛者最多。』并且説：『《三百篇》本不是爲作課本而産生的，尤其是《風》，是人民要説出自己的話。』〔三〕日本學者水上静夫在研究中國的文學與植物時，認同聞一多對《詩經》的看法，并明確表示這首《淇奥》就是戀愛詩，詩中的『君子』，指

〔一〕程俊英、蔣見元著：《詩經注析》，北京：中華書局，一九九一年，第一五五—一五九頁。
〔二〕程俊英、蔣見元著：《詩經注析》，北京：中華書局，一九九一年，第一五五頁。
〔三〕劉晶雯整理：《聞一多詩經講義·引言》，天津：天津古籍出版社，二〇〇五年。

的是女子愛慕之人。水上静夫進一步指出，《淇奥》是包含着竹的民俗信仰及植物隱語的戀愛詩〔一〕。《淇奥》以緑竹比興，傾訴懷念與愛慕之情。《衛風·竹竿》和《小雅·采緑》也是如此，以采摘植物、釣魚或植物本身比興，傾訴男女之情。

再來看看《衛風·竹竿》：

籊籊竹竿，以釣于淇。豈不爾思，遠莫致之。
泉源在左，淇水在右。女子有行，遠兄弟父母。
淇水在右，泉源在左。巧笑之瑳，佩玉之儺。
淇水滺滺，檜楫松舟。駕言出游，以寫我憂〔二〕。

這首詩寫女子遠嫁思歸，女子以竹竿釣於淇水，奈何『遠莫致之』，生動地寫出了思而不得的心情。這裏的『竹竿』與《淇奥》中的『緑竹』，應爲同一植物。聞一多主張是指普通的竹子：『「緑竹」，有説爲野菜，有説即普通的竹子，二説都有根據。古黄河流域不但有竹，且能産稻。古代天氣熱於今，黄河流域有象，長毛，居森林。我們寧取「緑竹」爲竹子，以增美此詩之背景。』〔三〕而《小雅·采緑》也是表達男女感情的詩，如下：

〔一〕〔日〕水上静夫著：《中國古代植物學研究》，東京：角川書店，一九七七年，第七二〇—七二一頁。
〔二〕程俊英、蔣見元著：《詩經注析》，北京：中華書局，一九九一年，第一七八—一八〇頁。
〔三〕劉晶雯整理：《聞一多詩經講義》，天津：天津古籍出版社，二〇〇五年，第七十頁。

終朝采绿，不盈一匊。予發曲局，薄言歸沐。
終朝采藍，不盈一襜。五日爲期，六日不詹。
之子于狩，言〈韔〉其弓。之子于釣，言綸之繩。
其釣維何，維魴及鱮。維魴及鱮，薄言觀者〔一〕。

這是婦人思君子的詩。對於詩中『绿』爲何種植物，不同的人有不同的看法，有人認爲『绿』是指鷄脚莎〔二〕，即藎草，一年生細弱草本植物，葉卵狀披針形，秋季開紫褐色花，汁液可作黄色染料。有學者認爲『绿』『竹』在詩中同屬竹科植物，且在詩中與《衛風・竹竿》中的竹有同樣的比興作用，都與戀愛有關〔三〕。順便一提，對於《衛風・淇奥》中的『绿竹』，朱熹《詩集傳》解釋爲『绿色的竹子』，有人認爲『绿竹』是兩種不同的植物。有人認爲『二説均通』〔四〕。關於『绿』『竹』的異同，清人徐鼎匯總各説，難以抉擇，雖傾向於認爲『绿』『竹』爲兩種不同的植物，但是覺得朱子的説法也不無道理，左右爲難之際，雖然將『绿』和『竹』分爲兩種植物列出，但又補充云『信二説各自可通』。今摘録於下：

《毛傳》竹，扁竹也。《爾雅》竹，扁蓄。『郭璞注』似小藜，赤徑節，好生道旁，可食，可殺蟲。『陸德明曰』绿，竹并如字。《爾雅》作『菉』，音同。《釋草》云：『菉，王芻。竹，扁蓄。』

〔一〕程俊英、蔣見元著：《詩經注析》，北京：中華書局，一九九一年，第七二〇—七二三頁。
〔二〕程俊英、蔣见元著：《詩经注析》，北京：中華書局，一九九一年，第七二一頁。
〔三〕〔日〕水上静夫著：《中國古代植物學研究》，東京：角川書店，一九七七年，第七一九頁。
〔四〕（清）徐鼎撰輯：《毛詩名物圖説》，北京：清華大學出版社，二〇〇六年，第二四八頁。

李巡曰：『一物二名。』……《韓詩》……亦分緑、竹爲二。惟朱子《集傳》云：『緑，色也。淇上多竹，漢世猶然，所謂淇園之竹是也。』……今《毛傳》、朱子并以美盛起興，信二説各自可通。及按『終朝采緑』，《集傳》云：『緑，王芻。』則朱子亦不廢毛氏之説。姑從《毛傳》，分列二圖，仍引朱《傳》而并參之〔一〕。

無論『緑』『竹』爲同一科屬的植物還是不同的種類，二者在詩歌表達手法和情感刻畫方面都是相通的。就詩意而言，竹子常緑，以『緑』代稱竹，并無不可。以修長清秀之竹來比喻女子所思之君子，形神恰切，因此，筆者傾向於認爲『緑』『竹』同爲竹。總之，以上三首詩都與男女婚戀有關，無怪乎中日兩國有不少研究者認爲竹子的民俗信仰與古人的婚戀有關。水上静夫就指出，中國古代醫學認爲竹子可以强身健體并且能够有助於婦女懷孕生産，而這樣的觀念出自自古以來民間把竹子和婚戀、妊娠聯繫在一起，并進而寓指多子多孫，人丁興旺〔二〕。《小雅・斯干》就有這樣的寓意：

秩秩斯干，幽幽南山。如竹苞矣，如松茂矣。兄及弟矣，式相好矣，無相猶矣。
似續妣祖，築室百堵，西南其户。爰居爰處，爰笑爰語。
約之閣閣，椓之橐橐。風雨攸除，鳥鼠攸去，君子攸芋。
如跂斯翼，如矢斯棘，如鳥斯革，如翬斯飛，君子攸躋。

〔一〕（清）徐鼎撰輯：《毛詩名物圖説》，北京：清華大學出版社，二〇〇六年，第二四九頁。
〔二〕〔日〕水上静夫著：《中國古代植物學研究》，東京：角川書店，一九七七年，第七三一—七三二頁。

殖殖其庭，有覺其楹。噲噲其正，噦噦其冥。君子攸寧。
下莞上簟，乃安斯寢。乃寢乃興，乃占我夢。吉夢維何？維熊維羆，維虺維蛇。
大人占之：維熊維羆，男子之祥；維虺維蛇，女子之祥。
乃生男子，載寢之床，載衣之裳，載弄之璋。其泣喤喤，朱芾斯皇，室家君王。
乃生女子，載寢之地，載衣之裼，載弄之瓦。無非無儀，唯酒食是議，無父母詒罹〔一〕。

這首詩被認爲是祝賀周王宫室落成的詩〔二〕，而日本學者則進一步指出這首詩是新居落成時進行歌舞巫祝的作品，有巫歌的性質，巫歌中包含着竹子〔三〕。詩中，『如竹苞矣，如松茂矣』有比喻和祝願人丁興旺的意思〔四〕，如竹子叢生，如松柏茂盛，希望家族興旺，繁衍不衰。

引起筆者注意的是《斯干》一詩提到了『南山』，説南山上多竹多松，言其茂盛興旺之勢，與整首詩的詩意相通。『南山』在《詩經》中多次出現，且有寓指長壽的意思，在《詩經》多首具有祝頌性質的詩都出現了『南山』，竊以爲這與古代的不老不死的民俗信仰也有關係。

『壽比南山』或『如南山之壽』在中國是常用的祝福語，這個祝福語可遠溯至《詩經》。詩人以『南山』比壽，影響了後世的詩作，不斷累積象徵義、比喻義，最終形成一種文化認同，使『南山』成爲傳統文化中

〔一〕程俊英、蔣見元著：《詩經注析》，北京：中華書局，一九九一年，第五四二—五四八頁。
〔二〕程俊英、蔣見元著：《詩經注析》，北京：中華書局，一九九一年，第五四二頁。
〔三〕〔日〕水上静夫著：《中國古代植物學研究》，東京：角川書店，一九七七年，第七二八頁。
〔四〕雖然，程俊英、蔣見元持不同看法，他們認同『如』是指『有』，列舉居室附近環境景物，而非比喻，并以姚際恒《詩經通論》等人的説法爲證。程俊英、蔣見元著：《詩經注析》，北京：中華書局，一九九一年，第五四三頁。

的長壽符號。而且『南山』在《詩經》中也與愛情有關。

《詩經》中，共有十二首詩出現了『南山』，而且每首詩出現『南山』的次數都不止一次。『南山』出現次數遠遠多於『北山』『西山』『東山』等山，可以説，『南山』在《詩經》中也是一個值得關注的詩歌現象〔一〕。

人們通常認爲，《詩經》中所説的『南山』就是終南山，但是，仔細考察《詩經》中出現的每一個『南山』，并不都是指終南山，而且，『南山』在詩歌裏都不是實指的，它并不一一對應自然界中的山嶽客體，它是經過詩人抽象的一個意象。

首先，『南山』出現在《召南·草蟲》中：『陟彼南山，言采其蕨。未見君子，憂心惙惙。亦既見止，亦既覯止，我心則説。陟彼南山，言采其薇。未見君子，我心傷悲。亦既見止，亦既覯止，我心則夷。』〔二〕周南、召南的産生地，大概即今河南省西南部、湖北省北部和湖北江陵縣一帶〔三〕。至於『南山』具體指哪座山、在哪裏，迄今尚無確切的答案，對『南山』的研究，除了文獻記載的地理考證，我們還可以轉而從詩意本身出發，探究它的意藴。

〔一〕請參考段學儉《〈詩經〉中『南山』意象的文化意藴》，《遼寧師範大學學報》一九九九年第三期。文章也指出《詩經》中的『南山』是一種詩歌現象，且『南山』多與男女愛情和長壽福禄有關。

〔二〕程俊英、蔣見元著：《詩經注析》，北京：中華書局，一九九一年，第三十三—三十五頁。

〔三〕關於周南、召南的産生地，程俊英、蔣見元在《詩經注析》（中華書局，一九九一年十月版）引《韓詩序》之説，認爲《韓詩序》所説的『南陽』即今河南省南部、湖北省北部；其所説『南郡』即今湖北省江陵縣一帶。并引方玉潤《詩經原始》中所説：『南者，周以南之地也。』魏源《詩古微》上編之三引《楚地記》曰：『漢江之北爲南陽，漢江之南爲南郡，蓋漢世南郡兼湖北荆州、宜昌、施南、襄陽四府之地。南陽兼今河南南陽府、汝州之地……是其境（按：指周南之境）東北至汝，南至江，北至漢也。……（召南之境）西北至蜀，東南至南郡也。』另，清人馬瑞辰《毛詩傳箋通釋》（中華書局，一九八九年三月）引《水經注》等書考證認爲『南』爲南國之義，并非泛指南方、南土，詳見其中《周南、召南考》。

《草蟲》説的是一位女子對某男子的熱切思念，思而不見，便産生想象。全詩展現了女子對男子熱烈的愛戀。『陟彼南山，言采其蕨』和『陟彼南山，言采其薇』在詩中是比興，女子上山采摘野菜，但心中仍然强烈地思念着那個男子。女子登山摘菜，登的是『南山』而不是『北山』或者『東山』『西山』等别的山，這是一種偶然嗎？還是一種必然？女子日思夜想，寢食難安，她登山摘菜，她所登之南山，是否與她所思念的物件有着某種聯繫？女子所見的一景一物都能勾起她對男子的思戀，甚至一隻『喓喓』叫着的蟈蟈，都能令她思念萬千。南山采蕨、南山采薇同樣令女子的思念加劇。那麽『南山』也許就是他們曾經多次約會的地方，故女子登『南山』時心中有一種期待，期待在山上能遇到心上人。但是，期待落空，所以纔會有『未見君子』這句詩緊接在『采薇』『采蕨』之後。可見『南山』是詩人生活環境中的一部分，它與人們的生活、情感都有着千絲萬縷的聯繫。

《召南·殷其靁》中的『南山』則帶着一絲神秘的氛圍：『殷其靁，在南山之陽。何斯違斯？莫敢或遑。振振君子，歸哉歸哉！殷其靁，在南山之側。何斯違斯？莫敢遑息。振振君子，歸哉歸哉！殷其靁，在南山之下。何斯違斯？莫敢遑處。振振君子，歸哉歸哉！』[一]詩中的『南山』在哪裏依然無從考知。從詩歌本身來看，詩人迫切地呼唤造成一種緊迫的氛圍，讓人嗅到了一絲絲危險的氣息。程俊元、蔣見英認爲這是一首『婦女思夫』詩，但從詩歌一次次急迫而短促的呼唤中，我們可以看出這首詩也許并不那麽簡單，『歸哉歸哉』的呼唤更像是一種『招魂』一樣的儀式。『歸哉歸哉』頗有『魂兮歸來』的意味，詩人迫切地呼唤『君子』歸來，這種呼唤不像是思念所發出的呼唤，思念是綿長而不是短促的，靁響於南山之陽、之側、之下，越來越逼近，越

[一] 程俊英、蔣見元著：《詩經注析》，北京：中華書局，一九九一年，第四十五—四十六頁。

來越危險，所以詩人纔如此迫切地發出呼唤，仿佛『君子』很快就能趕回來。不管這種推測是否正確，抑或它最終還是一首思夫詩，我們可以確定的是，『南山』與人們的生活關係非常密切，所以詩人纔會多次把它寫進詩歌中。

『南山』出現了兩次，都不確定其具體客體及地理位置，但『南山』就是人們生活環境中的一部分，所以人們纔可以上山采摘野菜，而『南山』的靁聲也可以聽到。這裏描寫的，都具有濃郁的生活氣息。可見詩歌確實源於生活，所謂『意象』，是『意』與『象』的融合，『象』取自生活中的具體物象，開始的時候它是有客觀物體對應的，但當它進入文學作品，與『意』結合在一起的時候，它的物理性或者具體的物質客體就不再重要了。『南山』就是這樣，『南山』本是人們生活環境中的一部分，是人們平時常見的一座山，當『南山』與詩人某一特定情感、思想發生聯繫，并表現在詩歌創作中時，『南山』就『脱離』了生活中的那座山，而具有了抽象性和象徵意義、情感色彩等人性化的東西。有不少學者執著於求取『南山』的地理位置，其實，作爲一個詩歌意象，『南山』原來到底在哪裏，意義并不重要，也不會影響讀者對詩歌的理解。

這裏有必要説一下的是，《草蟲》和《殷其靁》都在《召南》裏，其所指『南山』很有可能是同一座山。但這兩首詩中的『南山』似乎不是『終南山』的代稱。首先，『二南』的産生地和終南山的所在地不同，其爲終南山的可能性不大。

方玉潤《詩經原始》『十五國風與地圖』説：『周、召舊對，本在岐境内，其後東遷，乃改封陝、洛間。而詩則多采於岐，自當仍圖之岐山下爲是。』其圖并未標出『南山』所在，南方衹標出『終南』，或疑『南山』爲『終南』之略稱。上文説過金開誠對『二南』地理位置的意見：『二南中包括長江、漢水、汝水流域的作品。……采風範圍到達河南的臨汝、南陽，湖北的襄南、宜昌、江陵等地區。』〔一〕與終南山還是關係不大。這裏所說的『南山』已經具有抽象性，它不必對應自然界中某座山嶽。地理位置并不影響詩意的傳達。許多學者費力於考證其確切的地理位置，但又無法得出確鑿答案〔二〕，所以至今衆説紛紜。

以上的『南山』多與愛情相關，可見『南山』所包含的意義、情感并不是唯一的、固定的，它是多樣的，甚至具有一定的模糊性，也可以説是朦朧性。因爲，不同的寫作者會賦予同一物體以不同意義和情感色彩，哪怕是同一個詩人在不同時期寫出來的，都不會完全相同。除此之外，『南山』又與長壽祝福發生了割不斷的聯繫。

『南山』與『壽』産生聯繫，首先可見於《終南》一詩中，詩曰：『終南何有？有條有梅。君子至止，錦衣狐裘。顔如渥丹，其君也哉！終南何有？有紀有堂。君子至止，黻衣繡裳。佩玉將將，壽考不忘。』〔三〕詩歌以終南山上有杞有棠來比喻君子的統治可以長盛不衰。這裏需要説明的是，『終南』是自然界中的確存在的一座山，但是詩中寫到『終南』并不就是寫其實物性，或者其生物性。它還是經過了詩人的抽象化和藝術處理，也就是説，詩人寫『終南』（又有稱爲『南山』的）并不是寫終南山的生物、植被等實物特徵，即使寫到了植物，也是爲了表達『壽考』的祝願，寄托人們長壽的祝福，以山上植物來比喻生命長久，希望人的壽命可以和樹一樣長青不敗，是取其象徵意義。《小雅·信南山》中也出現了『南山』與『壽考萬年』和

〔一〕詳見金開誠《詩經》第二章第三節，中華書局，一九八〇年，第十三頁。

〔二〕陳植鍔在《詩歌意象論》第十一章也提到了類似的觀點。他指出，詩歌中大量存在的地名作爲空間意象，與詩人的情感表達緊密相關，它們并不實指某個具體的地方，如唐詩中的『玉門關』并不指舊址在今甘肅省敦煌縣西的玉門關。詳見二五四、二五五頁所論。

〔三〕程俊英、蔣見元著：《詩經注析》，北京：中華書局，一九九一年，第三四八—三五〇頁。

『萬壽無疆』。又如《小雅·天保》曰：『如月之恒，如日之昇，如南山之壽，不騫不崩。』這樣的例子有很多，又如《小雅·南山有臺》開篇便説：『南山有臺，北山有萊。樂只君子，邦家之基。樂只君子，萬壽無期！南山有桑，北山有楊。樂只君子，邦家之光。樂只君子，萬壽無疆！……』

可見，『南山』用於比喻『長壽』，已成爲創作上的一種習慣，因爲這種用法在《詩經》中常見，這一比喻義、象徵義積澱下來，就形成一種習慣。法國哲學家薩特説：『聯想的根源是習慣，因而是爲習慣强化的。』〔一〕《詩經》之後的寫作者繼承了《詩經》的傳統，將『南山』與長壽的聯想不斷運用到文學作品或日常交談中，使這種聯繫更爲穩固。『壽比南山』在今天依然是流行的祝福語，可見這種傳統慣性的作用之大、影響之遠。

説起來，各家對『南山』地理的考證其實對理解詩意并没有太大幫助，因爲從文學意象的理論來説，『南山』的地理位置不是解詩的關鍵，前面已經説過，『南山』在詩中衹是一個抽象的存在，并不是具體的實物，讀者不需要知道『南山』這個意象的實物物件所在的位置，但它所具有的意義、情感却是可以毫無障礙地傳達出來的。『南山』是一個文學意象，作爲意象，就必有意義和情感，『南山』的地理位置、生物或物理性質不清楚，讀者仍然可以領會『南山』的意藴。所以，清人閻若璩在《四書釋地·南山》中説：『詩詠南山不必盡有指實。』〔二〕正是此意。

《詩經》中以『南山』比壽的影響到宋代還是十分明顯的，宋人羅大經説：『陸象山在荆門，上元不設醮，但合士民於公廳前，聽講《洪範》「皇極斂時五福」一段，謂此即爲民祈福也。今世聖節，令僧升座説法祝聖壽，而郡守以下，環坐而聽之，殊無義理。……余謂若祖象山之法，但請教官升郡庠講席，講《詩·天

〔一〕見讓-保羅·薩特《想像心理學》，第四十六頁。
〔二〕見（清）閻若璩著，樊廷枚校補：《四書釋地》，清刻本。

保》一篇，以見歸美報上之意，亦自雅馴。』〔一〕

正如符號學研究者趙毅衡所説：『一個民族的文學發展到一定程度，就有足够的文化傳統的纍積來構成另一種象徵——公用式固定象徵。』〔二〕『壽比南山』就是我們民族文化中的一個『公用式固定象徵』，無疑，『南山』在這裏已經成爲一個文學意象，但它也可以説是一個文化意象。

日本也有不少的『南山』。江户時代刊行的日本地理志《帝都雅景一覽》〔三〕，把都城周圍的名山風光刻畫出來，并賦漢詩一首（有的無）。第三册是南山之部。南山的重要景點都被描畫出來，包括藤森、寶塔寺、三熊野、寶相寺、西岸寺、即成寺、石峰寺、泉湧寺、小町寺、梅宫、不動堂、瑞光院、稻荷、善能寺、清閒寺、松尾、西行庵，有很多廟宇。

〔一〕羅大經《鶴林玉露》卷三乙編『祝壽』。
〔二〕趙毅衡著：《文學符號學》，第一八三頁。
〔三〕〔日〕龍川清動、賴山陽撰，河村文鳳畫：《帝都雅景一覽》（東山、西山、北山、南山之部），三橋街（皇都）：吉田屋新兵衛，文化六年—十三年（一八〇九—一八一六）間刊。

圖 2-7　賴山陽題詩的《藤森》

如賴山陽題詩的《藤森》（圖 2-7）〔一〕。

畫中的漢詩主要贊美南山上的風光，青藤與神祠相互輝映，作者看着這美麗的景色，不禁想起去年纔來過這裏采摘梅花，采梅的路還記得，是從祠堂邊左折而行。詩畫互補，把幽静雅致的山中風景寫出神韻來，讀者看着樹葉間的黄墻灰瓦，仿佛能聽到悠悠傳來的寺廟鐘聲。

《大辭林》釋『南山』（なんざん）爲：一、南方的山；二、與稱爲『北嶺』的比叡山相應，日本人把高野山稱爲『南山』，尤其指高野山上的金剛峰寺；三、中國辽寧省金州城南方的小山，中法战争的激战地；四、中國西安近郊的終南山的简稱。由於高野山被稱爲『南山』，因此高野山金剛峰寺的開祖空海被稱爲『南山大師』。説起來，空海爲中日文化交流和佛教東傳日本做出了重大的貢獻，是中日文化交流史上重要的一位學問僧。

空海（七七四—八三五），佛教法號遍照金剛，謚號弘法人師。空海的出生，頗有神話色彩，『甲寅誕生，頗有異相。爰父母曰：「吾子是昔可佛弟子。」以何知之？夢見從天竺聖人來入我等懷，其後俄以懷孕，經十二月産生之子也，必果可成佛御弟子』〔二〕。如圖 2-8 所示。

空海自幼對佛教産生濃厚興趣，博學多才，十八歲時即寫成《三教指歸》，對中國的儒、佛、道三教進行評論比較。二十歲正式出家，此後專心鑽研佛學。爲了尋求佛教真諦，窮經問道，立志西渡中國求學。八〇四年，空海隨日本第十七次遣唐使西渡，幾經波折後終於到達長安，在長安西明寺求學。八〇六年，空

〔一〕〔日〕龍川清勳、賴山陽撰、河村文鳳畫：《帝都雅景一覽》（東山、西山、北山、南山之部），三橋街（皇都）：吉田屋新兵衛，文化六年—十三年（一八〇九—一八一六）間刊，第三册第五頁。

〔二〕〔日〕清壽記：《弘法大師傳》，長保四年（一〇〇二）寫本，第二頁。

圖 2-8　早稻田大學圖書館藏弘法大師像和高野山上的金剛峯寺〔二〕

海帶着大量佛經佛具，隨遣唐使的船回日本，時年三十三歲。回到日本後，他把自己從中國携帶回來的佛經等整理成《請來目録》，獻給平城天皇。據説空海在日本的土地上尋找山嶽聖地建造寺院時，在宇智郡山中看到一個人牽着黑白二犬，在這兩隻神犬的引導下，空海最後在高野山建造了金剛峰寺。傳説中，他看到的那個牽着兩隻大犬的人就是高野明神變化而成的。空海在金剛峰寺創立日本佛教真言宗。此外，他還創辦學校，致力於教育，并把中國典籍《急就章》作爲啓蒙教科書。空海還根據梵文知識，借助漢字草書創造了日本文字平假名。據説空海還引進了中國的種茶技術，并把中國的茶葉帶回日本獻給嵯峨天皇〔一〕。

話説回來，由於《詩經·小雅·天保》的影響，日本也有『南山之壽』這一成語，意思除了祝人長壽之

〔一〕關於空海與中日文化交流的更詳細論述，請見王曉秋撰：《中日文化交流史話》，北京：商務印書館，一九九六年，第六十四—七十頁。
〔二〕金剛峰寺圖出自平田永吉繪：《高野山全圖》，和歌山高野村：珠數屋四郎兵衛，明治二十九年（一八九六）。

外，還祝福事業像終南山那樣無論何時都堅固穩定。此外，有意思的是，日本还因此形成了『南山不落』（なんざんふらく）這一成語，意指城池等要害之地像終南山一樣永遠穩固。

從《竹取物語》中赫映姬初現人間的竹子，追溯到《詩經》的竹子意象和民俗信仰，再從竹子説到南山，從愛情到長壽祝福再到不老不死的民俗信仰，中日民俗文化水乳交融，千絲萬縷，難以分清。有的文化是中日及至東亞其他國家所共有，有的則是从一國到另一國的文化輻射影响所致，這些文化并不因爲古老或時間、空間跨越久遠而消失，而是仍然有着强大的生命力，滲透到當代人的生活中，日本因此也有了『南山の壽（なんざんのじゅ）』这样一个成語，文化真可謂『南山のように長生きする』（壽比南山）。

二、中日竹生神話比較

國内學術界對於《竹取物語》的研究，有不少文章着眼於《竹取物語》中的竹信仰。如浙江林學院外語學院教師任敬軍寫了幾篇文章都是探討《竹取物語》的竹文化的，其中之一爲《〈竹取物語〉與日本竹文化》[一]，文章指出日本的竹文化悠久而豐富，至今仍有許多與竹有關的民俗活動，這與日本人的生活常用竹編器具有很大關係，竹信仰也與竹子節節生長的速度和特點有關。其實，《竹取物語》中的竹文化與我國的竹文化有許多共通的地方。竹子的民俗信仰早在晋代常璩的《華陽國志》就有記載，《南中志》中有一個關於竹王從竹子中誕生的傳説：

[一] 任敬軍撰：《〈竹取物語〉與日本竹文化》，《外國文學評論》二〇一〇年第二期。

有竹王者，興于遯水。有一女子浣于水濱，有三節大竹流入女子足間，推之不肯去，聞有兒聲，取持歸破之，得一男兒。長養，有才武，遂雄夷濮。氏以竹爲姓。觀所破竹于野，成竹林，今竹王祠竹林是也。王與從人嘗止大石上，命作羹。從者曰：『無水。』王以劍擊石，水出，今竹王水是也，破石存焉，後漸驕恣〔一〕。

竹王後來被侯王處斬，但他及其後代都被奉祀爲神。無獨有偶的是，晉代干寶所撰的《搜神記》也有一個類似的竹生故事——筋竹長人：

臨川陳臣家大富。永初元年，臣在齋中坐，其宅内有一町筋竹，白日忽見一人，長丈餘，面如方相，從竹中出，徑語陳臣：『我在家多年，汝不知。今辭汝去，當令汝知之。』去一月許日，家大失火，奴婢頓死。一年中，便大貧〔二〕。

故事說的是臨川郡人陳臣家非常富有，漢安帝永初元年（一〇七），陳臣在屋子裏坐着的時候，忽然看見院子裏那片筋竹林裏現出一個人來，此人身長一丈多，他對陳臣說：『我在你家多年，你却不知，現在我要離開你家，要讓你知道我的存在。』他離開一個多月後，陳家就發生了許多變故，一年後就變得很貧窮了。這個故事同樣反映了民間的竹子信仰，竹林中生出身長三米多的『長人』，也可稱爲奇人、神人，竹有助富

〔一〕（晉）常璩著，康春生等譯注：《華陽國志》卷四，重慶：重慶出版社，二〇〇八年，第三二二頁。
〔二〕（晉）干寶撰，馬銀譯注：《搜神記》，北京：中華書局，二〇一六年，卷十七第三八九頁。

貴，可保平安。因此如今民間仍然熱愛種竹養竹，年畫中也多有竹子的形象，正是源於古代『竹報平安』『竹添富貴』的思想。説起來，有一種植物還被稱爲『富貴竹』，雖然它衹是形似竹子，却是龍舌蘭科、龍血樹屬的多年生常緑小喬木觀葉植物。類似的傳説并不鮮見，宋代的文獻中也有關於竹子信仰的記載。如洪邁所撰的《湖海新聞夷堅續志》後集卷十（碧山精舍鼎新編刊，江户寫本，綫裝，二十八厘米）有『福州瑞竹』條，稱：『宋嘉熙丁酉，福黄某家園，忽竹并生二筍，皆二尺圍，高人二尺許，合爲一榦。是年黄父子皆領舉，後數年其家荔枝樹皆結梨，人亦爲吉兆，後卒無驗。』該書還有幾則與竹子信仰相關的故事，如後集卷一『仙真』中有『二仙隱竹』的故事，説的是有一棵凌雲大竹，可三尺圍，主人砍倒竹子，看到裏面有兩位仙翁相對而坐，後乘雲而去。這個故事説明古代的竹子信仰包含着竹子可以通靈，可達天庭，竹子中有神仙。另外，同是後集卷一，還有一個『插簪生筍』的故事，説的是一位魏夫人煉丹，有一位村婦，時不時給她送來茶水，夫人被她的善意感動，於是把自己的髮簪拔下來插在村婦的籬笆下，説每年四月都會長出竹筍來，可供食用。第二年真的長出許多竹筍來，甘美可口，傳頌一時。這個故事仍然反映出古代的竹子信仰和道教的神仙思想有着密切的關係。

這些故事與《竹取物語》有幾個共同的關鍵因素，反映了中日古代的竹子信仰：因素一、竹子誕生神人；二、竹子是神暫時寄居的地方；三、竹是神從天上（或異界）來到人間的通道。由以上三個因素可以看出爲何《詩經》中的竹與古代的婚育觀有如此密切的關係。在古代信仰裏，竹子可以誕生新生命，繼而推廣到有助或者保佑生育，具有神奇的功效。因此，竹製品也同樣被認爲具有神奇的能力。

關於竹子信仰的記載，可以在中國的古代典籍中找到不少。如《山海經・西山經》載：『（西山華山）

又西五十二里，曰竹山，其上多喬木，其陰多鐵。……竹水出焉，北流注于渭，其陽多竹箭，多蒼玉。』〔一〕『又西二百里，曰翠山，其上多棕楠，其下多竹箭，其陽多黃金、玉，其陰多犛牛、麢、麝。』〔二〕這些神奇的山上有不少竹子。如果説《山海經》中對竹的記載還不能鮮明地體現竹的信仰的話，《神仙傳》中的竹子故事則包含着强烈的民俗信仰色彩。《神仙傳》是魏晋時期的葛洪所撰，葛洪儒道兼修，善煉丹，通醫藥，著述豐富。《神仙傳》記録的是修仙成仙的故事，對道教的影響很大。《神仙傳》卷九言及藍竹山，藍竹山又稱『蓋竹山』或『竹葉山』，在浙江臨海南，葛洪認爲，若有道者登此山，則必得山神相助，煉成仙丹〔三〕。書中有多個關於竹的神仙故事，今列表如下：

表 2–1　《神仙傳》中的竹子傳説〔四〕

故事名稱	所在卷數頁數	故事内容
王遥	卷三第一三二—一三三頁	遥有竹篋，長數寸，有一弟子姓錢，隨遥數十年，未嘗見遥開之。嘗一夜，大雨晦暝，遥使錢以九節杖擔此篋，將錢出，冒雨而行。遥及弟子衣皆不濕，所行道，非所曾經。又常有兩炬火導前，約行三十里許，登小山，入石室。室中有二人，遥既至，取弟子所擔篋發之，中有五舌竹簧三枚，遥自鼓一枚，以二枚與室中二人并坐鼓之。良久，遥辭去，收三簧，皆納篋中，使錢擔之。室中二人出送，語遥曰：『卿當早來，何爲久在俗間？』遥答曰：『我如是當來也。』遥還家百日，天復雨，遥夜忽大治裝。……因自擔篋而去，遂不復還。後三十餘年，弟子見遥在馬蹄山中，顔色更少，蓋地仙也。

〔一〕方滔譯注：《山海經》，北京：中華書局，二〇一七年，第二十七頁。
〔二〕方滔譯注：《山海經》，北京：中華書局，二〇一七年，第三十三頁。
〔三〕謝青雲譯注：《神仙傳》，北京：中華書局，二〇一七年，第三三五頁。
〔四〕本表統計的竹子傳説，據謝青雲譯注：《神仙傳》，北京：中華書局，二〇一七年。

續　表

李常在	卷三第一三五頁	李常在者，蜀郡人也。少治道術，百姓纍世奉事，計其年，已四五百歲而不老，常如五十許人。……常在以青竹杖度二兒遺歸，置其家所卧之處，徑還，勿與家人語。二子承教，以杖歸家，家人了不見，兒去後，乃各見死在床上。二家哀泣，殯埋之。百餘日，弟子從郫縣逢常在，將此二兒俱行。二兒與弟子泣語良久，各附書到二家。發棺示之，唯青竹杖耳，乃知非死。
左慈	卷五第二〇三—二〇四頁	左慈，字元放，廬江人也，明五經，兼通星氣。……慈見吳主孫討逆（即孫權哥哥孫策），復欲殺之。後出游，請慈俱行，使慈行于馬前，欲自後刺殺之。慈在馬前，著木履，挂一竹杖，徐徐而行，討逆著鞭策馬，操兵逐之，終不能及。討逆知其有術，乃止。後慈以意告葛仙公，言當入霍山合九轉丹，遂乃仙去。
壺公	卷五第二〇九頁	（費長房）曰：『欲去之心，不可復言。欲使親眷不覺知去，當有何計？』（壺）公曰：『易耳。』乃取一青竹杖與房，戒之曰：『卿當以竹歸家，便可稱病，以此竹杖置卿所卧處，默然便來。』……（壺公）爲傳封符一卷，付之曰：『帶此可主諸鬼神，常稱使者，可以治病消灾。』房憂不得到家，公以一竹杖與之，曰：『但騎此，得到家耳。』房騎竹杖辭去，忽如睡覺，已到家。家人謂是鬼，具述前事，乃發棺視之，唯一竹杖，方信之。房所騎竹杖，棄葛陂中，視之，乃青龍耳。
李少君	卷六第二二六頁	時有文成將軍，亦得少君術事武帝，帝后遣使誅之。文成謂使者曰：『爲吾謝帝，不能忍少日而敗大事乎？帝好自愛，後三十年，求我于成山，方共事，不相怨也。』使者還，俱言之，帝令發其棺，視之無所見，唯有竹筒一枚。帝疑其弟子竊其屍而藏之，乃收捕檢問其迹，帝乃大悔。
介象	卷九第三五二—三五三頁	吳主曰：『聞蜀使來，得蜀薑，作齏甚好，恨爾時無此。』象曰：『蜀薑豈不易得？願差所使者，可付直。』吳主指左右一人，以錢五十付之。象書一符，以著青竹杖中，使行人閉目騎杖。杖止，便買薑，訖，復閉目。此人承言騎杖，須臾止，已至成都，不知是何處，問人，知是蜀市，乃買薑。……此人買姜畢，捉書，負薑，騎杖，閉目，須臾已還，吳廚下切膾適了。
蘇仙公	卷九第三五八、三六二頁	先生曾持一竹杖，時人謂曰『蘇生竹杖』，固是龍也。……先生哭處，有桂竹兩枝，無風自掃，其地恒净。
成仙公	卷九第三六八頁	府君遂令發棺視之，不復見屍，棺中唯一青竹杖，長七尺許，方知先生托形仙去。
沈文泰	卷十第三七九頁	沈文泰者，九嶷人也。得紅泉神丹，去土符延年益命之道，服之有效。……今以竹根汁煮丹，及黄白去三屍法，出此二人矣。

第一個故事《王遥》中的竹簧，也稱口琴，其來歷也頗具神奇色彩，據説竹簧爲女媧所作，是我國很多少數民族所用的樂器。而馬蹄山則是道家七十二福地之一，在江西鄱陽縣，傳説那裏還留有仙人騎馬飛升時的馬蹄印。王遥以竹簧與仙人交流，後擔着竹篋離開俗世，成爲雖住在人間，却可以長生不死的地仙。故事中的竹子具有神奇的功能。

《李常在》的故事中，青竹杖不僅可以當坐騎，而且可以化身爲人，還可以助凡人修煉成仙。二兒以青竹代己身，離開人間，隨李常在修仙。《左慈》中的竹杖也具有『度化』的神奇作用，幫助左慈逃離孫策的殺意，并最終仙去。《壺公》故事中，壺公教費長房如何脱離俗世而隨他修仙，用的也是青竹杖，方法與《李常在》的故事如出一轍。但有一點不同的是，壺公給費長房騎的青竹杖，竟然是一條青龍所化。《介象》中的竹杖，也是一匹神奇的『好坐騎』，瞬間往返兩地。蘇仙公的竹杖，亦然，『固是龍也』。而那兩根桂竹（即斑竹），更是神奇，無風自掃，地上始終乾乾净净。《李少君》故事中，漢武帝因文成將軍李少翁方術失敗而誅之，李少翁同樣以青竹杖度過危機，以青竹代替形骸留在人間，而心神早已飛升仙界。《成仙公》的故事也是如此。《沈文泰》故事中，竹根汁可煮丹藥成仙，可見竹子在古人心目中是神奇之物。另外，竹子作爲神奇之物，也出現在文人雅士的故事中，平添風雅，如《搜神記·柯亭竹》：『蔡邕嘗至柯亭，以竹爲椽。邕仰眄之，曰：「良竹也。」取以爲笛，發聲嘹亮。……果有異聲。』[一]原本用作建築材料的竹子被蔡邕慧眼識得，做成笛子，吹出了不同凡響的聲音。

以上的竹子故事都説明在古代信仰中，竹子是溝通人間與仙界的橋梁，且可賜福於人，或助人成仙。而

[一]（晋）干寶撰，馬銀琴譯注：《搜神記》卷十三，北京：中華書局，二〇一六年，第三〇七頁。

這一點，正與《竹取物語》中的竹子信仰一致。

三、赫映姬、巫山神女與泰山玉女的傳説及争論

原本居住在天庭或高山、月亮之上的女神，爲何會降臨人間，而且是放在一棵竹子裏？靠着自身發出的光，或者聲音，纔被凡人發現，被營救出來，從竹筒走向人間。這樣的懲罰，通常是違反天條，或者『戴罪贖罪』。《竹取物語》中的赫映姬就是因爲『戴罪』而被降臨人間，放在竹筒裏的。

但是，她所犯何罪？《竹取物語》并未給出明確答案，衹留給讀者種種猜想。今以幾種《竹取物語》來進行分析，看各版本的故事對女主人公赫映姬被罰降生凡間的原因，是如何解説的。

表 2-2　各《竹取物語》故事對赫映姬罰降凡間的解説

版本	頁碼	原文	翻譯或解説
吉岡曠 現代語譯：《竹取物語》，東京：學燈社，出版年份不明	第一〇二頁	（月の都の王と思われる人が竹取翁に）「かぐや姬を地上に下したのだが、かぐや姬は、長い年月、多くの黄金を汝にお与えになって、汝は生まれかわったように金持になっている。かぐや姬は天上で罪を犯されたので、このように、賤しい汝のもとに、しばらくの間いらっしゃったのだ。罪障がすべてつぐなわれたので、こうして天上に迎えようつする」	（看來像是月宫之王的人對着竹取翁説）『赫映姬雖然降生地上，但是，赫映姬長年來給你許多黄金，使你成爲就像是天生的富翁一樣。赫映姬在天上犯了罪，因此纔在卑微的你的家裏，稍微待一段時間。如今她的罪障都消除了，要迎回天上去。』

續　表

〔日〕柳川茂文《竹取物語》繪本，東京：永岡書店，二〇一四年	第三十九頁	かぐや姫は悲しそうに言いました。「私は月のもの。つぎの十五夜に、つきにかえらなければなりません。」「いやだ，どこへもやらんぞ！」おじいさんとおばあさんはかぐや姫を抱きしめました。	赫映姬悲傷地説：『我是月宫的，下個月十五日晚上，我就不得不返回月宫。』『不要，哪兒也别去。』老大爺和老大娘緊緊抱着赫映姬。 （筆者按：該繪本并未提到赫映姬降生人間三年的原因）
〔日〕俵萬智文，唐亞明譯：《竹林裏的青蛙公主》，北京：中信出版社，二〇一六年	第四十、四十二頁	第四十頁：『一天晚上，竹林公主望着月亮，滿臉愁容。老爺爺老奶奶問她怎麼了，她哭出了聲，説：「我本是月亮上的人，由於前世因緣，纔來到了這裏。」』 第四十二頁：『竹林公主説：「對不起，我還没有報答您二位的恩情就要走了。雖然月宫裏的人長生不老、青春永在，但是我不想回去。不過，這都是命裏注定的。」』	該源自《竹取物語》的繪本故事將公主降生人間的原因歸結爲『前世因緣』『命裏注定』，并未提及公主的過錯或罪行。
《日本神解讀字典・赫映姬》，東京：柏書房，一九九九年	第八篇解説文	「おじいさま、ずっと黙っていましたが、私は人間ではありません，つきの國の天女なのです。十五夜の晚に、天からの迎えが来て、私は、帰らなければなりません。」	（赫映姬説）『爺爺，雖然我一直對此保持沉默，但事實是我并非凡間人類，我是月亮之國的天女。十五夜晚上，月宫就會來迎接我，到時候，我必須回去。』 （筆者按：該繪本也并未提到赫映姬降生人間的原因，或公主的罪過等。）

續　表

《今昔物語集》竹取翁的故事	卷三十一	女の曰く：「己レ鬼ニモ非ズ、神ニモ非ズ。但シ己レヲバ只今空ヨリ人来テ可迎キ也。」	女子説：『我并非鬼，也非神。但是，現在，從天上來的人要來迎接我回去了。』（筆者按：這則物語并未寫清楚赫映姬的具體身份，也未提到她的罪行或過錯。）
立教大學藏江户時代繪卷《竹取物語》	下卷第五圖解説	「天人は翁に、かぐや姫は「月の都」で罪を犯したのでしばらく地上に降ろしただけで、今はその贖罪も済み、姫は昇天する時が来たことを告げます。」	來接赫映姬的天神告訴竹取翁，由於赫映姬在『月之都』犯罪，因此被罰短暫地降臨人間，如今她已贖罪，其返回月宮、升上天空的時候已經到了。

如此看來，《竹取物語》的故事對於赫映姬犯罪或犯錯的説法確實是存在的，但具體所犯何罪，并未加以説明。現根據國學院大學武田友宏的研究分析〔一〕，歸納起來，赫映姬的罪過大概如下所述：

其一，不願和不肯結婚。在以男性爲中心的社會中，女性通常以結婚的方式隸屬於某一男性，這是衆多女性的『宿命』。婚後許多女性由於各種原因會感到後悔，但衹能忍氣吞聲，接受現實。而赫映姬却不同，她不願聽從養育她的伐竹老夫婦的勸告，反對女性就得結婚纔能好好生活的觀點。另外，她不屈服於財富和權威。虽然不肯離開、非她不娶的五位貴公子身份顯赫，有皇子、有宮中大臣，而且他們都很年輕，可是赫映姬想方設法拒絶了五人的求婚。赫映姬在平安時代，甚至在今天，也是一個大衆眼中的『異類』。故事中多次通過她本人和伐竹老夫婦的口，説她并非人間之人，也許作者就是寓指赫映姬的『怪異』與時代潮流、社會思潮『格格不入』的性格特徵。赫映姬之所以被視爲富士山女神，恐怕與富士山山頂終年積雪不化，凡人

〔一〕〔日〕武田友宏撰：《竹取物語》（全譯全析），東京：角川書店，二〇一三年，第三十八—六十三頁。

難以攀登，因此給人一種拒人千里之外的冷冰冰的印象有關。從這個意義上説，富士山和赫映姬都是凡人『難以接近』的。

其二，赫映姬不但不願、不肯結婚，還批判人間的婚姻不過是一場游戲，也嚴厲批判以男性爲中心的婚姻。

其三，藐視權勢。赫映姬全然没把五位皇親貴族放在眼裏，而是出了幾道凡人幾乎不能做到的難題來難倒他們，讓他們顔面掃地，知難而退。最後連皇帝的求婚，她也斷然拒絶，毫不心動。

這樣一個既不願意結婚，也不願意服從老人、屈服權貴，還毫不留情地批判、『刁難』權貴的女子，除了將其歸爲『異類』，又能如何呢？她在時代和大衆眼中，雖然美麗非凡，却也是『犯了罪過』的，是并不完美的女子。

圖2-9　上圖爲《竹取物語繪卷》（江户時代）中的赫映姬，下圖爲現代繪本中的赫映姬〔一〕

對於赫映姬的罪與罰，當代有關的作品中也有所體現，如《月

〔一〕〔日〕川口謙二編著：《日本神讀解事典》（繪本），東京：柏書房，一九九九年。

亮公主的罪與罰》〔一〕一文，指出吉卜力動畫工作室的動畫電影《輝夜姬物語》耗時五年，預算高達五十億日元，於二〇一三年十一月二十三日在日本公映，斬獲多種獎項。這部電影的海報副標題就是『月亮公主的罪與罰』。遺憾的是文章并未就赫映姬的罪到底是什麼發表自己的觀點。

雖説如此，赫映姬的形象，無論在古代的繪卷還是現代的繪本中，都是長髮飄飄，温婉端莊的年輕女子形象，如圖 2–9 所示。

《竹林裏的青蛙公主》封面

但，讓人感到驚訝的是，這位美麗温婉的女神形象却在一本由日本人繪製的繪本《竹林裏的青蛙公主》〔二〕中，被一隻形象醜陋的青蛙所取代，如圖 2–10 所示。

圖 2–10　《竹林裏的青蛙公主》四十頁

〔一〕李萌撰：《吉卜力的〈輝夜姬物語〉：月亮公主的罪與罰》，二〇一五年一月十九日《文藝報》第八版。

〔二〕〔日〕俵萬智文，齋藤隆夫繪，唐亞明譯：《竹林裏的青蛙公主》，北京：中信出版社，二〇一六年。

《竹林裏的青蛙公主》完全取材於《竹取物語》，由短歌詩人俵萬智寫繪本語言，畫家用『獨特的青蛙造型』『幽默的繪畫』，給人提供一個『愉快閱讀的世界』〔一〕。故事發生的地點——竹林，故事中的伐竹老夫婦，求婚的三位貴公子和求婚難題，國王求婚和拒絕皇帝求婚，公主離開前留書國王，并留下不死藥，公主最終離開人間飛升到月亮上，國王傷心不已，在『離月亮最近的一座山上』〔二〕，燒掉了信和藥。那座山被人們稱爲『不死山』，由於發音相近，山名逐漸演變成『富士山』，『直到現在，富士山山頂仍然冒着白烟，直上雲霄，飛往月宫』〔三〕。繪本更直接地指出那座山就是如今的富士山，繪本中對富士山是如此表現的，如圖2–11所示。

圖2–11　《竹林裏的青蛙公主》中的富士山

繪本中的富士山形象也完全符合人們心中的富士山的印象，與其他繪本的富士山也大致相同。《竹林裏的青蛙公主》中的人物和故事情節都與原《竹取物語》一樣，祇是富士山的女神變成了青蛙，這是一個值得探究的現象，這一現象背後，難以掩飾富士山登山曾實施女性禁制的思想根源及其矛盾態度。所謂『女性禁制』，又稱『女人禁制』，在宗教和信仰、民俗上禁止女性進入或者參拜的，除了靈山之外，還有

〔一〕〔日〕俵萬智文，齋藤隆夫繪，唐亞明譯：《竹林裏的青蛙公主》，北京：中信出版社，二〇一六年，封面推介語。
〔二〕〔日〕俵萬智文，齋藤隆夫繪，唐亞明譯：《竹林裏的青蛙公主》，北京：中信出版社，二〇一六年，第四十六頁。
〔三〕〔日〕俵萬智文，齋藤隆夫繪，唐亞明譯：《竹林裏的青蛙公主》，北京：中信出版社，二〇一六年，第四十八頁。

神社廟宇等地。這樣的禁制分爲一時禁制和永久禁制兩種：一時禁制是指女性在特殊的時期内禁止進入宗教聖地，或從事某種宗教行爲，如在月經、妊娠時期；永久禁制是無論任何時候，都限制女性涉足。國内相關的研究不多，《男性視野下的日本女性禁忌》一文提供了較爲難得的資料，對日本女性禁忌也有較爲詳細的論述〔一〕。認爲靈山禁止女性涉足，是受佛教戒律遠女色的影響，禁止女性進入男性修行的地方。但山神多是女神，這不矛盾嗎？

該文指出，山神爲女神，保護着狩獵民和農耕民，對世俗女性則持妒忌的心理，因而排斥女性登山，而歡迎男性登山。這是一個解釋，另一種解釋則認爲男權主義的盛行，男性主導地位的確立使得女性生理上的污穢進一步與宗教戒律結合，被視爲不净和需要避諱的對象，因而需要隔離。

女性曾被嚴格禁止攀登富士山。富士山作爲日本的靈山、宗教聖地，不允許女性進入。明治五年（一八七二）日本政府發布山嶽女性禁制解除令，大部分靈山纔有了女性的足迹，但也有幾座靈山還在嚴格實施女性禁制，如大峰山。小林奈央子撰文指出：『由於産子和月經帶來的污穢或是來自大陸的佛教思想和觸穢觀的影響，九世紀以後，女性開始被排除在山嶽和寺社等聖域之外。因此，一般的女性進入神聖之山修行的例子在歷史上幾乎没有。』〔二〕而且，大峰山雖説實行了一千三百多年的女性禁制，但女人禁止涉足的區域在歷史上是在不斷縮小的，有些是從世俗需要的要求來實行禁制的，并非出於宗教的理由〔三〕。一八七二年，日本

〔一〕郭海紅文：《男性視野下的日本女性禁忌》，楊偉主編：《文化・越境・表象——中日文化交流研究》，重慶：西南師範大學出版社，二〇一六年，第二一四—二二九頁。

〔二〕〔日〕小林奈央子文：《日本的修驗道》，金勛主編：《道與東方文化——東亞道文化國際學術研討會論文集》，北京：宗教文化出版社，二〇一二年，第三八五頁。

〔三〕〔日〕小林奈央子文：《日本的修驗道》，金勛主編：《道與東方文化——東亞道文化國際學術研討會論文集》，北京：宗教文化出版社，二〇一二年，第三八六頁。

祇是在制度上解除了女性進入宗教聖地的禁令，但事實是，女性進入靈山修行在這之後并未普及起來。因此，女性與宗教或民間信仰的靈山聖地没有多大『緣分』。説起來，西方也有類似的禁制，《聖經》中就有不少記載，不過《聖經》裏的女性禁制屬於一時禁制，如女性在月經期間不能到祭壇獻祭給上帝。而富士山登山的女性禁制，却屬於永久禁制。

富士山文化研究會會长、拓殖大學名誉教授、理學博士竹谷靭負多年来研究富士山的女性禁制，撰成《富士山与女人禁制》一書〔一〕，系統而深入地論述了富士山登山史上的女性禁制及其背後的思想、何時出現女性登山者和何時富士山登山全面對女性放開。富士山從平安時代到室町時代是祇有修驗道的行者攀登的靈山，一般來説，靈山分爲神聖的領地和凡俗的領地，有結界存在，由於靈山有女性登山的禁制，富士山也不例外，因此富士山有『女性結界』〔二〕，江户時代富士山仍嚴格執行女性登山禁制，當時主要的登山口村山口、大宫口、須走口、須山口、船津口和吉田口等都禁止女性進入。江户時代中期，由於富士講信仰在民間流行，而富士講的信徒又有很多女性，女性與男性信徒一樣强烈希望到靈山參拜和修行，所以其實在明治五年女性登山解禁之前，富士山登山者中已經出現了女性的身影。天保三年（一八三二），小谷三志和たつ女率先突破禁制，作爲女性，首次登上了富士山山頂。值得一提的是，該書第七章論述了江户時代著名的女詩人原采蘋（一七九八—一八五九），『采蘋』的名字出自《詩經·召南·采蘋》，其父是儒學者，原采蘋與江馬細香、梁川紅蘭爲江户時代後期著名的女詩人，她也以男裝打扮而出名，雖然自幼體弱，但常隨父遠行，得以與各地文人墨客交往。其所作詩，也多豪放雄壯之語，著有《東游漫筆》《采蘋詩集》等。據説她曾女扮

〔一〕〔日〕竹谷靭負著：《富士山与女人禁制》，東京：岩田書院，二〇一一年。
〔二〕〔日〕竹谷靭負著：《富士山与女人禁制》，東京：岩田書院，二〇一一年，第一頁。

男裝，佩帶腰刀單獨登上富士山山頂。原采蘋所寫的富士山漢詩有多首，如《芙蓉》：『富嶽千秋雪，單身萬里行。非無東道主，秀色日相迎。』[一]竹谷靱負認爲，其所作富士山漢詩有不少都寫出了在山頂看到的景觀及感受，不登上富士山山頂是寫不出來的。而且，從原采蘋的漢詩《夢游芙蓉》出發，論證其登山傳説的真僞，并認爲原采蘋登山屬於事實，且其登山時間是在天保元年七月或者天保四年九月。此外，該書還論述了英日混血兒和外國女子登富士山的歷史。

從以上所言可以知道，富士山曾和日本其他靈山一樣，實行女性登山禁制，那麽，把女神『變』爲青蛙，是不是提醒讀者神也有『不光彩』的一面呢？

説起來，此類女神，在中國文學中也很常見，如巫山神女，就是一位頗受争議的『見棄』的山神，而巫山神女又與泰山玉女有着深厚的淵源關係。

史書記載，『巫山』不止一個。除了大家熟知的四川府縣『巫山』（今屬重慶）之外，還有一個『巫山』，在山東省。《讀史方輿紀要》卷三十一『山東二』記載：『巫山：縣西北七十五里，左傳襄十八年，晉師伐齊，齊侯登巫山以望晋師。即此。一名孝堂山，相傳郭巨葬母於此。』[二]另外，清人吴省欽的《巫山解》也提到了山東和四川的巫山，見光緒十九年刻本《巫山縣志》卷三十二。

有研究指出，巫山神女與泰山文化有着密切的關係，《楚辭》中的巫山神女原型是泰山地區的巫兒風俗。二者在身世、行爲、職司、愛情描寫等方面都極爲相似，所以泰山女神碧霞元君的一些傳説仍體現出巫山神

〔一〕〔日〕竹谷靱負著：《富士山与女人禁制》，東京：岩田書院，二〇一一年，第一〇四—一〇五頁。

〔二〕（明）顧祖禹輯著：《讀史方輿紀要》，上海：中華書局，一九五五年，第一三八一頁。

女的特點〔一〕。也有學者指出，今山東肥城的孝堂山，原名『巫山』，就是晉靈公登巫山以望晉師的地方，而楚文化的祖先來自東方，與殷商同系，并引清代葉圭綬的《續山東考古録》卷二十八，證明『山東的巫山纔是巫山真正的所在』〔二〕，所以巫山神女傳説的發源地是山東，巫山神女和泰山玉女同出一源，『换句話説泰山玉女即巫山神女』〔三〕。

關於巫山神女，有許多紛争、議論。詩、文分别塑造了兩個截然不同的神女形象。關於巫山神女的兩種傳説，一是宋玉賦中所言，二是神女助大禹治水，功成名就之説。二説并存，但故事性質相反，形象迥異，文人們争論不休。但可以肯定的是，後説出現晚於前説。從資料來看，後一説盛於宋、明和清朝，具體始於何時，不得而知，想必是後人從禮教觀點出發捏造，以維護神靈的尊嚴。也有二説皆否定者，如清人吴省欽《巫山解》中説：『宋玉《高唐賦》言楚先王夢見巫山之神女，賦復言其夜襄王果夢與神女遇，浮誕之失，幾類聚麀而又縱而神之，宋范致能、陸務觀所載神女之靈則江河諸水神往往類是，若瑶姬治水之説不將與黄牛神争血食耶。』詳見光緒刻本《巫山縣志》卷三十二。

歷代創作《巫山高》的詩人甚多，數量龐大，形成了一個引人矚目的詩群。《巫山高》主要描寫巫山神女，此外還有大量同樣寫巫山神女的散文。然而詩歌與散文中的神女形象截然相反，由此引發激烈争論。巫山神女也是一位『戴罪』的山神。從人類學的角度分析這一現象，可以深入理解《巫山高》詩群和作者的深層創作心態，也有助於解讀赫映姬『戴罪之身』到底戴的什麽罪。

〔一〕周郢著：《碧霞信仰與泰山文化》，濟南：山東人民出版社，二〇一七年，第三頁。
〔二〕孫作雲著：《中國古代神話傳説研究》，開封：河南大學出版社，二〇〇三年，第七二八頁。
〔三〕孫作雲著：《中國古代神話傳説研究》，開封：河南大學出版社，二〇〇三年，第七二九頁。

《巫山高》之『巫山』，多認爲是指四川之巫山（今屬重慶），這一點，學界似無異議。《讀史方輿紀要》卷六十六『四川』曰：『巫山亦曰巫峽，在夔州府巫山縣東三十里，爲三峽之一，長一百六十里，所謂巴東三峽巫峽長也……其群峰凝結翼附，并出青雲，世傳巫山十二峰，曰望霞、曰翠屏、曰朝雲、曰松巒、曰集仙、曰聚鶴、曰浄壇、曰上昇、曰起雲、曰飛鳳、曰登龍、曰聖泉，是也。下有神女廟。……廟前灘尤洶湧。』〔一〕十二峰和神女廟，都是《巫山高》詩中常常提到的。

至於巫山神女在文學作品中的形象，大家熟知的也許就是屈原《山鬼》和宋玉《高唐賦》中的神女了。《九歌・山鬼》曰：『若有人兮山之阿，被薜荔兮帶女蘿，既含睇兮又宜笑，子慕予兮善窈窕……采三秀兮於山間。』郭沫若在《屈原賦今譯》中譯作『巫山捋靈芝』，并在注解中寫道：『於山即巫山。』聶石樵《楚辭新注》也同意這一觀點，『山鬼』亦即『山神』。這裏描寫的是一個更像是人的女神，她像人一樣憂傷、美麗，受着思念之苦而渴望愛情，却没有實際的行動和結果。宋玉賦中的巫山神女則前進了一大步，相對要熱烈開放得多，她主動追求愛情，典出宋玉《高唐賦》。曰：

昔者楚襄王與宋玉游於雲夢之臺，望高唐之觀，其上獨有雲氣，崪兮直上，忽兮改容，須臾之間變化無窮，王問玉曰：『此何氣也？』玉對曰：『所謂朝雲者也。』王曰：『何謂朝雲？』玉曰：『昔者先王嘗游高唐，怠而晝寢，夢見一婦人，曰：「妾，巫山之女也。爲高唐之客。聞君游高唐，願薦枕席。」王因幸之。去而辭曰：「妾在巫山之陽，高丘之阻，旦爲朝雲，暮爲行雨，朝朝暮暮，陽

〔一〕（明）顧祖禹輯著：《讀史方輿紀要》，上海：中華書局，一九五五年，第二八三五頁。

臺之下。」』〔一〕

屈原賦中的『山鬼』没有被後世的詩人墨客沿襲和再創作，但是宋玉賦中的神女在後世《巫山高》和《神女賦》等詩歌、散文中被反復提到，在詩與文中形成了兩個截然不同的形象。其實巫山神女衹有一個，詩歌中的神女直接沿襲宋玉賦，美麗高貴、主動示愛，雖可遇不可求，徒見彩雲不見倩影，却是親切動人，仿佛人間甚至就在身邊的一位凡人女子，令詩人生出萬千感慨而思緒紛紛。但在賦、記、考辨等散文，如明人范守道《神女考》中，巫山神女忽然板起臉孔，手執拂塵，運用神功助大禹治水，變成了人人拜祀的『雲華夫人』，而不是與楚王相遇的温婉女子。

更有趣的是，這些賦、記的作者們極力排斥宋玉所云神女，更矢口否認與楚王相遇之事，并大加鞭笞，鞭笞之嚴厲甚至累及了早已謝世的宋玉，明人范守道的話頗具代表性：

世傳神女事止據宋玉《高唐賦》，言謂其爲雲爲雨，見夢襄王，後人遂以爲此山之神姬若武都山精之流，莫不思一遇之詞語，淫褻有污仙真，且未知神女助禹治水，大有功於斯世，而巫峽之民受賜尤多，自當廟祀。……何可假宋玉賦而比之淫詞之列也〔二〕。

〔一〕關於宋玉賦的真僞問題，學界至今未有定論。朱恒夫編著的《中國文學史疑案録》（修訂版）（合肥：安徽文藝出版社，二〇〇八年十一月）第二〇九頁概括了當代學術界對宋玉賦真僞的争論，游國恩《中國文學史》認爲《文選》《古文苑》所收宋玉賦（《高唐賦》《神女賦》在内）爲後人僞托。而胡念貽和曹明綱撰文論證賦確係宋玉真作。此處仍將《高唐賦》《神女賦》歸於宋玉名下。

〔二〕（明）范守道：《神女考》，見光緒十九年刻本《巫山縣志》卷三十二『藝文志』。

宋玉賦儼然成了污蔑仙真的罪魁禍首。他們從倫理道德的角度來加以批判，若根據傳統禮教規範，古代婦女『爲婦之道……悠閒貞静，古人所羡，柔順温恭，周旋室中』〔一〕。而主動向楚王薦枕的神女當然是不符合這些婦德的，難怪要被痛加鞭笞了。有的雖然不批判宋玉，但也是從道德禮教的角度，委婉替宋玉辯解，説他這樣是别有苦心，寄寓了對君主荒淫的勸諫，是繼承屈原香草美人的藝術手法，表現的是一片忠臣之心，清人楊學啓《神女辨》曰：

宋玉賦高唐夢神女，或曰是楚王昏妄之所感召也，從而賦之，玉與有責焉，不知宋玉特托以諷耳，若以爲誠然，不惟誣神女，并誣宋玉。宋玉者，屈原弟子也，其賦神女，何異屈原之言女娀言英皇，鑿空鏤虚，與助禹之神女何涉？方禹之導江也，禹之德固足驅策百靈……而林麓之深，峰巒之秀，又宜爲神靈之所遨游……禹之功即神女之力也……至謂楚王游高唐，與神女遇，此理之所必無者。……玉托言先王與神遇，以尼其行，因寓諷諫之意，故吾謂屈子之賦《離騷》，居澤畔而懷帝闇，言香草美人，慕君也，憫懷、襄也，宋玉之賦高唐神女登雲夢，以望巫峽，悲屈子，喻孤臣也，玉意屈原宅近巫峽，固其精魂之所依托也，古人每借男女之情以寓思慕之切，要之，皆本于忠孝，此作賦之旨也。……夢寐固不足憑，寓言而托之夢寐，後人乃悦其誕，莫窺其旨，竟不思崇德報功……〔二〕

就連巫山當地人，也斷然否認神女楚王事，故宫珍本《（康熙）巫山縣志》的編撰者們明確指出巫山神

〔一〕（清）徐士俊撰：《婦德四箴》，《叢書集成續編》第六十二册《社會科學類·婦女教育》。

〔二〕（清）楊學啓：《神女辨》，見光緒十九年刻本《巫山縣志》卷三十二『藝文志』。

女是助禹治水的『正神』：

神女瑶姬，真誥華林，字容君，爲南極元君紫薇夫人王母第三女，王媚蘭爲雲林右英夫人王母第十三女，青娥字愈意，爲紫薇左宫夫人，王母第二十女，雲華上宫夫人名瑶姬，王母第二十三女……常游東海，遇江上有巫山焉，流連久之。時大禹理水，天風卒至，禹因拜夫人求助，夫人即授禹策檄、召鬼神之書。按天中記載，瑶姬，炎帝少女，未行而死，葬于巫山之陽，精神化爲瑶草，注：瑶草仙芝之屬也。又按集仙録云云華夫人，王母第二十三女，名瑶姬，受煉神飛化之道，常東海游，還遇巫峽，時大禹理水，駐山下，因與夫人相值，拜而求助，即敕使侍女授禹策，召鬼神之書，因命其神狂章虞……等助禹斷石疏波，以循其流，禹拜而謝焉，因佐禹治水，肖像廟中祀之，是神女實有大功之正神也，宋玉之言實不足信〔一〕。

看來，宋玉之後，文人對巫山神女的形象争論頗爲激烈。無論對宋玉是褒是貶，對其所言神女楚王之事皆一致否認，或從忠孝節義牽强解釋，認爲宋玉旨在諷喻，以此維護神女威嚴聖潔的形象。但是這位備受婦德争議的山神，却受到歷代詩人的歌詠，被寫進詩中。《巫山高》是漢樂府『鼓吹曲辭』之一，宋郭茂倩所輯《樂府詩集》卷十七收録了《巫山高》詩二十一首，而逯欽立《先秦漢魏晋南北朝詩》中收録了以『巫山高』爲題的詩，或詩句中明顯用到『巫山高』一語或寫巫山神女之事和巫山景觀的，共約三十三首。在光緒十九年刻本《巫山縣志》中，更是收羅備至，數量遠遠超出了《樂府詩集》和逯著，可見

〔一〕故宫珍本《（康熙）巫山縣志》。

六朝以後，仍有大量詩人創作《巫山高》詩，其中包括盧照鄰、沈佺期、李白、蘇軾、王安石、司馬光、范成大、何景明和清代的張實居、傅作楫，等等，留存作品數量極爲可觀，形成了一個龐大的《巫山高》詩群，這在文學史上，是一個值得注意的現象。就像《竹取物語》的故事，問世後代代相傳，出現多種版本，至今仍被人津津樂讀，且進入了兒童的閱讀世界，成爲『繪本』的主要題材故事。祇是，故事中的赫映姬具體所犯何罪，日本讀者似乎并不關心，也不介意。在繪本的再創作中，絶大部分都没有提她是『戴罪之身』。

巫山在古代算不上名山，名山首推五嶽，五嶽是歷史悠久而衆所公認的名山。即使在今天，巫山也説不上是名山。清人吴秋士《天下名山記鈔》中，没有提到巫山；今人謝凝高《中國的名山》、宋本蓉《名山之謎》和周維權《中國名山風景區》等書中，也没有説到巫山。可見在今人的觀念中，巫山也稱不上是名山。

説到山水風光，今人會想到三峽，而不會單獨想到巫山。巫山風景之秀麗，這是不可否認的，但并不是最秀麗的或者特别秀麗的，中國江山多嬌，風光秀麗的山水多得很，不要説五嶽和廬山、雁蕩山等等了，就説四川吧，還有峨眉山，其名聲就遠大於巫山。

但是，名山雖衆，麗者甚多，偏偏祇有巫山形成了一個樂府詩題『巫山高』，昆侖没有、泰山没有、廬山也没有形成什麽『昆侖高』『泰山大』『廬山美』之類的曲辭，并被歷代詩人如此不厭其煩地書寫。『巫山』在詩歌中被反復强調其『高』，如『巫山高，高不窮』。詩題和詩句所説之『高』，不是指實際的海拔高度，也不是指巫山的地位之高，而是指可望而不可及的『高』，從詞源上去解釋，『高』有『遠』之意，《廣雅·釋詁》曰：『高，遠也。』遠，不是實際距離的遠，而是指心嚮往之而不可見、不可得之遠。

《古今圖書集成·山川典·巫山部》『巫山藝文』中所録『巫山』詩有二十一首（不包括與逯氏所録重復的十一首），除了以『巫山高』爲題外，另一個值得注意的題目是『感遇』和『感典』，即有感於神女典故而發，而且大部分寫的是愛情。

《樂府詩集》説：『古詞言，江淮水深，無梁可度，臨水遠望，思歸而已。若齊王融「想像巫山高」，梁范雲「巫山高不極」。雜以陽臺神女之事，無復遠望思歸之意也。』[一]這句話點出了《巫山高》詩群的特點：『雜以陽臺神女之事。』《巫山高》詩不僅無復初始思歸之意，更無歌唱美景之情。《巫山高》詩中的神女是那樣的温婉美麗而又高不可及，讓萬千詩人惆悵不已，如南朝梁范雲的《巫山高》：

巫山高不極，白日隱光輝。靄靄朝雲去，溟溟暮雨歸。岩懸獸無迹，林暗鳥疑飛。枕席竟誰薦，相望空依依。

詩人們的這些《巫山高》都繞不開神女，繞不開巫山的雲雨、陽臺。巫山神女纔是《巫山高》詩群的真正主題。按照當時的禮教婦德，巫山神女的薦枕行爲實不足書，而其助禹治水則是功莫大焉，值得大書特書、纍頌而不爲過。但恰恰相反，詩歌中寫的不是有功於天下的神女，而是那個主動薦枕的神女。可見人類本性對愛情的渴望這一『原罪』是得到人們内心的允許的。

這個神女在詩人眼中其實已不是高高在上，有着超能力的神仙，而是一個敢於抓住機會、熱烈追求愛情的美麗女子，她活潑外向，不受禮教的束縛。如唐人常建《古意》詩中的神女。有時，詩人甚至將神女想象成了自己所愛之人，從而傾訴一腔思慕，如南朝梁劉緩的《敬酬劉長史詠名士悦傾城詩》和南朝梁沈約的《夢見美人詩》，等等。但是，這個美麗的女子是這樣的不可求，所以晋人張載纔會發出這樣的感嘆：『我所思

[一]（宋）郭茂倩：《樂府詩集》第一册，北京：中華書局，一九七九年，第二三八頁。

兮在南巢，欲往從之巫山高。』（《擬四愁詩》）説『巫山高』，就是因爲巫山神女吧。説起來，巫山神女也可以説是泰山玉女碧霞元君，碧霞元君的來源有多種傳説，概括起來有以下幾種：東嶽大帝女兒説，黄帝遣七女之一説，華山玉女説，凡間女子得道成仙説，玉皇大帝女兒説，玉皇大帝之妹説，佛爺的妹妹或師妹説，石敢當的女兒説〔一〕。從中可見泰山女神要麼是某位男性神的女兒，要麼是某位男性神的妹妹，還有傳説稱泰山女神已嫁爲他人婦，在民間是保佑多子多孫的母神，從《搜神記》卷四的故事看來，泰山玉女也是一位識大體、明事理的賢婦：

文王以太公望爲灌壇令。期年，風不鳴條。文王夢一婦人，甚麗，當道而哭。問其故。曰：『吾泰山之女，嫁爲東海婦。欲歸，今爲灌壇令當道有德，廢我行。我行，必有大風疾雨，大風疾雨，是毀其德也。』文王覺，召太公問之。是日果有疾雨暴風，從太公邑外而過。文王乃拜太公爲大司馬〔二〕。

上文説的是泰山神東嶽大帝之女（即碧霞元君，又稱泰山玉女）出嫁東海後，要回娘家，但她一走動必然會引起疾風暴雨，但是因爲執政灌壇這個地方的太公望有德政，所以泰山玉女繞道而過，不敢帶來疾風暴雨損壞他的德政。《搜神記》中的《胡母班傳書》的故事以泰山神的口吻説泰山女神『爲河伯婦』〔三〕。這

〔一〕陶陽著：《口頭文學論集》，北京：大衆文藝出版社，二〇〇七年，第十六—十七頁。
〔二〕（晋）干寶著，鄒憬譯注：《搜神記譯注》，北京：生活·讀書·新知三聯書店，二〇一二年，第八十一頁。
〔三〕（晋）干寶著，鄒憬譯注：《搜神記譯注》，北京：生活·讀書·新知三聯書店，二〇一二年，第八十三頁。

位女神也受到了男性視角主導的影響，處於男性的依附的狀態，從她的來源故事和神職變化都可以看出來。而《竹取物語》中的赫映姬在一定程度上打破了男性視角主導的時代思想，她勇敢地拒絶富貴的誘惑，拒絶青年才俊的不懈追求，甚至堅定地回絶了皇帝的求婚，始終記得自己是月宮之仙，并非人間之人，雖是難捨伐竹老夫婦的養育之恩，却最終返回月宮，完成自己的使命。這份堅定執著與勇敢果斷，在男性擁有絶對話語權的社會裏，是『叛逆』的，既『不道德』也『不賢惠』。

《巫山高》詩群和《竹取物語》都有人性深處的呼喚。没有人是完人，也没有神是無瑕的。人原諒了人性的原罪，寬容了人性的原罪。文學中的人性擺脱了禮教、道德，外界的議論，達到了人的自由。其實，神本來就是人造的『人』，巫山神女并不是什麼異類。《山嶽與象徵》一書明確指出：

> 『仙』是人心所造的，人們賦予某些山以靈性或生命。某一座山可能因一個傳説、一則神話、一段歷史、一次事件、一個人物，而被賦予一種神秘的文化意涵〔一〕。

巫山神女、泰山玉女和赫映姬都是文人用心『造』出來的，説到底，她們是人的縮影，寄托了人的想象和情感，還有人心深處的欲望，是潛意識的顯現。可見中日的山嶽女神有不少共通的地方，二者都帶着時代思潮的痕迹，反映着男性視角下的女性想象。

〔一〕游琪、劉錫誠主編：《山嶽與象徵·跋》，北京：商務印書館，二〇〇四年。

第三節　富士山麓『人穴』傳説與泰山冥界思想

所謂『人穴』（ひとあな），是指古人洞穴，位於火山山麓等處的洞穴，熔岩流的表面凝固後，内部的熔岩流出形成洞穴，據説曾住人。富士山西北山麓的『富士古人洞穴』很有名。雖然説人穴祇是富士山山麓的一個溶洞，但它在富士山文化中有着特別的意味。富士人穴位於静岡縣富士宫市人穴二〇六號地，洞穴呈細長形，長約七十米，洞内最高處約高六米，最寬處約有十米。關於人穴的記載，最早可見於鎌倉時代的《吾妻鏡》，説的是建仁三年（一二〇三）的事。當年六月，將軍家要到富士山麓狩獵，將軍命仁田四郎忠常進入人穴探秘。仁田四郎忠常等六人進入人穴，往返經過一日一夜，洞穴黑暗，有數千萬隻蝙蝠飛來飛去，有如大河的水流過，河對面有奇特的光，六人中有四人殞命，仁田四郎忠常當即把從主君處拜領的劍投入河中，率餘部返回地面。他們認爲，人穴是淺間大菩薩的所在地，他們私自闖入，是侵犯了神靈，因此遭到懲罰。

這個故事從戰國時代一直到近世，以『富士人穴草子』寫本的方式廣泛流傳，故事發展到江户時代，較爲明顯地表現出冥界思想的特徵。

江户時代的富士人穴草子中，將軍先命和田平太進入人穴，但是遭到了淺間大菩薩的拒絶，無奈之下，將軍祇好命仁田四郎忠常一人進入人穴。仁田四郎忠常把從主君處拜領的太刀奉獻給淺間大菩薩，爲此，淺間大菩薩引領他入洞。但是接下來仁田四郎忠常看到的是冥界苦獄的景象。從賽之河原開始，經三途之山、脱衣婆、死出之山、劍之山、六道十字路、地獄道、餓鬼道、畜生道、修羅道，到處充斥着責罰罪人的淒慘場面。最後，仁田四郎忠常終於被引領觀看極樂世界。但是對於極樂世界，没有怎麽描寫。在走出人穴之前，仁田四郎忠常被勒令不能把洞内看到的一切説出去。但是，由於將軍家强令他説出來，於是，仁田四郎忠常在衆位武士之前説出洞内所見一切後，像睡着一樣，永遠離開了人世。

有學者認爲，『富士人穴草子』已經變成了從南北朝時代一直到近世初期非常流行的一種故事類型——冥界訪問譚〔一〕。富士人穴草子中對罪人的懲罰場面描寫，似乎更勝於其他的冥界訪問譚。

富士人穴裏有各種各樣的『地獄』，可謂『地獄世界』〔二〕。這一觀念和想象與富士山是火山有一定的關係。有趣的是，仁田四郎進入人穴後，看到了盡善盡美的中國風的大殿，等等。人穴的主人是淺間權現。據説在日本有六座山的『權現』爲日本民俗信仰中的地獄的主人，分别是：箱根權現、伊豆權現、白山權現、富士山權現、三島權現和立山權現。奈良繪卷《富士人穴草子》刻畫了富麗堂皇的中國式的大殿，也展現了人穴中的種種地獄恐怖形態，如刀山火海等，如圖2-12所示。

由此可見富士山的民俗信仰中除了神仙思想之外，也包含着冥界信仰。富士山山頂連接天界，爲神仙之所；富士山山麓爲冥界地域之境；富士山山腰間有人穴、御胎内等人類世界。這種三分式的山嶽信仰，與中國泰山的傳統民俗信仰何其相似。

筆者曾撰文對泰山冥界信仰進行探討〔三〕，指出古代山葬的習俗。據調查，這種習俗今天仍然在許多地方存在着。《爾雅·釋山第十一》云：『山頂，塚。』意即山頂稱爲『塚』。《説文解字》：『塚，高墳也。』

〔一〕〔日〕山本志乃：《富士的聖地與洞穴——從『人穴』與『御胎内』看近世庶民的信仰及旅行》，《圍繞着富士山的日本人的心性》，東京：法政大學國際日本學研究所，二〇〇七年，第二三二頁。

〔二〕〔日〕上垣外憲一著：《富士山——聖與美的山》，東京：中公新書，一九八二年，第七十—七十一頁。

〔二〕國文學研究資料館所藏貴重書奈良繪卷：《富士人穴草子》，三册，寫本。

〔三〕參考拙文《『黄泉』源於泰山蒿里原型研究》，《貴州社會科學》二〇一一年第一期。該文也收録到拙著：《泰山詩歌意象與中日民俗》第二章中。

圖2-12　從左到右、從上到下爲：奈良繪卷《富士人穴草子》中的人穴大殿、地獄刀山、地獄火海、閻魔王

墳乃亡人所歸處。古人認爲死即是歸，《列子・天瑞篇》説：『古者謂死人爲歸人。』又説：『精神離形，各歸其真，故謂之鬼。鬼，歸也，歸其真宅。』而其『真宅』，就在『蒿里』。黄節在《漢魏樂府風箋》卷一《蒿里》詩的注解裏説，『蒿里』是山名，位於泰山脚下，并引師古注曰：『死人之里謂之蒿里……或者見泰山神靈之府，蒿里山又在其旁。』〔一〕可知『蒿里』是一座山，是古時亡人入葬之所。《讀史方輿紀要》卷三十載：『自（泰山）嶽頂而東南二十里，曰鵰窠山，西南十里曰亭禪山，即社首山，亦曰蒿里。』〔二〕

〔一〕見《黄節注漢魏六朝詩六種》，北京：人民文學出版社，二〇〇八年，第十九頁。此外，諸如此類的詩例還有許多，可參考逯欽立：《先秦漢魏晋南北朝詩》，北京：中華書局，一九八三年。

〔二〕（明）顧祖禹輯著：《讀史方輿紀要》卷三十，上海：中華書局，一九五五年，第一三四八頁。

可知蒿里山確實存在，并且就在山東的泰山。現在，泰山上仍有山峰名爲『蒿里』，不過其名稱不僅有『蒿里』一個，又有『亭禪山』等名稱。另外，許飛在《『泰山治鬼』的形成年代考：以漢代的鎮墓文爲中心》（中國中世文學研究會編《中國中世文學研究》第六十號，二〇一二年三月，第一到第十一頁）一文中指出，樂府和墓文中的『蒿里』，與泰山蒿里山并無關係，『蒿里』泛指墓地。爲此作者還寫了《蒿里考》，發表在《劍南文學》二〇一二年第二期上半月刊，第一四五頁到第一四六頁。今存此説於此，供讀者參考。

泰山上有仙室，下有鬼府，上有瑶池，那麽下有黄泉，亦是可以想象出來的。《淮南子》卷四『地形』曰：『高者爲生，下者爲死。』顧遷先生引原注説：『高者陽，主生，下者陰，主死。』〔一〕泰山的地位在先民的觀念裏非同一般，它執掌人間的生死壽夭，人死後就從泰山或升天或入地獄，故有蒿里與黄泉。古人墓設高山，認爲人死後歸於蒿里，在古人的觀念裏，人生而有魂魄，人死後魂魄離體而去，游蕩不止，或因思鄉而返故里，或沿生前足迹游蕩。

蒿里山在『嶽南三里』〔二〕，是泰山山脉中最低的山峰之一。古人將蒿里想象爲人死後魂魄所歸之處，想象爲地獄陰府的所在地，也與山峰的高度有關。明人汪子卿《泰山志》還記載，蒿里原有蒿里祠、森羅殿、酆都廟和閻王廟，其神爲『酆都大帝』，『有七十五司及三曹對案之神……俗傳地域收捕追逮、出入死生』。因爲有這樣的觀念，『蒿里』就成了挽歌的詩題。《蒿里》（古辭）曰：『蒿里誰家地，聚斂魂魄無賢愚。鬼伯一何相催促，人命不得少踟躕。』之後的挽歌，或仍以『蒿里』爲題，或詩中言及『蒿里』，總之，繞不開『蒿里』。詩人們慨嘆人生短促，如薤上之露，頃刻便歸蒿里。從相關資料看，古人爲蒿里構築了一個

〔一〕（漢）劉安等撰，顧遷譯注：《淮南子》卷四，北京：中華書局，二〇〇九年，第六十四頁。
〔二〕（明）汪子卿《泰山志》卷一。

完整而具體的陰間世界。可見古人面對生與死的人生現象，試圖以想象的翅膀拂開雲霧，探個明白。這也反映了古人想認識自己、認識外界的欲望。

日本的冥界觀裏也有類似觀念。在日本文化裏，人死後靈魂就從肉體脱離出來，日本文化中有靈、肉二元觀念，靈魂離開肉體後會到附近的山裏，守護着子孫後代，而且可以重新投胎爲新生兒〔一〕。雖然我們不確定日本的他界觀有多少是受到中國的影響，但是山嶽同被中日文化視爲靈魂聚居地，可以深刻印證山嶽在亞洲古代文化中具有重要的地位，山嶽與人類的生、死觀念都有密切的關係。

第四節　富士吉田火祭、中國薪火民俗與泰山燎祭

富士吉田的火祭，是沿襲至今的重要民俗活動，是日本重要的精神文化遺產。吉田火祭在關東、甲信、東海地方很有名，每年八月火祭開始，不僅當地的報紙、電視媒體熱情參與宣傳和直播，而且東京的電視臺也向全國播放富士吉田的火祭，每年去觀看火祭的人非常多，人們舉着火把，莊嚴地表達着對神的尊崇和對自然的敬畏，火祭已經成了富士吉田市年間最大的盛典。

日本古代的神，與火有密切的關係。且以被視爲富士山女神的木花開耶姬爲例，看《古事記》上卷中的記載：

天津日高日子番能邇邇芸命在笠沙御岐遇到了一個美麗的少女，他問道：『這是誰家的姑娘啊？』

〔一〕〔日〕福田アジオ、新谷尚紀など編：《精選日本民俗辭典》，東京：吉川弘文館，平成十八年，第三三七—三三八頁。

回答道：『我是大山津見神的女兒，名叫神阿多都比賣，又叫木花之佐久夜毗賣。』……邇邇芸命又問道：『我想和你結婚，你看怎樣？』……（邇邇芸命和木花之佐久夜毗賣）成了一夜婚。過了一段時間，木花之佐久夜毗賣來到邇邇芸命的面前説道：『我已經懷孕了，現在到了臨盆的時候。然而這是天神的御子，不能私自生産，所以來找你。』邇邇芸命説：『佐久夜毗賣啊，祇同床一夜就懷孕了嗎？那不是我的孩子，一定是國神的孩子吧！』回答説：『如果我所懷的是國神的孩子，就不能順利地生下來，如果是天神的御子，就將順利無暢地降生。』於是便建立起没有門窗的八尋殿，走進殿内，用泥土把入口封閉。到了分娩的時候，把八尋殿點起火來。火勢正旺時生下的孩子名叫火照命，這是隼人阿多君的祖先。其次生的名叫火須勢理命，最後生的名叫火遠理命，也叫天津日高日子穗穗手見命，共三位〔一〕。

木花之佐久夜毗賣，即木花開耶姬，她與邇邇芸命有一夜之緣，後來她有了孩子，即將分娩，來找邇邇芸命，邇邇芸命表示懷疑，木花開耶姬就説如果是你的孩子，即使在一個四周封閉、没有出入口且被火燒的産房裏，仍然能够順利分娩。於是，木花開耶姬建了一座八尋殿，八尋殿是很大的産房，没有門窗，産婦進去後用泥土封閉入口，以防生産過程玷污神靈，這是日本古代的習俗，點火燒房是爲了避免邪氣侵襲。而在火光照亮産房的時候，生下了火照命，這個孩子成了上古九州南部的居民的祖先。在火勢最旺的時候和火勢慢慢減小的時候，都分别生下了兩個孩子，火勢須理命有旺盛的意思，穗穗手見命有稻穗成熟寓指豐收的意思。與火有關的神話故事在《古事記》等作品中能找到不少，兹不一一列舉。從中可以看出火早在《古事記》

〔一〕〔日〕安萬侶撰：《古事記》上卷，北京：人民文學出版社，一九七九年，第五十一頁。

中就已經和日本的民俗信仰緊密相連。

日本位於東方，自稱爲日出之國，富士山的女神與太陽崇拜不無關係，即使從外國人的眼光來看，富士山女神也帶着太陽一樣的光環。另外，東方意味着萬物生長，有着春天的意義，因此富士山女神往往也是生命生長的象徵，所以富士山女神也寓意带着生命力的樹枝。如下面兩幅圖所示。

圖 2-13　外國人所畫的富士山女神（一八六二年）〔一〕

〔一〕〔日〕白幡洋三郎監修：《異邦人的目光·神》（第八輯），京都：思文閣出版，二〇一三年，第三十七頁。

關於富士山的神，有很多種説法，除了上述的赫映姬、木花開耶姬之外（後來的傳説慢慢把赫映姬和木花開耶姬等同爲一人），還有如不動明王、淺間大菩薩、大日如來、千眼大菩薩等〔一〕，這些神都與遠古的太陽崇拜、生命崇拜有很大關係。由於富士山本身就是火山，且有《竹取物語》故事中的山頂燒仙丹的情節，更加深了富士山信仰與火祭的關係。除了火祭説明山嶽信仰中包含火的信仰之外，上文説過，日本人自古以來就有一種習俗，就是登上富士山，祈禱能够找到好伴侶，有一段美滿的婚姻。而山嶽與婚戀的關係，在中國傳統文化中也是一個重要的内容。

自《詩經》開始，『火把』便與古人的婚禮、生育有關。《詩經》采自民間，反映民間生活，《詩經》以『析薪』『束楚』作爲婚姻象徵，婚禮中必須燃燒薪木、高舉火燭。而火把節最初時主要并非在於祈禱豐年，而在於繁殖後代，其來源傳説多與愛情、女性有關，彝族等少數民族婚禮等節慶與漢族也有許多相同處。『火把』具有婚育的象徵意義。火把節與山嶽傳統文化的關係也值得研究。

火把節是西南地區彝族、納西族、白族、普米族等少數民族的傳統節日，一般在農曆六月二十四到二十五日這兩天舉行盛大的節慶儀式，主要有：燃舉火把、宰牲、祭祖、宴飲、摔跤、歌舞。當然，不同民族略有不同，但大體一致。火把節是民族性的節日，節日期間，全族人徹夜狂歡，是促進交流、增進感情以及培養男女青年愛情的一個好機會，故又被一些海外游人稱作『東方狂歡節』。今天，火把節已經成爲海内外知名的文化旅游項目，而且早已進入國家非物質文化遺産名録。

〔一〕關於富士山的信仰的研究，可以參考竹谷靱負所著的《富士山的祭神論》，東京：岩田書院，二〇〇六年火把節在今天的旅游界日益紅火，被推銷出去的『火把節』增添了很多新的元素〔一〕，但是，火把節是一個古老的節日，是一個歷史悠久的民族文化現象。明人謝肇淛這樣描述火把節：

六月二十五日入夜，家家東松明，爲庭燎，雜以草花，高丈餘，燃之，殺牲祭祖，老少圍坐火下，飲酒達旦，自官署都邑以及鄉村田野，無不皆然，謂之火把節。又謂星回節。相傳漢夷酋阿南，夫爲人所殺，誓不從賊，以是日赴火死。國人哀之，因爲此會。詳見《獻略》。至唐，南詔亦假是日宴會，召五詔醉而焚之。人謂此節起於南詔，非也。一云孔明以是日擒孟獲，侵夜入城，城中父老歡呼，設庭燎以迎之，未知是否。《通志》又云：『爲火炬，照田苗，以火色占農。』一曰焚蟲，一曰逐疫，皆屬臆説。今但相沿爲宴樂耳。元文璋甫詩：『雲披紅日恰銜山，列炬參差競往還。萬朵蓮花開海市，一天星斗落人間。祇疑燈火燒元夜，誰信鄉儺到百蠻。此日吾皇調玉燭，更於何處覓神奸。』明豫章鄧渼《星回節》詞有云：『漸看西日隱簾櫳，夜色依然昏火中。朱烟翕艳千門合，列炬參差四望同。遥訝原磷深映雨，近驚山燒亂從風。』又云：『街衢車馬夜喧闐，舉國如狂自昔然。東舍椎牛聞擊鼓，西鄰酾兕共調絃。』蓋實録也，是夜，迤東有角力之戲，謂之跌四、把腰〔二〕。

關於火把節，學術界討論較多的是它的象徵意義。關於火把節的故事傳説有很多，但能解釋火把節來源、起

〔一〕具體從旅游及文本學角度論述火把節的，可以參考甘代軍《彝族火把節的『文本』重構與文本表徵》，見《雲南社會科學》二〇〇九年第四期。
〔二〕見《滇略》卷四，《四庫全書》有收録。

因的，大致歸納，學術界比較認可的有三種，上引謝肇淛所言已經包含了其中兩種，還有一種説法與阿南赴火殉夫的情節大致相同，是説鄧賧詔之妻慈善在其夫被南詔叛兵焚化後，拒絶南詔求婚，并圍城自固，三月，食盡餓死，南詔後悔，爲表徵其德，名其城爲『德源城』〔一〕。而清代較爲偏向於認爲火把節衹是農人爲了以火占卜豐年、祈求福祥的一個民間節日。

上述三種是比較傳統的説法，對於火把節的解釋，有學者經過長期而嚴謹的田野調查，以大理白族爲切入點，提出火把節其實是具有象徵生育的意義，是祈求人丁興旺的節日〔二〕。筆者也認爲火把節不僅僅是爲了祈年、祭祖、驅邪，它應該還有一層更深的寓意，那就是關係到人類本身能够繼續繁殖發展，得以代代延續的重要問題：婚育。

這就涉及一個有趣的問題，上文説過，火把節是許多少數民族的節日，其實，不僅僅是少數民族，連漢族人都有此類節日，據史料記載，火把節又叫作『星回節』：

> 星回節，俗謂之火把會。在廿四五兩日斫松爲燎，高丈餘，入夜，争先燃之村落，用以照田，祈年。以炬之明暗占歲之豐歉。街市兒童擣松脂末互相燒灑，爲戲。比户剁牲飲酒，漢夷同之〔三〕。

〔一〕可參考清人師範纂《滇系・雜載》。
〔二〕詳細論證可見梁永佳：《大理白族火把節的生育象徵》，刊於《民族文學研究》二〇〇六年第二期。
〔三〕見《雲南通志》卷八所載，《四庫全書》有收録。

雖然關於星回節與火把節之間的異同，學者也多有争論，未能統一觀點〔一〕，火把節的具體儀式也因民族的不同而略有差别，但是，它們都有一個共同的地方，那就是：火把。

一、『火把』與《詩經》中的婚禮

『火把』不是一個簡單的生活用具，在傳統文化中，它是一個含義深遠的符號，它還與炎帝的傳説有關。炎帝是華夏民族的祖先之一，《管子》説：炎帝『鑽燧生火』。火，是遠古先民得以保暖、驅獸、熟食的重要條件，是人類生存發展必不可少的。火一直伴隨着人類的成長過程，即使人類的生産力發展了，它的作用也未曾減弱。人類對火的依賴和信仰就是在人類成長的漫長過程中逐漸形成的。

關於炎帝和古人的火崇拜，已有不少學者認識到，本書不再贅述。然而，關於火把與古人婚禮的關係，及其與火把節的内在聯繫，却鮮有論及。

其實，上山伐薪砍柴、燃燒火把、高舉火把在古人婚禮中是必不可少的重要環節，甚至直接以『析薪』指婚姻。我們今天仍然會以『作伐』來比喻做媒，就是古代文化遺留下來的痕迹。

火把與婚禮的密切聯繫，可以從《詩經》中的婚姻詩看出來。

凡是細讀過《詩經》的人都會發現，《詩經》中有不少婚姻詩，這些婚姻詩都有一個共同點，那就是：往往以『析其柞薪』或『析薪』作爲婚姻的代表和象徵。如《豳風·伐柯》和《小雅·車舝》：

〔一〕如梁永佳《大理白族火把節的生育象徵》一文就認爲星回節與火把節是兩個不同的節日。

伐柯如何？匪斧不克。取妻如何？匪媒不得。

伐柯伐柯，其則不遠。我覯之子，籩豆有踐。

間關車之舝兮，思孌季女逝兮。匪飢匪渴，德音來括，雖無好友，式燕且喜。

依彼平林，有集維鷮。辰彼碩女，令德來教。式燕且譽，好爾無射。

雖無旨酒，式飲庶幾。雖無嘉殽，式食庶幾。雖無德與女，式歌且舞。

陟彼高岡，析其柞薪。析其柞薪，其葉湑兮。鮮我覯爾，我心寫兮。

高山仰止，景行行止。四牡騑騑，六轡如琴。覯爾新昏，以慰我心。

《伐柯》寫的是一位男子希望有媒人來成全他的愛情，而《車舝》説的是新郎迎娶新娘時的喜悦。諸如此類的詩歌在《詩經》中還有不少，兹不一一列舉。綜觀這些詩歌，我們可以知道，『析薪』和『束楚』是當時普遍流行的一種婚慶禮儀習俗。

據清人馬瑞辰《詩經傳箋通釋》引《箋》曰：『登高岡者必析其木以爲薪，析其木以爲薪者，以其葉茂盛，蔽其岡之高也，此喻賢女得在王后之位，則必辟除嫉妒之女。』馬氏云：『今俗稱柞樹爲柞櫟樹。』他同意『析薪者，以喻婚姻』這一説法，并補充説：

《漢廣》有『刈薪』之言，《南山》有『析薪』之句，《豳風》之《伐柯》與娶妻同喻。詩中以析薪喻婚姻者不一而足。《東山》之詩曰：『其新孔嘉。』薪之爲言新。《説文》：『薪，取木也。』

《詩》蓋以取木喻取女。因而即以析薪喻娶妻爲迎新也〔一〕。

由此可知，古代婚禮當中『析薪』是一項重要而不可或缺的禮儀，取其『迎新』之意。這裏說的『登高岡』，也就是登上山岡，《説文》曰：『岡，山骨也。』『柞』指櫟樹，而『薪』則泛指各種木柴。婚禮進行前，男方上山砍回柴禾，在《詩經》一般是指櫟樹，正如《車舝》所言：『陟彼高岡，析其柞薪。』《爾雅》曰：『櫬，采薪。采薪，即薪。』《詩經》中借代婚禮的『析薪』，就是指這種櫬木。那麼，從山上砍回來的柴禾又用來做什麼呢？魏源的《詩古微》給了我們答案：『《三百篇》言娶妻者，皆以析薪取興。蓋古者嫁娶必以燎炬爲燭。』〔二〕那燃燒着的火把，正是對婚姻的幸福温馨的憧憬和祝願。『必以』説明了這種儀式是婚禮上一道必不可少的程式。

又《藝文類聚》卷八十九曰：『瑟彼柞棫，民所燎矣。』看來，古人伐薪、燒薪之俗，由來已久。《藝文類聚》卷八十《火部》曰：『凡邦大事，供蕡燭。《禮記》曰：「侍坐，燭至起，燭不見跋。」又曰：「孔子曰：嫁女之家，三夜不息燭，思離親也。」』齊代謝朓有《詠燭詩》，詩云：

杏梁賓未散，桂宫明欲沉。暖色輕帷裏，低光照寶琴。
徘徊雲髻影，爍爍綺疏金。恨君秋月夜，遺我洞房陰。

〔一〕清人馬瑞辰在其《詩經傳箋通釋》（中册）第七四一—七四二頁有相關論述，中華書局，一九八二年。
〔二〕見清人魏源：《詩古微》，魏源全集編輯委員會編，一九八九年。

此詩雖題爲『詠燭』，實際上却是寫男女婚姻。這裏所説的『燭』，不是我們今天所謂的蠟燭，而是『火把』『火炬』，《漢語大字典》這樣解釋『燭』：『火炬；火把。《儀禮·士昏禮》：「從車二乘，執燭前馬。」鄭玄注：「使徒役持炬火居前照道。」北魏賈思勰《齊民要術·種麻子》：「崔寔曰：苴麻子黑，又實又重，擣治作燭，不作麻。」石聲漢注：「古代的燭或庭燎，是在易燃的一束枝條（如乾蘆葦、艾蒿，或漚麻剩下的麻莖）等材料中，灌入耐燃而光焰明亮的油類，點着後，豎起來照明的。這就是現在的火把或火炬。」』

由上述内容可知，古人婚嫁時必燃火把。孔子説『嫁女之家，三夜不息燭』，看來這火把燃燒的時間不短，與火把節徹夜狂歡的時間大致相同。衹不過火把節燒的是松枝而已。不管所燒爲何木，目的都有相同之處，那就是：燃舉火把，進行某種重要的儀式。

婚姻是繁殖和哺育後代的前提，是人生大事，古人在婚禮前就上山砍好木柴，婚禮中高舉熊熊燃燒的火把，長時間不熄滅，寄寓着古人對婚姻美滿和繁衍後代的祝福。古人直接以『析薪』來代指婚姻，可見燃舉火把具有象徵意味。

二、《詩經》中的『析薪』與泰山火祭

至此，也許有人會反問：《詩經》中所説的婚禮儀式不一定就是西南少數民族的婚禮儀式。這如何看出《詩經》婚姻詩中的『析薪』就與火把節有關係呢？

大家知道，《詩經》中大部分作品采自民間，如『風』『雅』。《詩經》真切地反映了當時人民的生活

情境，婚姻詩所描寫的燃舉火把的儀式就是當時人民實際生活中的具體情境之一。《詩經》産生的地域比較廣，且其地域範圍仍存争議，比如對周南、召南的地域，古今未有定論，清朝方玉潤《詩經原始》中的『十五國風與地圖』曰：『周、召舊封，本在岐境内，其後東遷，乃改封陜、洛間。而詩則多采於岐，自當仍圖之岐山下爲是。』金開誠則認爲『二南中包括長江、漢水、汝水流域的作品』，并認爲其『采風範圍到達河南的臨汝、南陽；湖北的襄南、宜昌、江陵等地區』〔一〕。這些都是中原地帶，《詩經》采詩的範圍很廣，但并不包括今天的西南地區，那麼，析薪燃舉火把的儀式在西南少數民族地區有可能存在嗎？

上文曾引《雲南通志》卷八所云：『星回節，俗謂之火把會。……比户剁牲飲酒，漢夷同之。』不管星回節是否真的是火把節的别名，或者火把節是星回節的别名，二者都有着類似甚至完全相同的節慶儀式，二者即使不是同一個節日，明清時候就已經有很多人將二者混同爲一（今天仍然是），因爲火把節和星回節的儀式基本上是相同的〔二〕。隨着民族的遷徙，漢族文化的推廣，漢族和少數民族的節日也隨之互相滲透，節日是有互通性的。不同的民族雖然生活在不同的地理環境中，會形成不同的性格、文化、信念，也因此具有不同的習慣，但是不同民族并不因此互相隔絶、不相往來而導致什麼都截然不同。生老病死、婚喪、貧富、悲喜，這些都是所有民族的人都極爲關心的問題，於是在一年的開始和結束的時候，或者在婚慶之日等特殊時候，許多民族都會有盛大的活動，這些節日活動雖然形式有所不同，但是其内核和傾注其中的人們的心願，都是共通的，比如祈禱婚姻幸福、後代繁榮、健康長壽和國泰民安，等等，這些是所有民族的人的共同心願。

婚禮，是自古至今都很重要的一項儀式，彝族也好，漢族也好，婚禮的意義都很重要。漢族和少數民族

〔一〕詳見金開誠《詩經》第二章第三節第十頁所論，中華書局，一九八〇年。
〔二〕其他原因請參考上引梁永佳《大理白族火把節的生育象徵》一文。

一樣，都期盼婚姻幸福、子孫滿堂，有了這個共同的心願，他們就難免會有共同的祈禱方式：火把。

據載，在彝族等少數民族聚居的雲南楚雄一帶，當地少數民族很早就受到了漢族文化的影響：

楚雄府：土壤肥饒，士人務學，鹽井之利，贍於列郡，故其人裕而畏法，地當孔道，不慕紛華，民習勤勞，安於儉約，婦人不尚妝飾，雖貧，耻爲妾媵，婚喪無越禮之譏，文風有日盛之勢。

景東府：民多僰夷，性本馴樸，田地舊皆種秫，今則悉爲禾稻，人亦漸習經書，士俗民風日改月化，士簡民恬，風和俗厚，男女悉知辛勤，士類咸敦禮教〔一〕。

楚雄一帶自古是彝族聚居地，史載其人務學，循孔道，婚喪不越禮，可見當地少數民族婚禮中燃舉火把不是没有可能。彝族人性多順樸，易接受外來文化，能融合，他們并非固守自封之人。又曰：

婚嫁仍遵行六禮，先求女庚帖，隨通媒妁，繼請親長之尊貴者向女家致主人意，既諾，則二姓互相酬拜，具啓，下定儀，將娶，則請期，納幣，而後親迎焉。其儀物豐儉各稱其力〔二〕。

可見，雲南雖是少數民族聚居地，婚禮却遵循古制，分爲六道程式。古人『婚必用六禮』，在婚禮中，『主人（謂婿也）……執燭前焉』，也就是説新郎『使從役持炬火居前照道，釋曰自此至俟於門外，論婿親迎之節』。

〔一〕見《雲南通志》卷八。
〔二〕同上所引。

直至『婚禮畢，將卧息』，纔『燭出』〔一〕。看來，燃舉火把是貫穿婚禮始終的一道重要程式。對於有着深厚『火把』情結和傳統的彝族等少數民族來説，在他們那『遵行六禮』的婚禮上，燃舉火把絶非怪異之事。

明人謝肇淛也提出了雲南少數民族與『中土』節慶風俗之相近：

節令禮儀大率與中土類，若元旦更桃符，賀歲上元觀燈，清明插柳，四月八日浴佛，五日懸艾、酌菖蒲，七夕乞巧，中元祭祀，中秋夕月重陽登高……〔二〕

《詩經》雖是春秋戰國時期的作品，但是在婚禮中燃舉火把的禮俗是一直保存着的，上文所引六朝謝朓的詩可以爲證，也許這種禮俗有些形式上的改變，但『火』是其中一直不變的元素。所謂『洞房花燭』，『燭』就是『火』，火的信仰在漢族和少數民族的婚禮中都有所體現。

大部分人始終認爲火把節是祈年的節日，旨在祈禱能有豐收富足的新年。古籍中也有類似記載。但是，竊以爲祈年并非火把節的主要和首要象徵意義，據載，西南少數民族：

六月朔日至六日各郡禮南斗祈年。

九月朔日至九日禮北斗祈年〔三〕。

〔一〕詳見《古今圖書集成·禮儀典》禮儀部第二十卷婚禮部。
〔二〕見《滇略》卷四。
〔三〕見《雲南通志》卷八。

古代曆法采用火曆，不同於今日之陽曆和陰曆，火曆又叫十月曆，是我國西部、北部一些遠古先民采用的曆法，他們把一年分爲十個月，一個月三十六天，剩下的五天是過節〔一〕。故在夏和秋冬季節祈禱豐年。九月初的『禮北斗祈年』明顯是和六月初『禮南斗祈年』相對應的。六月初一至六日『祈年』，而緊接着在六月末又有燎火『祈年』之慶典，『祈年』是隆重盛大的節慶活動，而一月内兩次『祈年』，未免太過繁瑣耗費，況且九月（即爲火曆的年底時候）又進行『祈年』。一年中三次『祈年』，不大符合常理。看來火把節最初的時候并不是衹爲了『祈年』，後來慢慢演變使得其『祈年』意義突出而成爲某些地區火把節的主題。

另外，關於火把節的許多故事傳説都與青年男女的愛情相關，其中多有女性的身影。除了本書開始時提到的解釋火把節來源的三種傳説中，有兩種都與婚姻、女性有關，其他的，再如彝族羅婺支系喜鵲姑娘的故事，等等。總之，女性和婚姻是火把節的重要元素，而女性和婚姻又都指向生育，繁衍後代是重要的使命，尤其在古代。我們可以判斷：在那些高舉着的燃燒的火把裏，有着先民們繁衍後代、生生不息的熱切而强烈的祝願。這些火把節的象徵意義，與富士山女神在火中産子，生出火神的故事有着内在的聯繫，二者的共通之處在於：火與人類的生育、繁衍自古以來就在民俗信仰上聯繫在一起了。

值得一提的是，日本所藏關於《詩經》的文獻，最早的有唐鈔本毛詩殘卷、宋槧本《毛詩正義》、宋版《毛詩要義》等。寫本則有鐮倉中期寫本《毛詩鄭箋》、清家寫本《毛詩》等。對《詩經》進行注解類的，則有竹添光鴻的《毛詩輯疏》等〔二〕。而與本書論題相關的《詩經》名物類著作，在大約完成於西元九世紀的《日本國見在書目録》中就收録了不少，其中就有陸機的《毛詩草木魚蟲疏》二卷。江户時代較爲盛行，如淵在

〔一〕詳見龐樸《火曆初探》《火曆續探》《火曆再探》。

〔二〕相關文獻可參考王曉平著：《日本詩經學文獻考釋》，北京：中華書局，二〇一二年。

寬的《詩經圖解》、細井徇的《毛詩名物圖解》，而相關的名物類著作，絕大部分是江户時代的刊物，如《詩經名物辨解》，江村如圭撰，享保十六年序刊；《詩經名物圖説》，文化五年刊；《毛詩品物圖考》，天明四年刊；《詩經小識録》寫本，稻生若水撰；《詩經名物集成》，茅原定撰一八〇三年序，一八〇八年刊；《詩經圖》，新井白石校，狩野春湖繪；《詩經圖略》，舟橋師賢筆。日本當代學者中關注《詩經》名物與民俗的，有水上静夫等人。水上静夫集中對於《詩經》當中的植物與民俗信仰、時代背景加以論述。如他對桑樹的植物特性、古代的養蠶業到古代的桑樹信仰，桑樹與戀愛、婚姻的關係，論述詳細而全面。他指出，《詩經》中的桑樹詩與婚戀有關的極多，如《桑中》《定之方中》《將仲子》《汾沮洳》《黄鳥》《十畝之中》等。桑樹被視爲佳木，在《詩經》中被用作婚戀的興辭〔一〕。然而，植物之外，動物，尤其是鳥類，在《詩經》中與婚戀民俗的關係似乎更爲密切。

日本的《詩經》名物研究者關注名物的生物特性、生長環境，也關注相關的民俗。日本的《詩經》名物研究文獻不可忽視，周作人在回憶魯迅少年時期的時候，曾提到日本人所著的《詩經》名物文獻：『（表兄）延孫那裏又有一部石印的《毛詩品物圖考》，小本兩册，原書係日本岡元鳳所作，引用《詩經》裏的句子，將草木蟲魚分别的繪圖列説，中國同時有徐鼎的品物圖説，却不及這書畫得精美。這也給魯迅一個刺激，引起買書的興趣來。現在這種石印本是買不到了。但日本天明甲辰（一七八四）的原印本却還可以看到。』〔二〕可見日本研究《詩經》之早，其成果流傳之廣，也由此可見一斑。

〔一〕相關論述可參考水上静夫著：《中國古代植物學研究》，東京：角川書店，一九七七年。

〔二〕周作人著：《周作人自編集之魯迅的青年時代》，北京：北京十月文藝出版社，二〇一三年，第十六頁。

《詩經》中有刻畫泰山的詩，《魯頌・閟宮》曰：『泰山岩岩，魯邦所詹。』〔一〕以『岩岩』形容泰山的高峻雄偉。其實，泰山也有火祭。

泰山爲東嶽，東方屬木主春，春天萬物萌芽生長，需要太陽的光和熱，而泰山的祖先東夷人崇拜太陽，他們的神就是日神，因此東夷人每年在泰山山頂點火祭拜太陽和天空。《禮記・祭法第二十三》稱『燔柴于泰壇，祭天也』〔二〕，説的正是泰山山頂點火祭天的古老民俗。據研究者稱，東夷人這一習俗，正是後代帝皇封禪泰山的濫觴〔三〕。火祭也與道教有關，而泰山又是道教名山。據説道教的燈儀是由先秦祭祀禮儀中的火祭演變而來，唐代的道教已有完整的燈儀行於世〔四〕。火祭反映了古人對火的崇拜，其本質還是萬物有靈論的原始思想。今泰山東麓民間仍有火祭的習俗留存——尞祭。尞，爲『燎』，燎祭，實際上就是火祭。把香木之類堆積於祭壇上，并在香木上放上祭拜用的動物犧牲，有時附之以玉帛、珠寶等物，舉火燃燒，烟裊裊上升，據説這樣可以上達天庭，達到祭拜的目的。燎祭的對象，已遠大於火祭的對象，有天、地、山川、祖先。除了祭天、祭祖這些比較隆重的祭拜活動要築祭壇之外，其他的都可以在家裏或庭院中燒火祭拜。據泰山當地學者的研究指出：『今泰安城東二十五公里處，有西漢泰山郡奉高城舊址，曾是漢武帝封禪泰山、東海求仙的必經之地，且有大量歷代留存的宗教活動處所，如漢武帝元封元年四月所禪肅然山（今祝山），明清極盛的總司廟、佛教的宏佛寺、道教的娘娘廟以及疑爲漢明堂舊址的「北禪」，等等。緣此，今泰萊之間

〔一〕程俊英、蔣見元注譯：《詩經》，長沙：岳麓書社，二〇〇〇年，第三四四頁。
〔二〕楊天宇譯注：《禮記譯注》（下），上海：上海古籍出版社，二〇一六年，第七四四頁。
〔三〕陶陽著：《口頭文學論集》，北京：大衆文藝出版社，二〇〇七年，第三十頁。
〔四〕張澤洪著：《道教禮儀學》，北京：宗教文化出版社，二〇一二年，第十頁。

的廣闊地區，素有濃厚的宗教習俗，民間盛行的是糅合了道教成分的原始宗教。從筆者所見，他們的燎祭對象既有泰山元君，又有「天地三界六合八荒」之神，還有灶神、財神、豬童子，等等，極爲繁雜。但祭拜方法則大同小異，即在焚香紙之時，向火中抛投祭品（酒肉、果、脯之類）。』又稱：『衆神聚會的泰山，應是承傳燎祭方法的典型處所。』[一]春秋戰國時期普遍實行的燎祭的精神，在東北地區鄂倫春人對火神祭拜致敬的方式中也有所體現。關於火祭時所用的動物犧牲，主要有牛、羊等動物。而且，『在自然崇拜（如祭天、地）或祖先崇拜中（如祭祖先），無論一個共同體或一個宗族，祭祀對象、祭祀者身份、時間、祭獻儀式、祭品種類、祭品多少等等并非一成不變，往往因時、因地、因條件等的變化而變化，并没有一個永恒的公式，但萬變不離其宗，均屬原始宗教的意識形態，本質上并無大的差異』[二]。其實，古今如此，南北如此，中外也如此。燎祭在當代泰山地區保存得比較完整，燎祭的精神也體現得尤爲典型，與富士吉田的火祭有許多本質相通的地方。從古到今，中日兩座名山之間深厚的民俗文化淵源，由此可想而知。

第五節　富士山漢詩與曾我兄弟、赫夜姬、聖德太子

漢詩雖然源於中國，與中國的典故、文化、文學有着密切的深層聯繫，但是富士山漢詩所描寫的對象——富士山畢竟是日本文化的縮影，所以富士山漢詩除了常常引用中國的典故、詩句、民俗之外，也常體現日本的文學和文化。兹以曾我兄弟在富士山下爲父復仇的故事爲例進行論述。

〔一〕趙興彬：《『尞祭』考》，《泰安師專學報》一九八八年第一期，第十四頁。
〔二〕唐嘉弘：《簡論春秋戰國時期的尞祭及其源流——先秦原始宗教新探之一》，《齊魯學刊》一九八六年第四期，第九頁。

曾我兄弟復仇是日本鎌倉時代實際發生過的一件事，被稱爲日本三大復仇事件之一，在日本影響很大，多次被寫進小説和戲劇影視作品裏，如歌舞伎狂言《曾我對面》（そがのたいめん），描寫《曾我狂言》中曾我十郎和曾我五郎兄弟與仇敵工藤祐初次相遇的一幕，江户時代每年正月都要在各劇院上演改編的新作，比如河竹默阿彌創作的《壽曾我對面》。發生在富士山山脚下的曾我兄弟爲父報仇的故事廣爲流傳。《日本史記》（六）列傳第一百四十九載其事曰：

曾我佑成，小字一萬；弟時致，小字筥王，伊東佑親之孫也。父河津佑泰，爲從祖父工藤佑經所殺。時一萬年五歲，筥王三歲。其母抱屍哀哭，撫兩孤曰：『汝等成長，能報父仇乎？』一萬泣曰：『兒等成長，必斬仇頭。』及母再醮曾我佑信，兄弟遂爲佑信所鞠，年稍長，嬉戲常以擊刺爲事。一萬挽弓射屏障，筥王曰：『復父仇，何用弓？』自執木刀斫之。一萬嘗仰見蜚雁，欺欷曰：『禽鳥猶有父母，使我孤者誰？』筥王曰：『仇之首豈堅于鐵石乎？』一萬遽掩其口曰：『勿妄言。』因相對號泣，焦思勞心，復仇之念，未嘗一日懈。……（及長，兄弟改名曾我五郎、十郎〔一〕，伺機復仇）佑經每出，從卒自衛，兄弟時或望見，不能下手。建久四年賴朝獵于富士野。佑經從焉，佑成、時致大喜曰：『天也。』因定計往富士野，兄弟至箱根見行實，行實察其志，取社中所藏二寶刀授之。遂往富士野，百方狙佑經不得間。既而聞賴朝還府有日，兄弟憂之曰：『時難再得，機不可失，今夜急入神野營，以殺佑經。』乃陽爲警夜者，過列營前，入佑經卧所，佑經已移別室，兄弟彷徨，不知所爲。會畠山重忠家士本多親經至，素欲兄弟遂其志，指畫佑經所在而去。是夜佑經召倡妓，與

〔一〕原文過長，此處摘要而録，括號内爲筆者所加，特此説明。

吉備津祠官王藤内宴飲，大醉酣寢，兄弟舉炬相視曰：『殺醉卧人，猶斬死人。』因蹈席大呼曰：『佑成、時致爲父報仇！』佑經驚覺，將執刀而起，兄弟揮刀交下，遂寸斬之，并殺王藤内。倡妓驚呼曰：『曾我兄弟殺父仇！』時五月二十八日，雷雨暗黑，營中騷擾，平子野、右馬允愛甲三郎等倉皇出門，兄弟殺傷十許人，力極而疲，佑成與新田忠常接鋒，遂爲所殺，時年二十二。時致見佑成死，徑前突入將軍營，小舍人五郎丸被婦人服，俟時致過，自後抱持，衆共禽之。賴朝乃遣和田義盛、梶原景時，檢佑經屍。翌日賴朝坐幕中，諸將環列，召見時致，使狩野宗茂、新開實光，詰問所以殺佑經。時致嗔目，叱二人曰：『祖父人道殁後，子孫沉淪，雖不得昵近，何就汝輩對狀？願面一言而死。』賴朝壯其言，親問之。時致曰：『佑成、時致自髫齔至今，復仇之念，無須臾忘，今日志願畢矣。犯幕府者，欲一賜謁而自殺也。夫佑經我之仇，而君之寵臣也；君寵吾仇而仇吾祖，能無憾乎？』意氣益猛厲，聽者竦動。賴朝愛其膽氣，欲宥死，佑經子犬房丸哀訴請殺，乃斬之，時年二十。賴朝得佑成、時致遺其母書，彈泪讀之，命藏之書庫。時佑信在獵場，賴朝召而慰諭，使還鄉修二子冥福，除曾我莊租，後人爲立祠于富士野〔一〕。

國内也流傳着這個故事，國内學者所撰的日本中世紀史書之鐮倉時代歷史著作稱：『建久四年（一一九三），後白河法皇喪期結束後，鐮倉幕府在關東各地舉行了一系列狩獵活動。三月在下野國的那須野，四月在信濃國的三原，五月則移鎮到駿河國的富士野，每一次都涉及大規模的軍隊調動與實戰演練。這樣的狩獵活動不單是對鐮倉武力的訓練，還是對各方不臣勢力的震懾，以此來宣示幕府的權威。狩獵富士野

〔一〕〔日〕德川光圀著：《日本史記》（六），合肥：安徽人民出版社，二〇一三年，第二二三三—二二三四頁。

的時候，發生了「曾我兄弟復仇」的事件。源賴朝近侍工藤祐經因爲領地的糾紛，曾經派手下射殺了叔父伊東祐親之子河津祐泰。河津祐泰的子嗣後來被寄養於曾我家，孤苦長大。曾我兄弟爲報殺父之仇，探明仇讎的居所，於夜間偷偷潛入營帳，斬死了工藤祐經，引發極大的騷亂。諸衛士祇當有敵方武士夜襲幕府，暗夜之中不辨真僞，互相砍斫，死傷甚多。兄長曾我祐成被衛士鬥殺，弟弟曾我時致憤怒且傷心，久戰之後被擒。事態平息以後源賴朝問明來由，有感於曾我兄弟的孝義，有心赦免。工藤佑經的遺孤泣涕呼冤，曾我時致自己也但求速死，於是遂其所願。』[一]這一復仇事件在鎌倉時代的歷史讀物中幾乎都有記載，如《幕府時代：鎌倉幕府》[二]。江户時代著名的浮世繪畫師歌川國芳曾根據曾我兄弟的故事創作了浮世繪，流傳至今。在兒童文學中，也出現了這個故事，如《日本兒童故事精選》中的《曾我兄弟》[三]。

曾我兄弟復仇的故事體現了孝悌忠義的思想，深受日本人的喜愛。與横川景三同時代的天隱龍澤就曾我兄弟的故事寫過富士山漢詩，如：『富士峰前游獵秋，曾我兄弟密相謀。腰間一箭匹夫志，射鹿歸來報父仇。』[四]

富士山漢詩也不乏涉及日本其他方面的民俗信仰的作品，如『湖蜺名山太古春，春妝鎮見木花神。炎天六月冰消日，雪汁和鞋禱福人。』[五]詩中所言『木華神』，即木華開耶姬（このはなさくやひめ），傳爲富士山女神，富士山上有淺間神社，奉祀的就是『木華神』，等到夏天，登山祈福者絡繹不絕。此類詩歌還

〔一〕重舟著：《鎌倉》，濟南：山東畫報出版社，二〇一五年，第二二四—二二六頁。
〔二〕陳杰著：《幕府時代：鎌倉幕府》，西安：陝西人民出版社，二〇一三年，第一一四—一一六頁。
〔三〕〔日〕佐藤春夫等編著，李連鵬等編譯：《日本兒童故事精選》，太原：山西教育出版社，一九九二年，第二三六—二四〇頁。
〔四〕〔日〕高柳光壽著：《富士的文學》，東京：名著出版，一九七三年，第一五八頁。
〔五〕〔日〕快菴先生著：《富士紀行詩》，江户，天保二年（一八三一）刻本，第一頁。

有如河野鐵兜的《富士》：『山翁采竹來，翠袖升天去。靈雲長不消，縹緲燒丹處。』[一]這是日本最早的一本物語裏的故事。該詩涉及富士山的一個傳説，即前文提到的《竹取物語》和赫映姬、伐竹老翁。

此外，富士山漢詩在風景描寫、登山游仙之外，也時不時地聯繫日本或中國的民俗、歷史和傳説，如聖德太子登富士的故事。聖德太子是推古女王時代（五九二—六二八）的國家大政掌權者，是日本歷史上著名的『十七條憲法』的制定者。他大力弘揚佛教，創建了法隆寺和四天王寺，被稱爲日本的聖人。現存東京國立博物館的《聖德太子繪傳》畫有他騎着黑駒登上富士山的情景。本田種竹的《登嶽》二十一首之一把聖德太子寫入富士山漢詩中：『梵天太子鞭銅馬，月窟真人釀玉漿。』原注曰：『絶巔有聖德太子遺迹，祀銅馬。』[二]其中，秦代道士徐福出海尋仙藥不歸的故事是富士山漢詩中用的最多的中國典故，傳説徐福就是到日本尋仙藥，後居日本不歸，日本今有徐福墓。和歌山新宫市有徐福公園，公園内有徐福塑像。佐賀縣諸富町有徐福登録遺迹群，山梨縣富士吉田市有徐福祠等[三]。『徐福當年來海外，訪仙采藥不歸鄉。如今遺迹無存處，山上唯餘大禹糧。』[四]同類的例子還有大沼枕山的《富嶽圖賛》之一：『徐福出船處，樂天歸院年。蓬萊即富士，漫漫海浸天。我願并徐白，長生爲詩仙。』[五]釋萬卷的《途中望嶽》：『復思徐市尋神藥，萬丈丹梯無路攀。』[六]

〔一〕〔日〕小西理兵衛編：《富嶽詩集》，東京：東京堂，一九一六年，第三頁。
〔二〕〔日〕小西理兵衛編：《富嶽詩集》，東京：東京堂，一九一六年，第三十頁。
〔三〕滕軍等編著：《中日文化交流史——考察與研究》，北京：北京大學出版社，二〇一一年，第一章第二節。
〔四〕〔日〕快菴先生著：《富士紀行詩》，江户，天保二年（一八三一）刻本，第二頁。
〔五〕〔日〕小西理兵衛編：《富嶽詩集》，東京：東京堂，一九一六年，第五頁。
〔六〕〔日〕小西理兵衛編：《富嶽詩集》，東京：東京堂，一九一六年，第九頁。

祇園南海《望士峰》：『海風不散雪千秋，壯觀始傳宋濂唱。仙迹祇留徐福舟，君釣巨鰲持寄我。載來三島與十洲。』〔一〕宋濂是明初著名文人，其文學作品在日本也有一定的影響。服部南郭的《望嶽》：『雲臺玉女昔朝天，東指芙蓉帝所旋。豈有秦時徐福識……』

有的富士山漢詩還運用了女媧煉石補天的故事，女媧煉石補天的故事見於《淮南子·覽冥訓》：『往古之時，四極廢，九州裂，天不兼覆，地不周載，火爁炎而不滅，水浩漾而不息，猛獸食顓民，鷙鳥攫老弱。於是女媧煉五色石以補蒼天，斷鼇足以立四極，殺黑龍以濟冀州，積蘆灰以止淫水。蒼天補，四極正，淫水涸，冀州平，狡蟲死，顓民生。』〔二〕故事説的是遠古時候，四方支撑天空的柱子倒塌了，大地裂開，天空不能全部覆蓋大地，大地也不能遍載萬物，大火蔓延而不能熄滅，洪水漫流不息，猛獸吞吃善人，凶鳥捕食老弱。此時，女媧挺身而出，煉出五彩神石補綴天穹，斬斷鼇足作爲撑天的柱子，殺死黑龍以解救百姓，積聚爐灰堵住洪水，如此，人們得以生養休息，平静生活。這個故事出現在富士山漢詩中，由富士山山頂的神仙世界聯想到女媧煉石補天，時移世易，今天是否也有這樣的一位女神住在富士山山頂，一旦有難，可以補救蒼天呢？余熊耳的《莊子謙游芙蓉圖而歸同題賦》詩曰：『自爾以來甲子易，猶尚仿佛半壁折。女媧殂落三萬年，吾黨誰有五色石。』〔三〕除了徐福尋藥、女媧補天的故事，富士山漢詩還運用了中國的許多人物傳説作爲典故，以寫富士的神與奇。這些人物有火神祝融、東晉初著名的道教煉丹家葛洪和據説長生不老的獻壽女仙麻姑，富士山漢詩裏還會出現莊周夢蝶的故事、盤古鑿混沌開天闢地的故事，還有以中國十大道教名

〔一〕〔日〕小西理兵衛編：《富嶽詩集》，東京：東京堂，一九一六年，第二十一頁。
〔二〕陳廣忠譯注：《淮南子》第六卷，北京：中華書局，二〇一二年，第三二三頁。
〔三〕〔日〕小西理兵衛編：《富嶽詩集》，東京：東京堂，一九一六年，第十頁。

山之一的廣東羅浮山來形容富士山的，如《日出歌》：『愧無彩筆于氣象，仰天大息胡爲乎。祝融日觀豈足此，如此靈偉天下無。』〔一〕又如《芙蓉仙蝶歌》：『葛洪之衣麻姑裙，莫是天上司花使。』又有句曰：『滕王畫筆徒仿佛，莊生曉夢驚變詭。』『西入齊嶽雲霧重，七十二君秩禮地。』『不然馱我問羅浮，白雲明月千里從。』云云〔二〕。本田種竹《登嶽》二十一首之一：『紫雲如蓋來聯翩，導到玉皇香案前。盤古誰穿混沌竅，寶山不竭金銀泉。』〔三〕由此可見，富士山漢詩由於融合了中日兩國多種典故和人物傳説而顯得豐富多彩，耐人尋味。

〔一〕〔日〕小西理兵衛編：《富嶽詩集》，東京：東京堂，一九一六年，第十七頁。
〔二〕〔日〕小西理兵衛編：《富嶽詩集》，東京：東京堂，一九一六年，第十七頁。
〔三〕〔日〕小西理兵衛編：《富嶽詩集》，東京：東京堂，一九一六年，第二十九頁。原注：金銀泉：絶頂有金明銀明二水。

第三章　富士山漢詩與泰山詩歌

第一節　平安時代的富士山文學與中國志怪小説

在歷史上，日本人是從何時開始知道泰山文化的呢？中國人又是從何時開始瞭解富士山的呢？由於古代交通工具的限制，又隔着海洋，兩國之間的文化交流有重重的困難。所以兩國人民對於對方國家的名山，都開始於漢字書寫的文獻記録。直至明治時代日本解除鎖國令之時〔一〕，雙方的認識，還基本上停留在文獻的閲讀。

明治時期，隨着日本國門打開，海港開放，中國人對於富士山的認識也逐漸加深，如清代王錫祺輯《小方壺齋輿地叢鈔》第十帙第五十三册收録了很多關於富士山的文章，其中《日本雜記》云：『（日本）國中有火山，故多温泉，有富士山，最高山巔積雪，終年不消。』〔二〕而當時的日本人寫到富士山，總是不自覺地聯想到傳説中的泰山，且流露出與泰山作比較的意識。如太宰純的《登富嶽記》：『日本之國多名山焉，而富士最顯。富士之所以顯者，以其高也，以其大也，以其形特異也。』又：『凡高山之巔，陰晴不常，風雨

〔一〕一般認爲，一八五四年簽訂《日美和親條約》、一八五八年簽訂《日美修好通商條約》和《安政條約》（美、荷、俄、英、法），日本長約兩百年的鎖國令正式宣告結束。

〔二〕《小方壺齋輿地叢鈔》第十帙第五十三册，上海：著易堂鉛印，光緒年間刊，綫裝，第三五二頁。

暴作，况乎富嶽之高也。觸石而生，膚寸而合，太山之雲不啻俄爾而起，則六合窅冥。』[一]由富士山的高、大，風漂雨蕩聯想到泰山之雲倏忽、變幻莫測的情景。又如澤元愷的《登富士山記》云：『曦車將出，温谷急起，望之，紫赤之中晴氣輝輝，金縷萬條，倒射余衣，熟視之，輪轉如飛。金縷紛亂，實一大奇觀也。漸升，大如盤盂，下界猶且朏明，飄渺之際，海色淡黄，始知古人登岱詩有黄海句。遂行八葉，此山一名芙蓉，故有此稱。三峰隆起，正中陷爲池。……池邊處處置金人，又構小堂，堂側有玉井，僅僅盆大，不竭不溢，人以爲靈。』『三峰最高爲中臺，又名雷電岩，不可攀也。岩下南轉而行數百步，巖嶭相連，又不可攀者，名曰駒峰。』『抬頭回顧，三峰崚嶒而立天表，未嘗不悦然自失也。聞之，群嶽之長爲岱宗，封者七十，以爲至極。……此山中宫而上四十里，睇顥於半夜，何况容貌絶美，其孰企及，蓋天地間獨我天皇萬古一姓，莫有革命者，是其無疆之鎮，亦有興於兹哉。特立於天下而無比倫，不亦宜乎。』[二]這裏寫的是作者登上富士山，觀看日出和三峰的景觀，描寫得極爲生動。行文中時時聯繫到泰山文化，包括登岱詩、泰山封禪。最後對兩座名山進行了比較，説富士山高峻且秀美，誰又能比得上呢？况且扶桑不像明清鼎革那樣，被『夷人』清奪去了政權，扶桑自古就是一姓統治，國家也會因此而興盛。富士山獨立於天下，不亦宜乎，云云。關於江户時代的富士山漢詩與泰山文化的關係，後文還要論及。

事實上，在文人筆下，富士山與泰山的聯繫，或者説聯想，早在平安時代就已經出現。這要從著名文人都良香開始説起。

〔一〕《小方壺齋輿地叢抄》第十帙第五十三册，上海：著易堂鉛印，光緒年間刊，綫裝（此處引文原文中未標頁碼）。

〔二〕《小方壺齋輿地叢抄》第十帙第五十三册，上海：著易堂鉛印，光緒年間刊，綫裝（此處引文原文中未標頁碼）。

一、都良香文集中的富士山

都良香（みやこ　の　よしか）（八三四—八七九）是平安时代前期著名的文人、詩人和文官。從豬口篤志的《日本漢文學史》（角川書店，一九八四年）等著作中可以看出，都良香在日本漢文學史上的重要地位。在平安時代，都良香的地位和影響就已經很大。貞觀十二年（八七〇），同時代著名文人、被奉爲學問之神的菅原道真（すがわら　の　みちざね）（八四五—九〇三）接受朝廷對策考試時，都良香任問答博士。貞觀十七年（八七五）任文章博士，元慶元年（八七七），都良香受朝廷恩賞，賜姓『朝臣』。

都良香在作漢詩的同時，還寫了不少詔書、對策等。其漢詩作品被收入《和漢朗詠集》《新撰朗詠集》等，有《都氏文集》三卷留存於世。其所作《富士山記》就收録在《都氏文集》卷三中，被奉爲富士山文學（散文）之祖。文中有對富士山山頂附近的描寫，應該是都良香本人登上過富士山，或者曾取材於當時實際登上過富士山的人，所以，這篇散文作爲富士山登山歷史的記録，也備受推崇。今録全文如下：

富士山者，在駿河國，峰如削成，直聳屬天。其高不可測。歷覽史籍所記，未有高於此山者也。其聳峰鬱起，見在天際，臨瞰海中。觀其靈基所盤，連亘數千里間。行旅之人經歷數日乃過其下，去之顧望，猶在山下。蓋神仙之所游萃也。承和年中，從山峰落來珠玉，玉有小孔，蓋是仙簾之貫珠也。又貞觀十七年十一月五日，吏民仍舊致祭，日加午，天甚美晴，仰觀山峰，有白衣美女二人，雙舞山巔上，去巔一尺餘。土人共見。古老傳云，山名富士，取郡名也。山有神，名淺間大神，此山高極雲表，不知幾丈，頂上有平地，廣一許里，其頂中央窪下，體如炊甑，甑底有神池，池中有大石，石體驚奇，宛如蹲虎。亦其甑中，常有氣蒸出，其色純青。窺其甑體，如湯沸騰。其在遠望者，常見烟火，亦其頂上匝池生，竹青紺柔。懦宿雪，春夏不消。山腰以下生小松。腹以上無復生木。白沙成山，其攀登者，止腹下，不得達上。以白沙流下也。相傳昔有役居士，得登其頂。後攀登者，皆點額於腹。下有大泉，出自腹下，遂成大河，其流寒暑水旱，無有盈縮。山東脚下有小山，土俗謂之柔佛巴魯，本平地也。延曆廿一年三月，雲霧晦冥，十日而後成山，蓋神造也〔一〕。

都良香所寫的這篇《富士山記》，被視爲現存最早的富士山散文，身爲史料編纂官的高柳光壽就提出過此類觀點〔二〕。都氏的《富士山記》篇幅雖然不長，但用語典雅，被稱爲四六文之典範。全文重在描寫富士山的高峻和富士山爲『神仙之山』。都良香從山頂景物的描寫和某年某月某事的史述式記載，論述了富士山之神性。後世談及富士山，亦皆言其高、其爲神仙之所在。可以説，富士山的核心形象，從平安時代的都良香開始，就已經基本奠定。都良香所言的登山頂的『役居士』，據小山田和夫的觀點，是指役行者小角〔三〕。役行者小角被奉爲修驗道始祖。關於役小角的傳説，下文還會詳細論述。

都氏《富士山記》對後世影響很大，後世的富士山文章中，經常提到都氏的《富士山記》（這些文章裏，一般簡稱爲『記』），如江户時代的《芙蓉之圖》。

〔一〕〔日〕藤原明衡編，田中參校：《本朝文粹》，東京：九春堂，明治十九年（一八八六），卷十二第六—七頁。

〔二〕淺間神社社務所編、高柳光壽執筆《富士的研究：富士的文學 美術 遺迹》，一九二九年初版，一九七三年再版。并見小山田和夫《關於都良香散文作品研究的現狀及其問題點的整理——以〈富士山記〉爲中心》。

〔三〕〔日〕小山田和夫：《關於都良香散文作品研究的現狀及其問題點的整理——以〈富士山記〉爲中心》，《立正大學文學部論叢》第一〇二號，横濱：大成印刷株式會社，平成七年九月，第五—二十八頁。

莊子謙口授與作畫，東方隆筆録的《芙蓉之圖》〔一〕，奥村喜兵衛刊行，寛保二年成，寛保三年刊，和裝，一册。刊本長二十六．一厘米，寛十八．二厘米，綫裝。封面有題簽。四周單邊，單魚尾，白口，版心：芙蓉圖及頁碼。烏絲欄，半頁十行，行二十字。有頓號形句讀標點，有訓讀。書中有山頂平面圖和側面圖各一幅，圖中所記富士山山頂名稱有：北極峰、神池、神窟、雙劍峰、中天臺、笠岩、狻猊石、金馬臺、駒岩、天女峰、大宫岩。

對富士山，書中是這樣描述的：『世稱峰分八葉，形似蓮花。四方之峰，岐起環匝，中央函池，恰如蓮花然，因名芙蓉。』對於山頂三峰，則是這樣描述的：『山有三大峰，東南各起，西北接屬，各峰亦岐小，峰清霽素。朝近望之，東北觀五若六，西南觀四或五，遥望之，總見三峰。』〔二〕這便是爲何富士山的圖畫中總有三峰置頂的形象。書中引用了都良香的《富士山記》：『天女

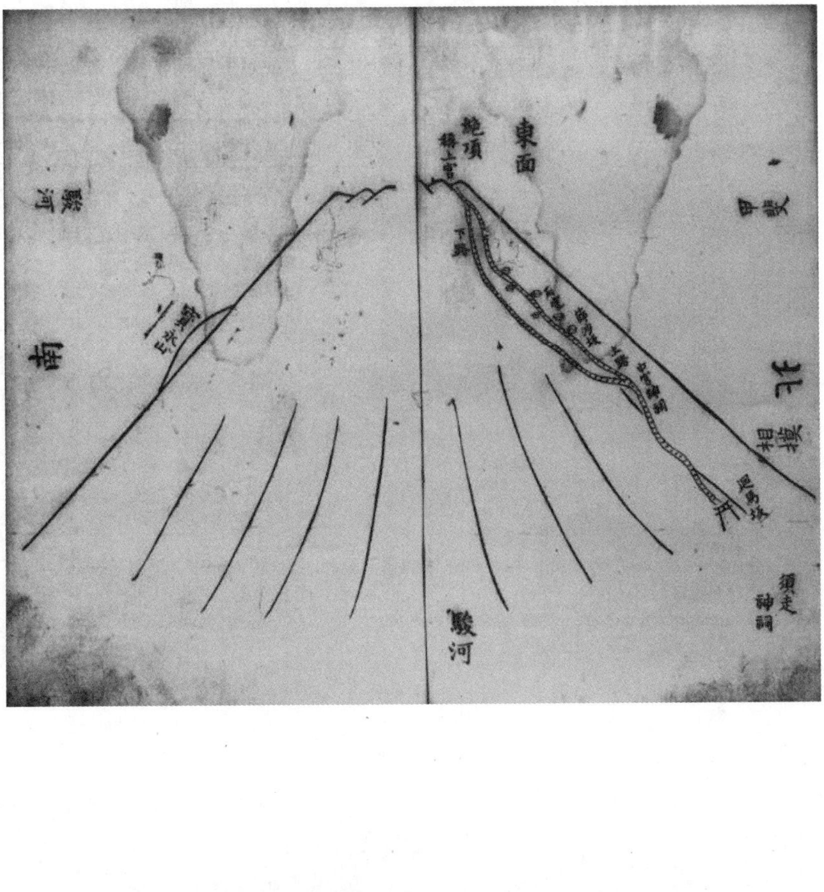

圖3-1　上　莊子謙的芙蓉山頂圖

〔一〕〔日〕莊子謙口授／畫，東方隆筆録：《芙蓉之圖》，奥村喜兵衛，寛保二年成，寛保三年刊，和裝，一册。
〔二〕〔日〕莊子謙口授／畫，東方隆筆録：《芙蓉之圖》，奥村喜兵衛，寛保三年，第一頁。

峰爲南峰，按古記云，貞觀之年，有白衣美女，雙舞山巔，後因有天女峰之名。』〔一〕莊子謙的富士山圖細緻地刻畫了富士山的形貌，莊子謙對富士山的傳説、信仰和登山所見以漢文的方式進行了充分的描寫，莊子謙的芙蓉山頂圖和芙蓉全圖如圖 3–1 所示。

另外，莊子謙《登芙蓉五首》其一云：『十年跂望更爲難，今日西風借羽輪。壁立欲攀天柱倒，削成并點曉星寒。三峰雪往千秋色，雙掌盤懸萬古看。此地神仙猶可接，人間本自有金丹。』〔二〕從中可以看出富士山被視爲神仙之所，而這些都可以追溯到都氏的《富士山記》。

後世的研究者指出，都良香有比較明顯的嚮往神仙的傾向，通過六朝小説，他很早就接受了中國傳來的神仙思想。比如王曉平曾撰文指出：『都良香對於這樣的神怪小説懷抱着强烈的興趣，《都良香文集全釋》對於這一點認識并不充分。都良香在文章中引用過上述三種

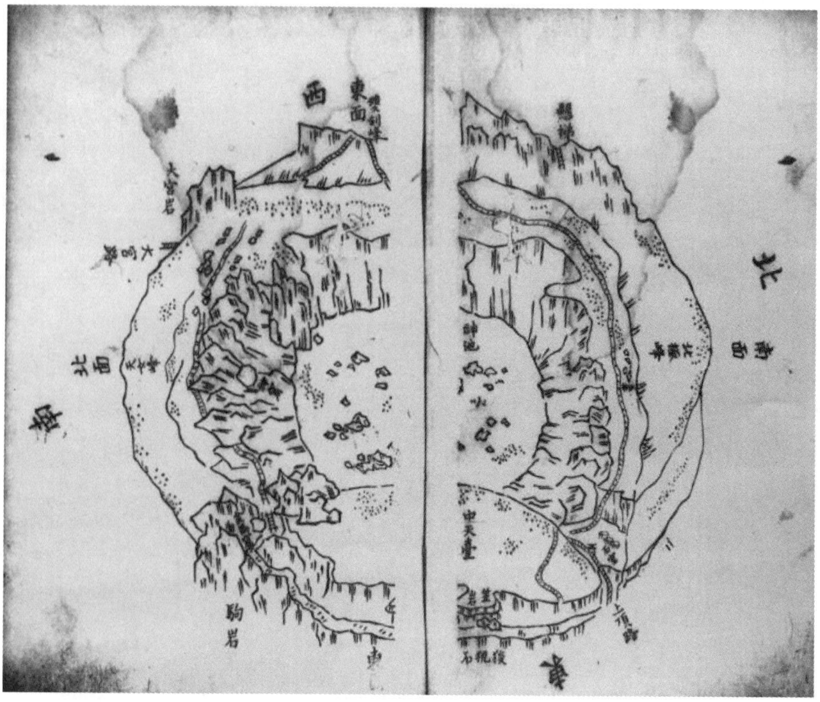

圖 3–1　下　莊子謙的芙蓉全圖

〔一〕〔日〕莊子謙口授/畫，東方隆筆録：《芙蓉之圖》，奥村喜兵衛，寬保三年，第二頁。
〔二〕〔日〕莊子謙口授/畫，東方隆筆録：《芙蓉之圖》，奥村喜兵衛，寬保三年，第七頁。

神怪小説（筆者按：此指雜史雜傳體、記夢叙幻體、地理博物體這三種神怪小説）。』[一]而一些關於神仙方術的中國典籍，也很早就流傳到了日本。《日本國見在書目》中記載了當時流傳到日本的很多關於神仙思想、鄉土民俗的書籍，如《淮南子》《延年秘録方》《河圖》《客星占》《關東風俗傳》《五嶽芝藥方》《五嶽圖》《五嶽仙藥方》《山海經》《志林小説》《十洲記》《神異經》《神仙傳》《神仙入山服藥方》《神仙服藥食方經》《神仙法方》《赤松子誡》《赤松子玉曆》《仙相經》《仙草圖》《仙藥合方》《仙藥方》《搜神記》《搜神後記》《倉頡篇》《天文雜占》《遁甲兵法》《博物志》《抱樸子・内外篇》《游名山志》《列仙傳》，等等。可見日本中古時期對於中國的神仙故事、奇聞逸事、風土民俗頗感興趣。而《都氏文集》中有多處地方引用了包含着神仙方術思想的漢籍。在都良香引用的諸多漢籍中，與泰山文化相關的文獻值得注意，如張華《博物志》，等等。都良香也是通過這些典籍，認識了泰山的文化，并作爲宫廷文人，爲泰山文化在平安時代貴族中的傳播，起到了極大的作用。

二、《都氏文集》中的富士山與泰山

《都氏文集》中出現了多次與泰山文化相關的文字。從中可以看出張華的《博物志》《神異經》等漢籍對都良香的神仙思想影響很大。

中村璋八、大塚雅司的《都良香文集全釋》是最早最爲全面的關於《都氏文集》的現代日語翻譯著作。

[一] 王晓平：《都良香與中國的神怪小説——圍繞〈都氏文集全釋〉的注釋而論》，《茨城基督教大學紀要》第三十二號，茨城：いばらき印刷株式會社，一九九八年十二月二十五日，第五十二頁。

今據此列舉出《都氏文集》中關於泰山文化的文章。

《爲真雅闍梨讓僧正第三表》：『小僧結使山峻，愛著海深。放毒龍而不追，制魔鬼而難縛。況亦干濟無術，統理非材。猥居法座之上頭，遠慚如來之右臂。加之小僧去月構疾，將不復還。陛下致以懸蛇之醫，問以珥貂之使。故中陰之體，感恩而更來，東嶽之魂，賴德而自反。』〔一〕這是爲真雅闍梨辭退僧正之位所上的第三表。這段文字大意是説：小僧的煩惱像山一樣大，對事物的執念像海一樣深，雖然不想囚於妄念，但心中的魔性却難以被制服。而且，小僧無經世之術，也無濟世之才。慚愧立於法座之上，怯於如來右側説法。不僅如此，小僧上個月還生了病，差點喪命。其時，陛下派高明的醫生來診治，還請身居高位的使者來探望。因此，小僧的身體纔因感召陛下之隆恩而漸漸康復，而小僧那將要到東嶽的魂魄，也賴陛下的德澤，自己回來了〔二〕。

《外祖父故中納言藤原朝進臣正一位詔》篇幅較短，録於下：『詔。紀德録勛，代既易而加等。飾終追遠，身雖謝而及恩。況乃天愛之深，理切敦族，人道之重，情殷睦親，外祖父故中納言從二位藤原朝臣，識度夷雅，餘慶引於身後。外祖母藤原氏，門傳閫訓，家著閨儀，蘋藻之禮彌恭、松蘿之義交映。并祖耀靡借，俄税景於西峰。團水易驚，逐游魂于東嶽。悲玉樹之早落，不見孫榮。訪瓊蘭之遺芳，宜從子貴。外祖父可左大臣正一位，外祖母可正一位。』〔三〕該文是追贈外祖父故中納言藤原朝臣以左大臣正一位的詔書。大意是説：記録德行與功勛，雖然時移世易，仍應追加官階等級。爲先祖追封，據本溯源，身雖謝而不忘加恩。況天愛之深，理敦族、重人道，情殷殷而及睦親。外祖父故中納言從二位藤原朝臣，識度高雅，餘慶惠澤後代。外祖母藤原氏，閨

〔一〕〔日〕中村璋八、大塚雅司著：《都良香文集全釋》，東京：汲古書院，一九八八年，第六十二頁。
〔二〕此處的釋義參考了《都良香文集全釋》第六十四頁的現代日語翻譯。
〔三〕〔日〕中村璋八、大塚雅司著：《都良香文集全釋》，東京：汲古書院，一九八八年，第八十七—八十八頁。

中得傳門訓，家裏得習閨儀。上下内外禮儀周全，恪守女道，與外祖父猶如松蘿，情深義重。今借先祖光耀，於西峰見歡喜之狀。然圍水易驚，外祖父魂歸泰山。先祖高潔如玉樹，悲早逝而看不到後代繁榮。追訪先祖如瓊蘭般的芳澤，先祖應從後代榮貴。追封外祖父左大臣正一位、外祖母正一位〔一〕。

《評定文章生從七位上菅原朝臣惟肖對策文第事》〔二〕，該篇中有關於泰山信仰的文字：『又問云：「自有還無，指何處以爲桑梓？」對云：「魂歸泰山，自有前言。」今按張華説，泰山者，知命長短，召其魂靈，未聞人之始從泰山來，已非其所來。何知其還。按人之死也，化窮數盡，反素復始。孟堅復宜之談，近是得之。今若所對，甯以泰山爲故鄉乎？泰山之府非故鄉。』〔三〕這段文字的大意是説：問：從有形的狀態歸於無形的狀態，其所歸何處？答：魂歸泰山，這個説法前人早就有了。今按張華《博物志》的説法，泰山知人壽命長短，可召魂靈。但是，還没聽過人生自泰山的説法。人既非生自泰山，那爲何却是魂歸之所？考慮這個問題，人之死是自然界生滅轉變原理的一個終點，魂歸於本始。班固（即孟堅）當時已有那樣的説法。現在説來，無論怎麽説泰山都好像是魂靈的故鄉，但泰山又不是、且不同於魂靈的故鄉。

從上述這段顯然帶着矛盾含糊之處的文字看，都良香本人對於生死的問題也没有思考清楚，魂歸之處，是否也是人誕生之處？是否是本源的回歸和生命的迴圈呢？都良香并没有直接回答這些問題，但他相信張華《博物志》關於泰山主召人魂的説法，并覺得泰山既有如此神功，也必有延長生命、維護生命的能力。所以後世流行的謡曲中，櫻中納言由於愛惜櫻花，向泰山府君請願，得以延長櫻花的壽命，這一故事正是對於張華《博

〔一〕該釋義參考了《都良香文集全釋》第八十九頁現代日語通譯的部分
〔二〕〔日〕中村璋八、大塚雅司著：《都良香文集全釋》，東京：汲古書院，一九八八年，第二〇三—二〇七頁。
〔三〕〔日〕中村璋八、大塚雅司著：《都良香文集全釋》，東京：汲古書院，一九八八年，第二〇四頁。

物志》中關於泰山的説法的另一方面的理解：延續生命，也是泰山府君的神職。再後來，泰山府君也演變成了人間的福神。如平安時代中期以後，陰陽道師舉行的泰山府君祭急劇增加。其祭祀的目的，也有了明確的記載，即：祛除疾病、延年益壽、夢想實現、祛灾除禍、平安生育、家庭幸福、天下和睦。其中較多的是爲了身體健康、延年益壽〔一〕。

另外，《都良香文集全釋》卷第五《分別死生》曰：『精氣澌盡，神識銷亡。既曰銷亡，則今識忘於昔識，亦云澌盡，則後身異於前身。何爲羊氏之童，乞金環於乳母，蔣家之子，求官職於慈親。』〔二〕對這後兩句，書中是這樣翻譯的：『何爲れぞ羊氏の童は、金環を乳母に乞ひ、蔣家の子は、官職を慈親に求むる。』在現代日語的翻譯中，并未對這兩句話的出典和其中的含義加以説明。另，注釋中有：羊氏之童：指羊祜。羊祜是晋代泰山南城人，字叔子。關於其向乳母索要金環之事，書中引用了《晋書》卷三十四『羊祜傳』：『祜年五歲，時令乳母取所弄金環。乳母曰：汝先無此物。祜即詣鄰人李氏東垣桑樹中探得之。主人驚曰：此吾亡兒所失物也，云何持去。乳母具言之，李氏悲惋，時人異之，謂李氏子則祜之前身也。』〔三〕而對於『蔣家之子』的注釋，則曰：『未詳。』

王曉平曾撰文指出，都良香對於這樣的神怪小説懷抱着强烈的興趣，《都良香文集全釋》對於這一點認識并不充分，且對中國古典神怪小説不够瞭解，以致未能解讀出都良香文中的深意。更多更詳細的相關論述，讀

〔一〕相關的詳細論述，可參考松田佳代《日本的泰山府君信仰》（國學院大學傳承文化學會《傳承文化研究》創刊號，平成十三年八月）和增尾伸一郎《泰山府君與『冥道十二神』》（中文譯文見《泰山學院學報》二〇一三年第五期），等等。

〔二〕〔日〕中村璋八、大塚雅司著：《都良香文集全釋》，東京：汲古書院，一九八八年，第一八八頁。

〔三〕〔日〕中村璋八、大塚雅司著：《都良香文集全釋》，東京：汲古書院，一九八八年，第一九二頁。

者可找來《都良香與中國的神話小説——圍繞〈都氏文集全釋〉的注釋而論》（《茨城基督教大學紀要》第三十二號，茨城：いばらき印刷株式會社，一九九八年十二月二十五日）一文查閲。『蔣家之子』出自《列異傳》（《搜神記》卷十六、《太平廣記》卷六也有轉引），王曉平在文中進一步指出，漢代以來，泰山之神泰山府君作爲『泰山冥府』的主宰這一山嶽信仰已經廣泛傳播。這一山嶽傳説隨着六朝志怪小説流傳日本而被日本人所認識和接受。

研究者指出，都良香傾向佛教，從僧正真然接受真言密教的思想，相傳他在勤於學業的同時，也經常念佛。據《扶桑略記》（《三代實録》）延長四年五月二十一日條裏，説興福寺僧人寬建入唐時，把都良香的詩集，還有菅原道真、紀長谷雄、橘廣相等人的詩集一起帶入并流播於唐國〔一〕。單就筆者管見，國内并不見有關於都良香詩集傳播的專門研究，其詩集流傳入唐的記録目前也僅止於日本方面的文獻記載。

都良香通過張華的《博物志》等典籍，接受并傳播泰山文化，其影響是不言而喻的。據相關研究者指出，在日本，平安時代初期的文獻裏開始出現泰山之名。初期階段看不到『泰山府君』之名，衹在詔書和上奏文裏能看到。最早出現『泰山』之名的，是《日本後紀》大同三年（八〇八）：『護持寶位泰山之安、珍衡仙齡劫石之固。』這裏的『泰山之安』象徵極爲穩固、安定。其次是都良香的散文：『逐游魂于東嶽，悲玉樹之早落，不見孫榮。』〔二〕

既對神仙方術充滿嚮往，又對泰山信仰深感興趣的都良香，其所作詩文反映了他對生命的思考和追問，神仙之鄉如此高不可攀，仙人的踪迹渺不可尋，而傳説中的泰嶽又是如此模糊和遥遠。對於生命的去與來，又

〔一〕〔日〕中村璋八、大塚雅司著：《都良香文集全釋》，東京：汲古書院，一九八八年，第二一八頁。
〔二〕〔日〕松田佳代：《日本的泰山府君信仰》，國學院大學傳承文化學會《传承文化研究》創刊號，平成十三年八月，第六十二頁。

該如何認識？看似對立，却又有聯繫。日本人對於泰山文化的認識和想象，也是如此。

作爲富士山漢文之祖，都良香的《富士山記》也激發了日本詩人的富士山漢詩創作，如釋萬菴的《途中望嶽》有句曰：『幼來會讀良香記，擲地惜非金石篇。復思徐市尋神藥，萬丈丹梯無路攀。』〔一〕又如釋元政的《富嶽》：『力衰難續都生記，身病何尋役氏蹤。』〔二〕『都生記』是指都良香的《富士山記》。由此可見都良香的富士山散文對漢詩的産生有積極的推動作用。富士山漢文學的創作問世之初便與泰山民俗、詩歌、杜甫、徐福、蓬萊、昆侖、仙女、中國的神仙思想發生千絲萬縷的聯繫，其中尤其以杜甫的《望嶽》的影響最大最明顯，爲此，梳理富士山漢詩與杜甫《望嶽》的關係，對理解富士山漢詩，顯得十分重要和必要。

第二節　富士山漢詩與泰山登山詩

泰山作爲中國五嶽之宗，常成爲詩人吟詠的對象，因此日本詩人難免會將富士山與泰山進行比較。泰山的神聖和神奇折服了詩人的心，歷代吟詠泰山的詩歌數量甚多。説到國内學術界對泰山詩歌的整理和出版，上世紀出版的，都是選集，略舉例如下：

《歷代詩人詠泰山》，墨鑄、肖秋編撰，山東友誼書社編，一九八五年出版。該書是山東友誼書社所編的《錦綉山東叢書》之一，是書收録了自曹魏至清朝的寫泰山的詩篇共七十五首，詩後附作者簡介和注釋，有助於讀者的理解，是一本普及性讀物。

〔一〕〔日〕小西理兵衛編：《富嶽詩集》，東京：東京堂，一九一六年，第九頁。

〔二〕〔日〕小西理兵衛編：《富嶽詩集》，東京：東京堂，一九一六年，第二十四頁。

《泰山歷代詩選》，馬銘初選注，山東省出版總社泰安辦事處編，一九八五年出版。是書選録自先秦至近現代詩人寫泰山之詩共一百三十餘首，并附有作者簡介和通俗明白的詩歌注釋，亦是一本普及性讀物。書首爲馬忠臣序，書末爲編撰者後記。據稱，編者選録古今名人詠泰山詩，不僅采自紙質文獻，且親歷泰山上下，録泰山碑刻和盤路兩側摩崖之上的詩，故雖非歷代泰山詩全貌，也足以窺歷代泰山詩之風采。是書較之於前者，選録了較多現當代名人寫泰山的詩歌，如馮玉祥、朱德、郭沫若、蕭滌非等人的詩作，因此二書雖同一年於同一出版社出版，却并不重復，可相補充，以供研究參考之用。

説到泰山詩歌的整理出版，迄今爲止成果最大的莫過於二〇一二年出版的《全泰山詩》（袁愛國主編，泰山出版社）。《全泰山詩》是第一次最爲全面地、大範圍地收録了從先秦到近代的泰山詩歌，還包括幾位日本人寫的泰山漢詩，和現當代的相關詩作，共得一萬五千餘首，二百餘萬字，『這是近年來泰山研究的盛事和壯舉』〔一〕。《全泰山詩》的出版，無疑大大推動了泰山詩歌研究。

需要指出的是，正如編者袁愛國先生所言，泰山詩仍有待進一步的搜集和整理，『特别是明清和民國泰山詩，遠非編著者一己之力所能及』〔二〕。泰山詩歌仍有待進一步補充完善，除了晚清和民國的泰山詩之外，海外，尤其是日本的泰山漢詩與和歌，就是進一步搜集完善《全泰山詩》的一個重要方向〔三〕。

泰山詩歌創作與富士山漢詩有相同之處：第一在於宗嶽的意識；第二在於山中景物的描寫；第三在於山頂仙境的想象和浪漫情懷的抒發。當然，泰山詩歌比富士山詩歌更多具體的景點描寫，也多了以『蒿里』爲

〔一〕《全泰山詩》卜鍵序，濟南：泰山出版社，二〇一二年，第二頁。
〔二〕《全泰山詩》之《天留東嶽待詩人——泰山詩史概論》（袁愛國撰），濟南：泰山出版社，二〇一二年，第一〇三頁。
〔三〕關於泰山詩歌與民俗的關係研究，詳見拙著：《泰山詩歌意象與中日民俗》，濟南：山東人民出版社，二〇一七年。

題的挽歌。富士山山麓有溶洞『人穴』，其中包含着冥界思想，體現了日本古代的生死觀念。但是富士山漢詩創作并未寫到人穴和冥界思想。關於泰山詩歌中的蒿里挽歌，可以參考拙著《泰山詩歌意象與中日民俗》第二章，此不贅述。

泰山自古被視爲『仙人室』，是道家的洞天福地，這樣的觀念和信仰深深烙在詩人的心坎裏。泰山詩歌集體塑造了一個仙人世界，其中的登山詩展示了詩人們共同的一個行動：求仙和遇仙。詩中，仙人們往往能授人靈丹妙藥，讓人得道成仙，延長生命。

登泰山詩有意無意地形成了一種求仙、遇仙的模式。這樣的例子甚多，如曹植的《仙人篇》：

仙人攬六箸，對博太山隅。湘娥拊琴瑟，秦女吹笙竽。玉樽盈桂酒，河伯獻神魚。四海一何局，九州安所如。韓終與王喬，要我於天衢。萬里不足步，輕舉凌太虛。飛騰逾景雲，高風吹我軀。回駕觀紫微，與帝合靈符。閶闔正嵯峨，雙闕萬丈餘。玉樹扶道生，白虎夾門樞。驅風游四海，東過王母廬。俯觀五嶽間，人生如寄居。潛光養羽翼，進趨且徐徐。不見昔軒轅，升龍出鼎湖。徘徊九天上，與爾長相須〔一〕。

《仙人篇》描述了一個較完整較具體的神仙世界。仙界的景物是人間所没有的，但總讓人覺得似曾相識，因爲那是詩人根據人間的生活虚擬的：杯中有酒，衹不過是不一樣的酒；盤中有魚，衹不過是不同的魚……人間也有對博者，衹不過人不同、心境不同而已。仙界的景物可與人間相仿佛，但是仙界的逍遥和長壽，是人

〔一〕本節所引泰山詩，出自逯欽立的《先秦漢魏晋南北朝詩》，以下不再一一標注引文文獻。

間永遠也不可及的。巨大的差別，無形中形成了天上人間的强烈對比，這種對比又加深了詩人對人間的離棄和求仙的決心。

登上泰山之巔，也許就能看到仙界，甚至可能有幸登上仙界，這是詩人的想象和願望。泰山，因神仙信仰而顯得更加的高——高出人間許多倍，高得讓凡人難以超越，因而也更加神秘。這種神秘就如同凡人的生死一樣，讓古人覺得費解，因爲費解，所以更加好奇。凡人無法擺脱衰老病死，所以更爲嚮往那個無拘無束、長生不老的神仙世界。他們渴望『壽同金石，永世難老』（曹植）。

詩人們做夢也想登上那個高高的神仙世界的，比如，李白就很典型：

清齋三千日，裂素寫道經。吟誦有所得，衆神衛我形。雲行信長風，颯若羽翼生。攀崖上日觀，伏檻窺東溟。海色動遠山，天鷄已先鳴。銀臺出倒影，白浪翻長鯨。安得不死藥，高飛向蓬瀛。

日觀東北傾，兩崖夾雙石。海水落眼前，天光摇空碧。千峰爭攢聚，萬壑絶凌歷。緬彼鶴上仙，去無雲中迹。長松入雲漢，遠望不盈尺。山花異人間，五月雪中白。終當遇安期，於此煉玉液。

登，是超離人間、奔赴夢想的一種動作。泰山在詩人心目中，不是人間的，而是天上的。富士山漢詩到了江户時代後期和明治時代纔逐漸多了『登嶽』詩。這些富士山『登嶽』詩也大多描寫富士山山頂的神仙境地。泰山詩多有一種抹不去的神仙氣息，上述泰山景觀容易使人産生一種如入仙境的錯覺，《初學記》卷五『泰山第三』就這樣記載：『（泰山）盤道屈曲而上，凡五十餘盤，經小天門大天門，仰視天門，如從穴中視天窗矣。』『天門』，顧名思義，爲天界之門，仿佛一推開這道門，凡胎肉骨的詩人就可以超越人間，登上天庭。

富士山漢詩也充滿了這樣的神仙氣息，二者的仙境描寫，不相上下。

富士山的漢詩中有不少以『登山』爲題的，這些詩常以中國古代傳説中的昆侖仙境、蓬萊仙山比喻富士山，且都涉及神仙思想，與泰山登山詩如出一轍。而這又與道教思想對日本的影響有關係，莊允益的《登芙蓉》五首之一稱：『十年跂望更爲難，今日西風借羽翰。壁立欲擎天柱倒，削成齊點曉星寒。三峰雪柱千秋色，雙掌盤懸萬古看。此地神仙猶可接，人間本自有金丹。』〔一〕另外四首詩也多次提到神仙之事，提到『蓬萊』『仙雲』『昆侖』『玉女洗頭盆』，還有泰山『封禪事』。又如友部忍廬的《送佐久間子篤登富嶽》有詩句曰：『心魂恍惚懷神仙，大呼余欲問蒼天。疑是秦皇求藥漢武招仙處。』〔二〕此類的例子還有如平野五嶽的《夢登不二山》：『須臾飛上芙蓉頂，天關咫尺仰玉皇。脚跨三峰睨八紘，心與宇宙同洪荒。』〔三〕坂井虎山的《夢上富士山》開篇曰：『昆侖不可上，弱水渺難求。且假芙蓉夢，聊爲汗漫游。』〔四〕松本奎的《夢登富嶽》：『一舉飄然駕大鵬，坐疑白日得飛升。忽離下土塵千丈，直蹈高峰雪萬層。』〔五〕大沼枕山也寫了《登嶽》詩，其一曰：『玉女盆中水浸秋，金仙峰外雨初收。井蓮影落三千界，掌月晴開六十州。』〔六〕織田鷹洲的《八月十五日登富士山阻風雨困苦尤甚十八日下山四首》句曰：『宇宙太荒熔造意，欲攀絶嶽問神靈。』〔七〕本田

〔一〕〔日〕小西理兵衛編：《富嶽詩集》，東京：東京堂，一九一六年，第二十一頁。
〔二〕〔日〕小西理兵衛編：《富嶽詩集》，東京：東京堂，一九一六年，第十三頁。
〔三〕〔日〕小西理兵衛編：《富嶽詩集》，東京：東京堂，一九一六年，第十五頁。
〔四〕〔日〕小西理兵衛編：《富嶽詩集》，東京：東京堂，一九一六年，第十九頁。
〔五〕〔日〕小西理兵衛編：《富嶽詩集》，東京：東京堂，一九一六年，第二十五頁。
〔六〕〔日〕小西理兵衛編：《富嶽詩集》，東京：東京堂，一九一六年，第二十六頁。
〔七〕〔日〕小西理兵衛編：《富嶽詩集》，東京：東京堂，一九一六年，第二十七頁。

種竹的《登嶽》二十一首多言山頂神仙想象，如『神仙戲挽星河水』『上界列仙群玉府，欲從何處索真圖』『安得斯身仙蜕去，山中歲月煉靈丹』云云[一]。總之，登富士山的漢詩與泰山登山詩極其相似，從題目的擬制、登山時對神仙世界的嚮往和想象，到登上山頂後的奇妙景觀和詩人的神奇感受，無不證明富士山漢詩與泰山詩歌以及中國道教思想的緊密聯繫。

由於這個原因，即使時代變遷，登上富士山也讓人感覺仿佛就要羽化爲仙，站在山頂，有神聖之感。如凌淑華的《登富士山》一文所言，未登富士山之前，『富士山在我腦子裏衹是一座平凡無奇的山』，但是，隨着登山開始，越登越高之後，『我愈往山望，愈覺得自己太小了，愈看清絶高超的山容，愈顯得自己的侷促寒磣了，有幾次我真想下馬俯伏道上，減輕心裏的不安』。而且，隨着視野的開闊，登山者仿佛看到了『一隻羽衣翩翩悠然出塵的仙鶴』，『峰頭的積雪尚未全消，映出蔚藍的天光，格外顯得清幽脱俗』[二]。這裏所寫的富士山登山之感，既道出了登山者的共同感受，也道出了富士山與道教思想的關係。

第三節　日藏《望嶽》詩與富士山漢詩創作

杜甫《望嶽》一詩對日本人的富士山漢詩創作和富士山精神的闡釋，都有較大的影響。又由於民族情感的左右，富士山漢詩創作常體現出與《望嶽》相抗衡的意識，同時，融匯了政治情懷在其中。富士山漢詩的許多特點，都與杜甫《望嶽》分不開。

〔一〕〔日〕小西理兵衛編：《富嶽詩集》，東京：東京堂，一九一六年，第二十七—三十頁。
〔二〕凌淑華：《登富士山》，《佛山文藝》二〇一八年九月（總第六六七期），第二十七—三十頁。

九州大學研究員静永健先生曾撰文探討過日本近世所能讀到的杜詩的情況[一]。由於該文的研究與本章内容密切相關，對瞭解杜詩傳入日本的具體時期，及其在日本的傳播和接受情況有很大説明，因此摘録文中主要内容如下：在九到十世紀之間，杜詩已經渡來日本，入唐求法的留學僧圓仁在開成三年（八三八）至開成四年（八三九）滯留揚州，期間得到《杜員外集二卷》，雖然這個本子已經不見，但杜詩傳入日本之早，確實讓人驚訝。十世紀，平安時代中期，文人大江維持（八八八—九六三）所撰的唐詩摘句集《千載佳句》中出現了六聯杜甫的詩句。此後，大江匡房（一〇四一—一一一一）所撰的《江談抄》提到『注杜工部集』，可見平安時代，杜甫的詩歌已經在日本傳播并有一定程度的接受和理解。但是，静永健先生指出，『當時日本人對詩人杜甫的認知度還是較低，認爲他不過是衆多的唐代詩人中的一個罷了。對其詩歌没有特意地去進行創作上的取材或者鑒賞』[二]。熟悉杜詩的少數讀者，不過是住在平安京的少數貴族文人而已。杜甫詩歌再度傳入日本并引起關注，是十四世紀到十五世紀，即鐮倉時代末期和室町時代（相當於中國的元明時代）。當時讀杜詩的是五山禪僧。虎關師煉（一二七八—一三四六）所撰的《虎關詩話》第十一卷，對四首杜詩進行了解釋，分别是《登岳陽樓》《巳上人茅齋》《别贊上人》《秋日夔府詠懷奉寄鄭監李賓客一百韻》。其他現存杜詩有如江西龍派（一三七五—一四四六）的《杜詩續翠鈔》、雪嶺永瑾（一四四七—一五三七）的《杜詩鈔》，等等。此外，這一時期日本還有覆刻元版杜詩注釋書的。不過這一時期日本人還未熟讀杜詩，杜詩也并未真正滲透到日本的文學、文化中，鐮倉、室町時代的文人對杜詩的瞭解，還是通過宋人的評論得知的。當時日本文人最愛讀的，也許還是蘇東坡、黄庭堅的詩。

〔一〕〔日〕静永健：《關於近世所能讀到的〈杜甫詩集〉》，《文學研究》第一〇九輯，平成二十四年（二〇一二）三月一日，第一—十九頁。

〔二〕〔日〕静永健：《關於近世所能讀到的〈杜甫詩集〉》，《文學研究》第一〇九輯，平成二十四年（二〇一二）三月一日，第二頁。

不過，引人注意的是，由於明代江南畫風對日本畫家，如雪舟等楊等人的影響，明代中國畫壇流行的創作主題『杜甫騎驢』也傳到了日本，據説雪舟等楊就畫過《杜甫騎驢圖》。但是静永健先生仍然認爲，當時日本文人對杜甫的認識還是很模糊，并没有真正重視起來，對畫中的杜甫，也不過視之爲一位詩人而已，因此杜甫詩歌雖然兩次傳入日本并有文獻記載，但仍然被日本『兩次忘却』〔一〕。

日本文人真正閲讀和接受杜甫的詩歌，是在十七世紀以後的江户時代，這與富士山漢詩創作的鼎盛期相吻合，上文提過，富士山漢詩集創作量最多的是在江户時代。這時候，日本文人閲讀杜甫的詩，消化杜甫的詩歌，自然會影響到他們的漢詩創作，因此在江户時代的富士山漢詩中，時不時會出現杜甫《望嶽》的痕迹，并産生較爲明顯的山嶽抗衡意識。

江户時代文人閲讀的杜詩，不是平安時代的抄本，也不是室町時代的五山版，而是明朝萬曆年間福建所刻的一本小小的杜詩選集。這本選集由邵傳（字夢弼）選著，明萬曆十六年（一五八八）陳學樂序刊的《杜律集解》六卷。該書含五言律詩三百八十八首、七言律詩一百三十五首。這個杜詩選集的原刻本在中國幾乎無存，但是傳到日本後頗受歡迎。首先，京都書肆風月宗智加了假名訓讀，於寬永二十年（一六四三）出版，隨後大約半個世紀裏，出現了許多的覆刻本和增訂本，據静永健的調查發現，現存和刻《杜律集解》約有十多種，分藏於公文書館、國會圖書館、九州大學圖書館、東北大學圖書館等地。静永健先生還在著作《本邦近世校勘資料中殘存的唐詩舊鈔本本文之集成》〔二〕中提到《杜律集解》。

〔一〕〔日〕静永健：《關於近世所能讀到的〈杜甫詩集〉》，《文學研究》第一〇九輯，平成二十四年（二〇一二）三月一日，第三頁。

〔二〕〔日〕静永健著：《本邦近世校勘資料中殘存的唐詩舊鈔本本文之集成》，九州大學，二〇〇三—二〇〇六年。

一、《杜律集解》中的《望嶽》詩在日本的傳播

静永健先生并未統計早稻田圖書館所藏的《杜律集解》。事實上，早稻田大學圖書館也收藏了三種《杜律集解》，兹簡要介紹如下：第一種爲《杜律集解七五言鈔》，由京都山村傳右衛門刊行於萬治三年（一六六〇），共二十册，刻本長二十七厘米。如圖 3-2 所示。

《杜律集解七五言鈔》卷一就有杜甫的《望嶽》。全書將杜詩闡釋翻譯成日語，杜詩本文加了假名訓讀，適合日本讀者的閱讀，有利於杜詩在日本的傳播。書中對《望嶽》一詩創作的背景和泰山的地位做了介紹。如圖 3-3 所示。

第二種爲貞亨二年（一六八五）刊行的《新版改正杜律集解 五言》，共三册，刻本長二十八厘米。有小喬慶香印記。如圖 3-4 所示。

該書的序言也有假名訓讀，保留原文，有假名訓讀，天頭處有注釋。如圖 3-5 所示。

《新版改正杜律集解 五言》簡略了原《杜律集解》中的許多解釋，基本衹保留對詩句的解釋，去掉了原書所集歷代各家對杜詩的注釋。

第三種，京都美濃屋彦兵衛於元禄九年（一六九六）刊行了《杜律集解》，共六册，長二十八厘米，書中有『習忙軒』『斯雪園』印記，有假名訓讀，每頁約三分之二的篇幅爲杜詩闡釋，杜詩原文部分所占篇幅較小。如圖 3-6 所示。

由上圖可以看出，《杜律集解》第一卷第一首詩就是杜甫的《望嶽》。如圖 3-7 所示。

書中對泰山的介紹和説明頗爲詳盡，并引經據典，説出各家對泰山和《望嶽》一詩的注釋情況，也介紹

萬治已亥歲冬至日
藹然忠義　勸善懲惡
杜律集解
七五言鈔
出入古今　衣被天下

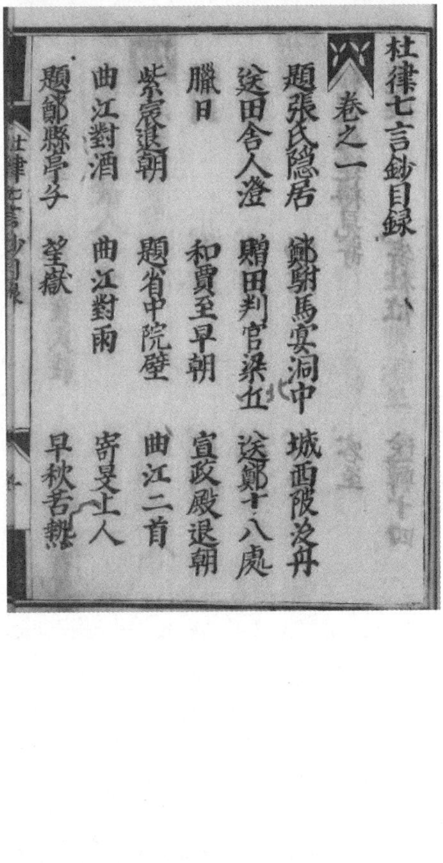
杜律七言鈔目録
卷之一
題張氏隱居　鄭駙馬宴洞中　城西陂泛舟
送田舍人澄　贈田判官梁丘　送鄭十八虔
臘日　和賈至早朝　宣政殿退朝
紫宸退朝　題省中院壁　曲江二首
曲江對酒　曲江對雨　寄昊上人
題鄭縣亭子　望嶽　早秋苦熱

圖 3–2　早稻田大學圖書館藏《杜律集解七五言鈔》内封和卷一目録書影

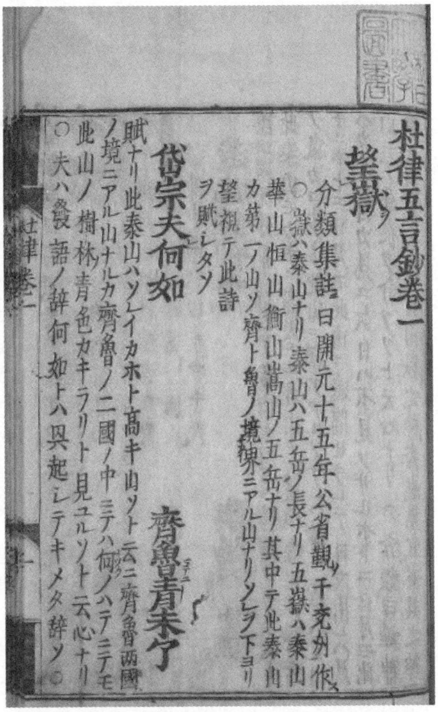
杜律五言鈔卷一
望嶽
分類集註曰開元廿五年公省覲ヲ于兗州ニ作ル
○嶽ハ泰山ナリ泰山ハ五岳ノ長ナリ五嶽ハ泰山華山恒山衡山嵩山ノ五岳ナリ其中テ此泰山カ第一ノ山ソ齊ト魯ノ境東ニアル山ナリソレヲ下ヨリ望視テ此詩ヲ賦レタソ
岱宗夫何如　齊魯青未了
賦ナリ此泰山ハソレイカホト高キ山ソト云ニ齊魯兩國ノ境ニアル山ナルカ齊魯ノ二國ノ中ニテハ何ノハテニテモ此山ノ樹林青色カキラリト見ユルソト云心ナリ
○夫ハ發語ノ辞何如トハ與起シテキメタ辞ソ

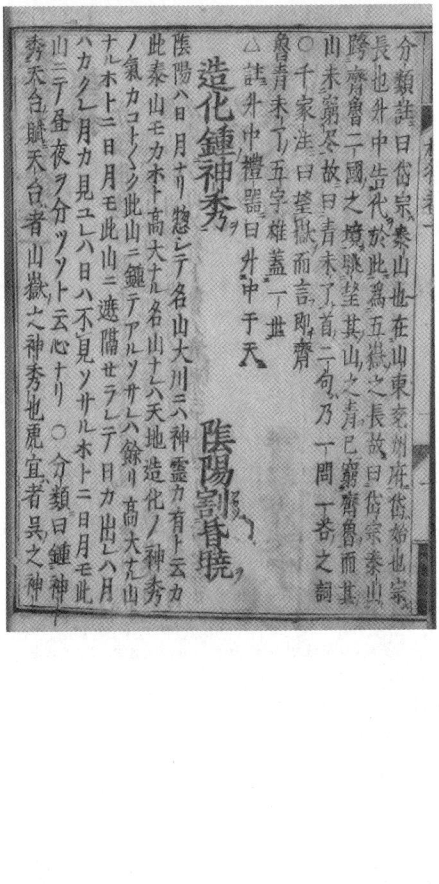
分類註曰岱宗泰山也在山東兗州府岱始也宗長也升中告代於此爲五嶽之長故曰岱宗泰山跨齊魯二國之境眺望其山之青已窮齊魯而其山未窮盡故曰青未了首二句乃一問一荅之詞
○千家注曰望嶽而言即齊魯青未了五字雄蓋一世
△註升中禮器曰升中于天
造化鍾神秀　陰陽割昏曉
陰陽ハ日月ナリ惣シテ名山大川ニハ神靈カ有ト云カ此泰山モカホト高大ナル名山ナレハ天地造化ノ神秀ノ氣カコトゴトク此山ニ鍾テアルソサレハ餘リ高大ナル山ナルホトニ日月モ此山ニ遮隔セラレテ日カ出レハ月ハカクレ月カ見ユレハ日ハ不見ソサルホトニ日月モ此山ニテ昼夜ヲ分ツソト云心ナリ ○分類曰鍾神秀天台賦天台者山嶽之神秀也𠫤宜者吳之神

圖 3–3　早稻田大學圖書館藏《杜律集解七五言鈔》卷一《望嶽》書影

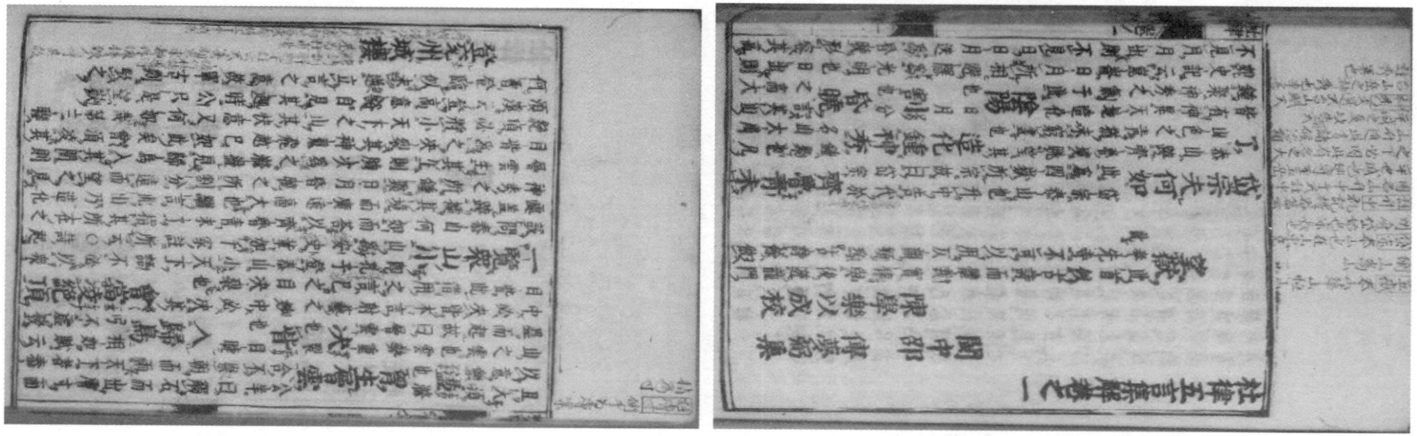

圖 3-5　早稻田大學圖書館藏《新版改正杜律集解　五言》卷一《望嶽》書影

圖 3-4　早稻田大學圖書館藏《新版改正杜律集解　五言》封面和卷一目録書影

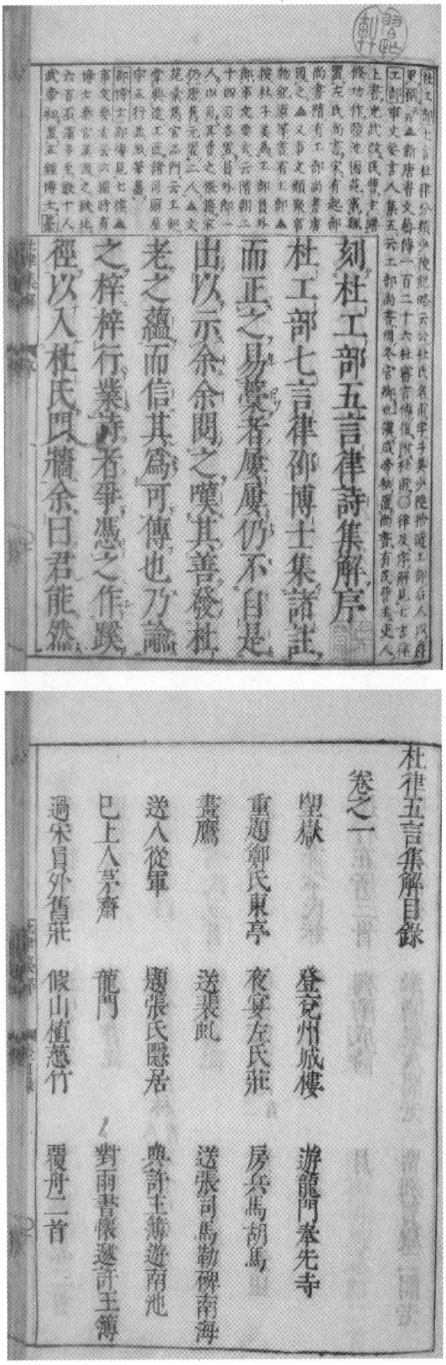
刻杜工部五言律詩集解序
杜工部七言律邵博士集諸註，而正之易業者屢屢，仍不自是，出以示余。余閱之，嘆其善發杜老之藴，而信其爲可傳也，乃諭之梓。梓行，業詩者爭慿之，作蹊徑以入杜氏閫，擿余曰君能然

杜律五言集解目錄
卷之一
望嶽　登兗州城樓　遊龍門奉先寺
重題鄭氏東亭　夜宴左氏莊　房兵曹胡馬
畫鷹　送裴虬　送張司馬勒碑南海
送人從軍　題張氏隱居　與許主簿遊南池
巳上人茅齋　龍門　對雨書懷走邀許主簿
過宋員外舊莊　假山植葱竹　覆舟二首

圖 3-6　早稻田大學圖書館藏《杜律集解》（一六九六年刊）序和卷一目録書影

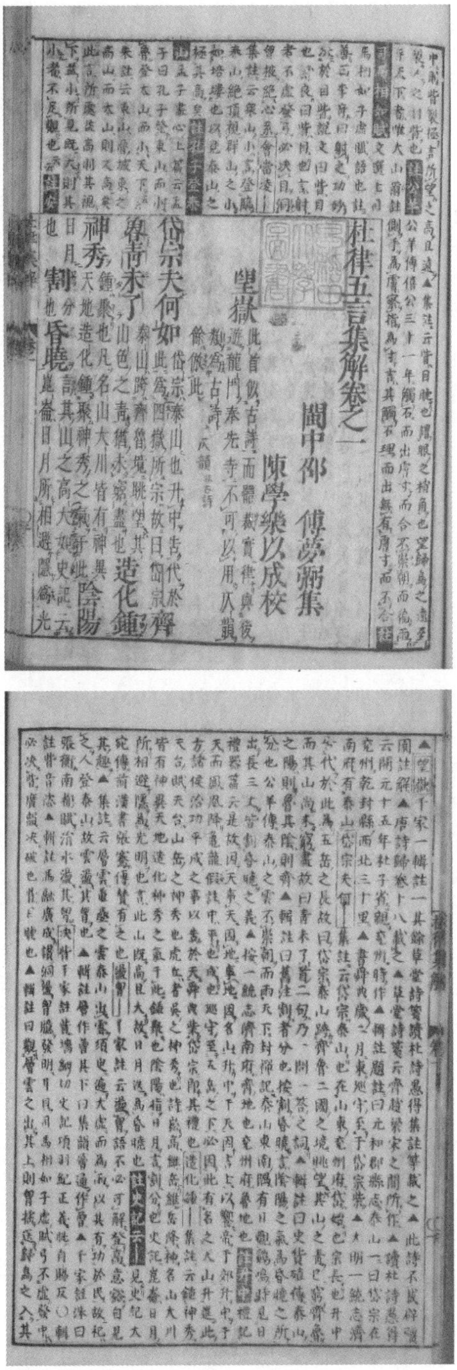
杜律五言集解卷之一
閩中邵傅夢弼集
陳學樂以成校
望嶽
岱宗夫何如，齊魯青未了。造化鍾神秀，陰陽割昏曉。

圖 3-7　《杜律集解》第一卷第一首《望嶽》

了『孔子登泰山而小天下』的典故。事實上，杜甫在開元十三年（七二五）——年僅十四歲的時候在洛陽親歷了唐玄宗封禪泰山的出發儀仗隊伍，給他留下了難以磨滅的印象〔一〕。此外，在開元二十四年（七三六）前往兗州省親的時候，杜甫深刻地感受了泰山的雄姿。聞一多先生認爲杜甫就是在泰山漫游期間，發現了『慷慨悲歌』『沉鬱頓挫』的詩人『自我』〔二〕。可見詩人杜甫與泰山文化、泰山景觀的密切聯繫。

在日本有多種杜甫詩集留存，今以國會圖書館所藏的《杜律集解》爲例，以刊行時間先後爲序，列表如下，以供讀者參考。

表 3-1　國會圖書館所藏《杜律集解》古典籍

書名	編寫者（指原編選者，即明代邵傅、陳學樂之外的日本編選或訓讀者）	刊行單位和年代	册數及形式
杜律集解	狄生茂卿	不明	寫本，三册，長二十四厘米
杜律五言集解四卷 杜律七言集解二卷		丸屋莊三郎，寬文十年—十二年（一六七〇—一六七二）	刻本，六册，長二十八厘米
杜律集解	宇都宫遯庵 標注	美濃屋勘右兵衛，元禄九年（一六九六）	刻本，六册，長二十八厘米
杜律五言集解四卷 杜律七言集解二卷	宇都宫遯庵 標注	美濃屋彦兵衛，元禄九年（一六九六）	刻本，三册，長二十八厘米
杜律集解詳説 十七卷 目録二卷	宇都宫遯庵	風月莊右衛門，元禄十年（一六九七）	

〔一〕孫微、王新芳：《一段被忽略的歷史：杜甫是玄宗封禪泰山的親歷者》，《開封大學學報》二〇〇八年三月第二十二卷第一期，第三十三—三十四頁。

〔二〕喬志航編：《聞一多學術文化隨筆·詩歌批評篇·杜甫》，北京：中國青年出版社，二〇〇一年，第一七二頁。

從上表可以看出，《杜律集解》在十七世紀出現了許多覆刻本或增訂本，很受歡迎。此後不斷有杜詩和刻本問世。直到明治時代，日本仍有不少書店出售杜詩，如一橋大學圖書館藏明治三十八年第三次排印的《杜工部詩醇六卷》（近藤元粹撰評，明治三十年序）。長澤規矩也先生在編《和刻本漢詩集成》第二輯時，選了《杜律集解》（天和三年刊本復印本），此外還有《杜工部七言律詩》（舊題元虞集注，寬文八年京都堺屋善兵衛刊本復印本）、《辟疆園杜詩注解》（元禄六年京都洛陽堂唐本屋右兵衛刊本復印本），第三輯選了《杜律集解》（宇都宫遯庵標注，美濃屋彦兵衛，元禄九年刊本復印本）、《杜少陵先生詩分類集注》（邵寶注，過棟箋，鵜飼信之等點，明曆二年京都刊本復印本）共五種杜詩。就日本館藏漢籍的大致統計來看，有元刊本、明刊本、清刊本，如静嘉堂文庫藏《集千家注分類杜工部詩二十五卷首二卷》，元至正刊本，二十册；東洋文庫所藏宋代劉辰翁評點的明刊本《杜子美詩集》八册二十卷；前田育德會藏《杜工部詩集二十卷　杜工部文集二卷　杜工部集外詩》（清代朱鶴齡輯注）十二册，清康熙年間刻本。值得注意的是，日本現存還有不少日本人手抄的杜詩，如《杜詩》一卷，由小田切萬壽之助所輯的手抄本一册，今藏東洋文庫。國會圖書館藏有江户時代寫本《杜詩絶句集》一卷一册；神户市立中央圖書館藏《集千家注批點杜工部詩集》鈔本一册，今存卷一至卷五；東北大圖書館藏古賀能遷寫本《少陵詩集二十三卷》（古賀能遷點評，天保八年自序）；滋賀大學圖書館藏《李太白絶句選一卷　杜子美絶句選一卷》（又稱『李杜絶句選』）一册，爲日本亨和三年鈔本。此外有朝鮮寫本，如中央大圖書館藏有朝鮮鈔本《杜詩五言長句鈔》一册，鈔本長二十四．五厘米，寬十四．八厘米，半頁八行，行十字，白口，題簽書『杜詩鈔』。東北大圖書館所藏《杜陵集八卷》六册，爲朝鮮寫本。

二、杜甫《望嶽》對富士山漢詩創作的具體影響

杜甫的《望嶽》也隨着日本文人對杜詩的認識、瞭解、接受而逐漸進入日本文人的創作中。在江户時代富士山漢詩創作中的具體體現，除了本書論述江户時代的富士山漢詩時提到的内容之外，還可以對《芙蓉百律》進行具體的個案分析，在用語、句式、民族自豪感等方面進行比較，看杜甫《望嶽》詩在富士山漢詩創作中的一些影響。

首先，作者仁科白谷對富士山有着强烈的感情，字裏行間流露出對這座日本第一高山的『高』與『潔』的自豪之感，其作百首富士律詩，既爲了抒發個人胸懷，也爲了推廣富士，讓更多的人知道富士山的雄姿。見長弘所作序曰：『禮宗（筆者按：即《芙蓉百律》的作者仁科白谷）書肖其人，文肖其人，而其最克肖者，爲《芙蓉百律》。百律之詩，禮宗其有所自況乎，蓋磊塊鬱勃之氣，溢出筆端。……百律之作，禮宗自寫其雄宇。……禮宗之于富嶽，時而遠望，思入無間；時而近觀，眼晰肌理；時而正面模其真相；時而側看，摇其習態……晨夕陰晴，牢籠萬狀而無遺也。』〔一〕仁科白谷也在序言中表達了自己對山川的喜愛和對富嶽的鍾情：『余東方之逸民也，夙愛丘壑，日與雲物伍，晞發扶桑，抗志霄漢……逍遥之前，聊娱文章，是以天下名山大川，勝區奇觀，靡弗畢探遍覽，以激發其胸中所存者，而最深交富嶽，形神與之爲一，豈不樂乎？……所得一百首，聊窺一斑，不得不窺全豹。雖然，令西方逸士如我輩者觀之，則必也神馳嶽削處，必也魂飛日出域。』〔二〕可見其作《芙蓉百律》的目的，不僅在於對富士山的熱愛，也在於遠揚其名，令『西方逸士』也知道富士山。

〔一〕〔日〕仁科白谷撰：《芙蓉百律》，江户寫本：序。
〔二〕〔日〕仁科白谷撰：《芙蓉百律》，江户寫本：序。

作者的民族自豪感，更明顯地體現在《游富嶽記》中：『富嶽者，亡論東方第一靈嶽，固亦四裔萬國之所宗也。』[一]而《望嶽》中稱泰山爲五嶽之宗。可見中日兩國詩人各『宗』其山，名山的抗衡意識，於焉可見。仁科白谷對富士山的描述中，也化用了杜甫《望嶽》的詩句，將這兩座名山進行對比：『其雄秀高壯，宏美遼奧，豈唯陰陽避光、齊魯青不了哉。蓮光隔海，雪影落韓，所以驚四裔之眼也。』[二]仁科白谷稱富士之高峻，不是能够用『陰陽割昏曉』『齊魯青未了』就形容得了的，因此富士山可『驚四裔之眼』。且又以詩人比喻富士山頂千變萬化的景色：『如古今詩人，苦思費力，雕琢鍛煉，雖可人目，比諸青蓮少陵，風雲卷舒，千變萬化，滄海渾涵，無所不容。』[三]他將富士山的高大難測，等同於好文章的深奥難窮。

值得注意的是，仁科白谷在此將李杜并提，并同以形容富士山（芙蓉）。以唐詩中的『雙子星座』李杜來比擬芙蓉，與江户時代的文學思潮分不開。筆者在二〇一九年十一月二十四日於二松學舍大學參加『日本近代文學會・昭和文學會・日本社會文學會合同國際研究集會』并參加分科會的發表時，承蒙慶應義塾大學合山林太郎教授的賜教（在此表示感謝），得知江户時代後期到明治時期，隨着日本古文辭派的退潮，曾在日本詩壇流行一時的宋詩被指出許多問題來，唐詩因此再次受到重視和推崇。詳細的論述，讀者可以參考合山林太郎教授所著的《幕末・明治期的日本漢詩文研究》（大阪：和泉書院，二〇一四年），限於篇幅，本節不對江户和明治時代的文學思潮進行詳細的分析。此外，池澤一郎教授在其著作《江户文人論——以大田南畝爲中心》（東京：汲古書院，二〇〇〇年）第二部第二章論述説，江户時代的富士山漢詩受到李白和杜

[一]〔日〕仁科白谷撰：《芙蓉百律》，江户寫本，第一頁。
[二]〔日〕仁科白谷撰：《芙蓉百律》，江户寫本，第一頁。
[三]〔日〕仁科白谷撰：《芙蓉百律》，江户寫本，第三頁。

甫的雙重影響，富士山被普遍稱爲『芙蓉』，除了山形形似之外，主要還是因爲李白的詩句中常見『芙蓉』之語。而且，杜甫的『窗含西嶺千秋雪，門泊東吴萬里船』的詩句也深深影響了江户時代的富士山漢詩創作，使得不少江户詩人在創作時用『西嶺』來指稱富士山。而筆者本節所要論述的，主要是杜甫的《望嶽》對於江户時代的富士山漢詩創作的具體影響。

杜甫《望嶽》對《芙蓉百律》在創作上的影響，最明顯的地方在於詩題的選取。《芙蓉百律》近百分之八十的詩篇皆以『望嶽』爲題，如《望嶽二十首》《駿州望嶽五首》《相州望嶽五首》《甲州望嶽十首》《武州望嶽五首》《總州望嶽二首》《野州望嶽二首》《豆州望嶽一首》《遠州望嶽二首》《參州望嶽一首》《勢州望嶽一首》《望嶽雜詩三首》《舟中望嶽二十首》，此外有《登嶽二十首》，另有兩首爲在富士山山麓與友人飲酒、與友人話別的詩。也就是説，一百首富士山律詩中，有七十八首以『望嶽』爲題。

其次，在遣詞造句上，《芙蓉百律》也時時化用杜甫《望嶽》的詩句，如《望嶽二十首》之一有句云『齊魯青余何足誇』，詩句後有仁科白谷的自注曰：『泰宗齊魯青未了，孰與我富嶽無所不見。』[一]又如《登嶽二十首》之一有句云『任他下界小山嘲』，這與杜甫《望嶽》的『會當凌絶頂，一覽衆山小』用語和氣勢相當。《芙蓉百律》中還化用了杜甫其他的詩歌語句，此不一一羅列。

再次，在《望嶽》詩的寫法上，仁科白谷也借鑒了杜甫的《望嶽》。杜甫《望嶽》先從疑問入手，提醒讀者思考岱宗如何如何：『岱宗夫如何？』然後以一語概括其總的特點：『齊魯青未了。』這裏是對具體的泰山景色的概括。接着，杜甫從具象到抽象，筆鋒一轉，『造化鍾神秀』，如此神奇秀美的山嶽景觀，是因爲造物主的鍾愛而成，集天地之靈氣。再從高的視角寫泰山之高入雲霄：『陰陽割昏曉。』然後，仍從高處

[一]〔日〕仁科白谷撰：《芙蓉百律》，江户寫本，第三頁。

着眼，寫泰山對人的心情的激蕩、對人的視覺造成的奇特效果：『蕩胸生層雲，決眥入歸鳥。』緊接着這奇特的視覺效果和心情感受之後，詩人筆鋒一收，以一聯氣勢磅礴的詩句收束：『會當凌絶頂，一覽衆山小。』生動而準確地寫出了泰山在地理上的高大，及其在精神感受上給人的『崇高』之感。

也就是説，杜甫《望嶽》既有對實際景物的概括性描寫，也有對抽象感受的生動展現，而且詩人始終站在高的角度去形容泰山、描寫泰山，突出其『宗』的地位和特點。

再來選取仁科白谷的《望嶽二十首》之一來分析：『漠漠天衣豈有縫？白冠高戴玉芙蓉。半空瑞雪迎予揖，絶世佳人爲帝容。鶴舞霞間三秀麓，日升海外五雲峰。初知巨蜃啃靈氣，積作東方衆嶽宗。』〔二〕這首詩也是以疑問起句，引起讀者的注意，然後以『白冠』『玉芙蓉』總領富士山的形狀、景色特點，繼而站在高的角度寫富士山的地理特點，高聳的富士山仿佛已到半空，而那山頂的茫茫白雪仿佛对着我作揖，似乎在歡迎我的來訪。詩人再從具象到抽象，形容富士山是絶世佳人，但具有帝王之相，既美麗又尊貴。『鶴舞』二句再回到富士山的景觀描寫，也屬於具象化的刻畫，緊接着到抽象的概括，對富士山的尊貴和靈秀進行歸結，最後以『東方衆嶽宗』來收束全詩，也有力地寫出了富士山『雪』『高』『靈』『宗』的特點。仁科白谷寫《望嶽》，其視野角度、筆鋒轉移、特點歸納、結尾收束等方式，都有杜甫《望嶽》的痕迹。今以《富嶽詩集》中與杜甫《望嶽》在創作手法上相似或明顯受杜甫《望嶽》影響的漢詩列出，請見下表所示：

〔二〕〔日〕仁科白谷撰：《芙蓉百律》，江户寫本，第一頁。

表 3-2　《富嶽詩集》與杜甫《望嶽》在創作手法上相似或明顯受影響的漢詩

詩　題	作　者	與《望嶽》相似的詩句	原書所在頁碼
富士	河野鐵兜	恨殺杜少陵，決眥入飛鳥。不使凌芙蓉，一覽岱宗水。	三
望嶽示行人	賴春水	會當凌絶頂，一覽衆山小。壯哉杜少陵，志大語尤妙。嗟吾少小誦此言，欲登富山扣天閽。……咫尺可望不可到，決眥蕩胸空歎息。	十一
夢嶽歌爲仙台邸監櫻田權太夫	賴山陽	不如君有宦游樂，決眥蕩胸意悠然。	十二
游富嶽歌	仁科白谷	仲尼登泰小天下，不如於此狹八垠。	十三
望嶽	向山黄村	無復杜陵筆，奈斯宗嶽何。	二十一
登嶽	本田種竹	蒼蒼莽莽是何州，平視山垠與海陬。山入關中青未了，月離海面白初浮。	二十九
富嶽圖	佐藤梅軒	扶桑稱第一，獨立白雲間。何當生羽翼，登覽小群山。	三十六

由上表羅列的詩句即可輕易看出杜甫《望嶽》對富士山漢詩的創作有着多麼顯著而深刻的影響。有不少詩句就是直接化用了杜甫的《望嶽》，并形成了『決眥蕩胸』這樣的熟語。日本漢文學學者豬口篤志在其《日本漢詩》（東京：明志書院，一九七二年，上册）第二〇三頁指出，雖然説柴野栗山等江户時代詩人的富士山漢詩有不少取自杜甫的《望嶽》和孟浩然的《臨洞庭》等唐詩作品，但是也從《萬葉集》中的山部赤人的《望不盡山歌》中獲得了許多啓發。如前所述，唐代另一位與杜甫并稱爲『雙子星座』的大詩人〔一〕、『詩仙』李白的詩句，也影響了日本詩人寫富士山，如森田月瀨的《題富士山圖》：『愧録詩篇污雪巔，芙蓉吾國李

〔一〕郭沫若在一九六二年紀念杜甫誕生一千二百五十周年、李白逝世一千二百周年時，寫了一篇文章《詩歌史中的雙子星座》，明確指出李、杜在中國文學史上的『并列地位』，如同天上的雙子星座一樣。該文被收録在《杜甫研究論文集》（第三輯），北京：中華書局，一九六三年，第一—四頁。該文首刊於《光明日報》（一九六二年六月九日）。

青蓮。看他白髮三千丈，疑是銀河下九天。』原書中有作者的自注，説明了這首詩與李白的關係：『結句用太白全句。』[一]這首詩後面兩句化用了李白的兩首詩中的兩個句子，『白髮三千丈』出自李白的《秋浦歌》：『白髮三千丈，緣愁似個長。不知明鏡裏，何處得秋霜。』『疑是銀河』句則出自李白的《望廬山瀑布》：『日照香爐生紫烟，遥看瀑布挂前川。飛流直下三千尺，疑是銀河落九天。』這些詩句均是李白的名篇佳句，可謂婦孺皆知，森田月瀨將其化用到寫富士山的漢詩中，一是因爲李白詩句的有名，二是因爲李白的這兩句詩恰恰可以生動地形容富士山山頂白雪仿佛詩仙的三千丈白髮，又仿佛是晶瑩的銀河水從天而降，凝結成玉，聚於山巔。第三個原因是，李白，號青蓮居士[二]，與富士山被稱爲『芙蓉』暗合，因此日本詩人用李白寫富士，既在情理之中，又在意料之外。這樣的寫法，取得了讓人驚嘆的藝術效果。在人們比較熟悉，也用得比較多的杜甫《望嶽》之外，以李白寫富士，頗有陌生化的審美效果。陌生化原是俄國形式主義的文學理論，什克洛夫斯基在《作爲手法的藝術》一書中首次提出，認爲藝術的本質在於用不同於日常語言表達的習慣來不斷刺激和更新人們的感受力和審美力，因此人們在文學創作時要擺脱日常習以爲常的慣性思維的束縛。詳細的觀點和論證讀者可以參考《俄國形式主義文論選》[三]。話説回來，用了李白的詩句『白髮三千丈』的還有仁科白谷的《富峰》：『富峰日東客，蹁躚被鶴氅。雲開海作鏡，白髮三千丈。』[四]

除了上述的具體影響之外，尤其值得關注的是杜甫的《望嶽》在一定程度上唤醒和激發了日本詩人的民

〔一〕〔日〕小西理兵衛編：《富嶽詩集》，東京：東京堂，一九一六年，第五十五頁。

〔二〕（南宋）洪邁：《容齋隨筆》，呼和浩特：内蒙古人民出版社，二〇〇九年，第二九四頁。其中有『青蓮居士』一則，説李白自稱『青蓮居士』。

〔三〕〔愛沙尼亞〕扎娜·明茨、伊·切爾諾夫原著，王薇生編譯：《俄國形式主義文論選》，鄭州：鄭州大學出版社，二〇〇五年。

〔四〕〔日〕小西理兵衛編：《富嶽詩集》，東京：東京堂，一九一六年，第三十五頁。

族情懷，使他們在富士山漢詩創作中頻頻直接表現自己的民族情感和政治關懷，也有了較爲明顯的尊我抑彼的傾向。當然，這種思潮的出現，杜甫的《望嶽》并不是全部原因，聯繫到江户時代日本文人的漢詩文創作水準的提高，自我認同感的不斷增强，加上明清易代之際唐土的混亂，被視爲『胡人』的清一族入主中原，推翻了以『華人』自居的明朝政府，因此有的日本人抱着强烈的華夷之辨，對拖着長辮子的『胡人』抱着難以釋懷的偏見和輕視，如長久保赤水[一]的《清客館》：『聞説單于稱帝王，年年鼠辮至崎陽。當時文物何須問，可嘆衣冠非漢唐。』[二]也有人以稍微寬容的態度對待前來貿易的清商：『昔日同文國，今時辮發人。爲思洙泗道，看畫亦相親。』（菅茶山[三]詩）詩序曰：『同尊洙泗之道（孔子之道），日清親善。』[四]日本人雖然抱着華夷之辨，對身爲『胡人』，拖着長辮的清人抱有偏見，但是由於同尊孔子之道，所以也覺得頗爲親善。這一時期，日本詩人的自我意識和民族意識漸次覺醒，他們開始『自尊』，并從自尊發展到要求其他民族的尊重和承認。不管如何，我們從中可以看到中國文學，以及其中所包含的中國傳統文化對富士山漢詩文創作的多方面影響。

第四節　漢詩裏的山嶽抗衡意識

泰山和富士山作爲中日兩國的代表性名山，既有聯繫，也有對比和抗衡。這種抗衡意識在富士山漢詩作

〔一〕〔日〕長久保赤水（一七一七—一八〇一），江户時代中期地理學者、漢學家。
〔二〕〔日〕中山久四郎編：《長崎文學・唐人詩史》，一九六八年，東洋文庫藏，第三六六頁。
〔三〕〔日〕菅茶山（一七四八—一八二七），江户時代後期儒學者，漢詩人。
〔四〕〔日〕中山久四郎編：《長崎文學・唐人詩史》，一九六八年，東洋文庫藏，第三六六頁。

品中俯拾皆是，似乎非要『一較高下』不可。他們對比的，不僅是兩座名山的海拔高度，也是兩座名山在各自的民族文化、歷史中的地位高低。詩人把兩座名山作對比，也常常涉及杜甫的《望嶽》，此外還與昆侖等作比較。除了對比，也有將二者同樣視爲神仙之鄉的。今僅以《富嶽詩集》爲例，將其中的山嶽對比和抗衡的詩句列出，如下表所示：

表 3–3 《富嶽詩集》中把泰山和富士山作比較的詩句

詩題	詩句	作者	所在頁碼
富嶽	峰雪千古凝，海日半夜映。泰山誇岩岩，氣象來免孟。	廣瀨林外	四
詠不二嶽	去我天孫望，感屑他姓宗。欲問魯泰嶽，既歷幾王封。	那珂梧樓	四
富嶽圖贊	奇絶與高絶，富士并有之。何比昆侖雪，似崇而實卑。	大沼枕山	五
富士行	員嶠方壺及岱輿，富士異稱其實同。	祇園南海	七
夢登不二山	日出處山，日没處山。芙蓉昆侖伯仲間，自餘群山皆雌伏，泰華嵩衡豈抗顔。	平野五嶽	十五
富嶽	天鐘神秀海之東，萬仞高岩壓岱宗。	釋元政	二十四
富嶽	扶桑一氣隘乾坤，突兀排空玉色温。齊魯之間無伯仲，泰嵩而下盡兒孫。	森春濤	二十六
題富嶽圖，戲翻秋玉山先生意，蓋謂在我邦人當言如此	帝掬芙蓉雪，置之赤縣西。凝作昆崙山，敢欲較高低。	賴山陽	三十五
富士山圖	一嶽排東海，三峰撐北斗。置之齊魯間，泰山是培塿。	總生寬	三十六
題富嶽圖	吾國岱宗衆嶽君，名飛洋海遠流聞。獨慚詩賦成山積，不抵一篇封禪文。	釋六如	四十二
偶感用奥州途上韻	眼中五嶽小兒耳，身立天邊不二山。	陸奥六石	五十二
富嶽	低視泰山如培塿，表東海者是芙蓉。	金木摩齊	五十四

如上表所示，日本人用漢詩刻畫富士山的形象時，由於泰山的大名以及杜甫的《望嶽》，所以常將二者放在一起加以比較，另外還用昆侖、蓬萊等傳説中的仙山比較。這種比較，其實早在八世紀的日本本土，在杜甫詩歌傳入日本并被接受和廣泛傳播之前，就發生過。《高橋蟲麻呂歌集》中有一首歌將富士山作爲國家的象徵，與他國進行對比。不過這樣的例子并不多見，這種國家象徵的意識和與他國對比的意識還未像江户時代那樣普遍。然而，有趣的是，《常陸國風土記》曾將常陸國的築波山和駿河國的富士山進行對比，這是『日本地方與地方之間的對比』〔一〕。

除了一較高低之外，也有將二者放在同一高度去進行歌頌的。莊子謙的《芙蓉之圖》刊載了莊子謙的幾首富士山漢詩，他寫富士山，毫不例外地聯繫到中國的五嶽，以及關於五嶽的神仙聯想。如其三：『極天鳥道駕晴虹，近接氤氳玉女宫。大麓風雲餘羽獵，中峰氣象屬鴻蒙。神仙暗度三山路。日月先朝五嶽雄，呼吸更知通帝座，到來唯是在層穹。』除了五嶽的聯想，就是用關於泰山封禪等的歷史和神話來襯托富士山，如其四：『帝居何處瑞氛來，風雨全收閶闔開。神女霓裳翻菡萏，秦皇使節訪蓬萊。仙雲争動連駒窟，龍氣雙懸擁劍臺。異代誰論封禪事，空餘遺草長卿才。』〔二〕莊子謙把富士山看作神仙勝地，并與中國五嶽并提，如：『此山固表東海，含蓄靈異，苞諸仙迹，包太華兼嵩衡，異狀無二。』〔三〕字裏行間充滿了對富嶽的尊崇。

中日之間的關係，自古以來就是既有聯繫，又有比較和對抗。皇円所撰《扶桑略記》（文政三年刊）中就有不少此類歷史傳説、故事。如：《扶桑略記》第五天智天皇二年『三月，大唐新羅伐高麗，高麗請救國

〔一〕〔日〕上垣外憲一著：《富士山——聖與美的山》，東京：中公新書，一九八二年，第二十一頁。
〔二〕〔日〕莊子謙口授／畫，東方隆筆録：《芙蓉之圖》，奥村喜兵衛，寛保三年，第七頁。
〔三〕〔日〕莊子謙口授／畫，東方隆筆録：《芙蓉之圖》，奥村喜兵衛，寛保三年，第六頁。

家，仍遣兵軍。大唐軍與日本兵合戰高麗，破而屬於日本』〔一〕。在對立的同時，還有人物的交往、文化的交流，如：『五年，丙寅正月，高麗進調大唐沙門智由貢指南車。』〔二〕

頗有興味的是，《扶桑略記》中有關於富士山修驗道者役行小角的故事，這個故事，也反映了中日之間既聯繫又對立的關係：『葛城峰一言主神愧其醜形，不用其命，目兹行者以咒縛之，置於谷底。彼神托宣宫臣云：「僕元鎮守謀叛之徒，然役君小角將傾國家，先以繫縛。」天皇下敕召，役行者升空飛行，不能輒捕，竊搦其母，小角自來。仍佩伊豆大島，歷三個年矣。晝隨皇命，居伊豆島，夜爲練行，往富士山。身浮海上，走如踏陸，意馳震旦，飛如翥鳳。』〔三〕

據《大字源》〔四〕的解釋，可知震旦是梵語，是古代印度對中國的稱呼，意指中國。這段文字的意思是：葛城峰的一言主神覺得他長相醜陋，不服從他的命令，行者因此以咒語把他捆綁在谷底。葛城峰主神就托夢給宣宫神，説他原本是鎮守謀叛之徒的神，而役小角將使國家傾覆，請先將他抓住。天皇於是下令捉拿役小角，不料役小角升空飛行，無法抓捕。於是他們偷偷看準時機，抓住役小角的母親，役小角就自己跑過來了。天皇仍然將他發配伊豆大島，歷時三年。役小角白天執行天皇命令，住在伊豆島，晚上則到富士山修煉。他身浮海上，就像走在陸地上一樣，并且還去到中國，猶如高飛的鳳凰。

《扶桑略記》中關於役小角到中國來的故事，還不止這一則，又：『大寶元年正月，役公小角召返，漸

〔一〕《扶桑略記》（文政三年，一八二〇年刊），綫裝，第一頁。
〔二〕《扶桑略記》（文政三年，一八二〇年刊），綫裝，第二頁。
〔三〕《扶桑略記》（文政三年，一八二〇年刊），綫裝，第十六頁。
〔四〕《大字源》，東京：角川書店，一九九二年，第一八八八頁。

近鳳闕，登虛飛去，浮海度唐。古人傳曰：「役優婆塞身居草座，母尼乘鉢共以入唐。」』〔一〕

役小角被推爲修驗道始祖，修行於富士山。關於他浮海入唐的傳説，雖然祇是傳説，但可以看出中日文化的聯繫。役小角入唐之後，被奉爲『唐國四十三仙人中第三座也』，『以何知之者？日本國求法遣唐副學生道昭大德得五百賢聖，請住新羅山寺講法華經，時神仙每日集會，從道昭上人所説，其中第三聖人以彼倭音揚問，論義時，道昭法師驚奇云：「道昭己日本國副學生也，何所聖人乎？其諱亦如何。誰人以和音爲問哉。」時件聖人答言：我是日本國大和國金峰葛山并駿河國富慈峰等修行役優婆塞也。時道昭法師從講座下禮拜，喜悦矣。爰彼此讓敬交談』〔二〕。由此可知，富士山修驗道始祖役小角浮海入唐之後仍然堅持求法問道，并列居仙位。

此外，在《今昔物語集》中，我們也可以看到反映中日既對立抗衡又交流聯繫的故事。《今昔物語集》成書於十二世紀（平安時代後期），是日本規模最大的故事集，作爲庶民文學的代表，與貴族文學的《源氏物語》并肩。是平安朝代首屈一指的文學代表。《今昔物語集》卷二十第二個故事説的是中國的天狗與日本的天狗鬥法。所謂『天狗』，是日本本土想象出來的山神之一，也被視爲妖怪的一種，受到修驗道的影響，高鼻紅臉，手足長爪，身帶羽翼，有一定的神通法力，可以自由飛翔。但傳説他們經常與高僧作對。故事説的是一隻非常自信的中國天狗到了日本的比叡山，對日本的天狗説：中國雖然有很多高僧，但没人能妨礙我們的自由。這次來日本，是要和日本的修驗道僧人比比法力。但是結果中國天狗的隱身術和變身術被日本的天狗識破，敗下陣來，還折斷了腰骨。日本的天狗帶着中國的天狗到温泉療養，給他治好身體後就送他回中國

〔一〕《扶桑略記》（文政三，一八二〇年刊），綫裝，第十八頁。
〔二〕《扶桑略記》（文政三，一八二〇年刊），綫裝，第二十頁。

去了〔一〕。

這個由日本古人想象出來的故事，既反映了他們對鄰近大國的好奇、揣測和好勝的心理，也反映了對華夷意識的挑戰，還有自信的心態。字裏行間也能讀出，他們渴望與一直以『華』自居，而視日本爲『夷』的唐人進行平等的對話，希望能够得到『華』的正確認識和尊重，得到認可。

《今昔物語集》卷十九有『代師入泰山府君祭都狀僧』的故事〔二〕。説的是衆僧人爲了救病重的師傅，請安倍晴明舉行泰山府君祭。安倍晴明説我已占卜過，你師傅的病太重，即使舉行泰山府君祭，請泰山府君救命，也需要有人以命换命，纔能救你師傅。祇要把代替的僧人的名字寫在祭祀時的都狀上即可。衆僧人聽了之後都沉默了，祇有一位平時默默無聞的僧人站出來，願意救師傅。於是安倍晴明舉行泰山府君祭。第二天，師傅的病果然好了，而那位願意替代師傅的僧人也安然無恙。原來泰山府君被那位僧人所感動，同時挽救了兩個人的生命。兩人喜極而泣。

由此可見平安時代，泰山的信仰已經流傳廣泛。泰山府君信仰是隨着平安時代陰陽道的興起而流行的。《今昔物語集》（本朝）中還有關於陰陽師安倍晴明的故事，如卷第二十四所載的『安倍晴明隨忠行習道』，等等。

由於當時日本人并没有實際看過泰山、登過泰山，所以，當記載着泰山文化的漢籍流傳到日本之後，日本人對於漢籍所記載的泰山文化産生了好奇，并由好奇逐漸轉爲好勝和比較，也産生了許多聯想。當然，從上述泰山府君信仰流行日本、與日本陰陽道思想結合起來，可以知道，雖然在接受的過程中存在着抗衡和抵

〔一〕佐藤谦三校注：《今昔物语集》，東京：角川學藝出版，二〇一三年，第五十九—六十一頁。另可參考《今昔物語集》（本朝），東京：吉川弘文館，二〇〇七年六月，卷二十第五三一頁。

〔二〕《今昔物语集》（本朝），東京：吉川弘文馆，二〇〇七年六月，卷十九第五〇三頁。

觸的心態，但是泰山文化還是融入了日本人的思想和生活中。

江户時代的日本人并不清楚典籍中被稱爲『天孫』的岱宗是怎樣的一座山，有多高，有多大，有怎樣的風景，怎樣的神奇，連帝皇們都紛紛登山封禪。所以，從以都良香爲代表的平安時代貴族文人開始，他們把對漢籍的信賴融合到泰山文化中。十七世紀後期，陰陽道師泰重之孫泰福把泰山府君推爲最高神，創立了土御門神道，又稱天社神道、安家神道。他們用泰山的民俗信仰解釋對生命的思考，創立了自己的宗教信仰。明清鼎革之際，被視爲『夷人』的清一族掌握政權。這在某種程度上促使日本人的『華夷』觀念發生了動摇和懷疑，藉此提高民族意識和民族自信心，委婉地發出了與『華』平等對話，要求『華』的尊重和認可的呼聲。江户時代是日本的鎖國時代，一直以來通過漢籍接受着『華夷之分』的日本人產生的微妙的心理變化，在富士山地位日益提高，并逐漸被推崇至國家象徵的背景下，在民族意識的推動下，他們把自己國土内海拔最高的富士山推了出來，在文章中，用岱宗來襯托富士山的同時，也與傳説中的岱宗一較高下。泰山文化在日本的傳播，就是在這樣的聯繫、對立中展開的。

説起來，在平安時代，富士山祇是『東國』（約相當於東日本地區）的象徵，有學者指出，《源氏物語》中的『若紫』一卷提到富士山，就反映了當時人們祇是把富士山當作東國的象徵，還没有上升到國家的象徵這一地位〔一〕。從上至下推廣富士山爲民族代表和國家象徵的時代，是明治時代。有學者提出，明治時代，富士山在日本人的心目中是『最高』的山，這不僅僅是説富士山海拔最高，還包含着對富士山的卓越和美麗的肯定和自豪〔二〕。所以在江户時代，其實，許多日本人都認爲，單從海拔高度的角度來推崇富士山的『第一

〔一〕（日）久保田淳著：《富士山的文學》，東京：文藝春秋，二〇〇四年，第四十八頁。
〔二〕（日）上垣外憲一著：《富士山——聖與美的山》，東京：中公新書，一九八二年，第二頁。

高』，是不正確的，因爲比如富士山附近的八之嶽，也是差不多高的高山。之所以説富士山是日本的『第一高山』，還有文化、歷史等因素。比如《日本的心·富士的美展覽》（名古屋市博物館編，名古屋：日本寫真印刷株式會社，一九九八年）中的鳥居和之所撰的文章就論述了這一點。從本書論述的漢詩作品可以看出，在江户時代，富士山作爲日本『第一高山』的意識已經普及了。筆者認爲，富士山漢詩中多次直接表現出來的與泰山的抗衡和比較的意識，其實更多的是對華夷觀念的挑戰，對自我的認同，并渴望引起『華』的注意，與『華』進行平等對話。事實上，日本詩人在漢詩裏，不僅把富士山與以泰山爲首的五嶽進行對比，尊崇富士爲『嶽宗』，還在與朝鮮通信使的漢詩唱和中，把富士山作爲日本的象徵，要把朝鮮國内的金剛山『比下去』，而朝鮮通信使也不甘示弱，用漢詩回敬日本詩人説，我們知道富士山在日本是最高最有名的，也最美麗，但是和金剛山比，還是略微遜色。堀口育男曾撰文探討過這些圍繞富士山、金剛山一争高下的國際化的漢詩唱和，并説這樣的高低争論看起來很天真幼稚。詳細的論述，可見堀口育男的論文《正德辛卯朝鮮通信使與富士山的詩》（《季刊日本思想史》第四十九號，一九九六年十月二十日，第八十八頁到第一〇五頁）。而前文提到過的池澤一郎在他的《江户文人論——以大田南畝爲中心》第二部第五章也指出，在與朝鮮通信使的漢詩唱和中，把富士山作爲日本象徵來進行誇耀的作品，并不少見。帶着民族主義思想來詩示富士山的漢詩，大概是從蘐園學派的詩人開始的。所謂護園學派，是指江户時代荻生徂徠（一六六六—一七二八）的門人形成的一個儒學流派。護園是荻生徂徠的號。

第五節　名山形象及其傳播

日本早就接受了漢文化的熏陶，據研究發現，漢字最早傳入日本是在一世紀或更早，彌生時代中期，北九州出土了許多西漢王朝製造的銅鏡，上面有很多漢字銘文。這些銘文有不少以四言詩的方式寫就，如佐賀縣吉野里遺迹出土的公元前一世紀的墓中的一面鏡子，上有漢字銘文『久不相見，長毋相忘』〔一〕。日本人創作漢詩的歷史頗爲悠久，對中國傳統文化的認識，很多也得益於漢詩。

詩是日本人認識泰山的重要途徑。由文學博士高田真治編譯的《詩經》（漢詩大系Ⅰ），内頁就有一幅泰山的照片，并附《齊風》『魯道有蕩』一詩〔二〕。高田真治的另一本著作《支那思想與現代》第五章是『山東的巡歷』，寫了作者登泰山的見聞感受，指出泰山海拔雖不高，但極爲壯觀，而且泰山清晨有日月雙懸的奇觀，高田真治還寫了一首漢詩紀念自己登岱：『振衣岱頂五更風，夜色闌珊曉氣融。多謝玉皇開壯觀，日升月挂一天中。』〔三〕第十六章隨筆五篇裏，有《泰山和廬山》一文，高田真治基於他三次登上泰山、一次登上廬山的感受，比較了兩座名山的異同，認爲泰山和廬山的風景都優美，但是由於山東平野遼闊，四方一望，泰山顯得尤其高大，因此有《詩經》『泰山岩岩，魯邦所瞻』之言。而且泰山主要是由岩石構成，因此頗有棱角，此外他還談了泰山轎夫與廬山轎夫的不同。《名詩評釋》（明代、清代）中載有李夢陽的詩《泰山》：『俯首無齊魯，東瞻海似杯。斗然一峰上，不信萬山開。日抱扶桑躍，天横碣石來。君看秦始後，仍有漢皇臺。』〔四〕詩後有日語撰寫的字解和意解，其中有關於泰山的介紹，還引用了杜甫的《望嶽》。其他研究中國文化的著作也或多或少出現泰山文化，如《支那古代神話》第三章有山的神話，介紹了泰山府君和東嶽神的傳説及信

〔一〕蔡鳳林著：《漢字與日本文化》，北京：中央民族大學出版社，二〇一六年，第十九頁。
〔二〕〔日〕高田真治編撰：《詩經》（上）（漢詩大系Ⅰ），東京：集英社，一九六六年。
〔三〕〔日〕高田真治著：《支那思想與現代》，東京：大日本圖書株式會社，一九四〇年，第三十八頁。
〔四〕《名詩評釋》（明代、清代），東京：名著普及會，一九八一年，第八十八頁。

仰，其中第一句就是介紹泰山的：『泰山是天下第一名山，這一點自不必説。』[一] 其後引經據典，論述了泰山封禪的歷史、信仰及其影響，并特别論述了泰山府君的神職。尤其有趣的是，這本著作的封底是泰山玉皇廟神符的圖片。

在戰争時期，富士山和泰山作爲兩國的代表，其敵對意識表現得十分明顯，易君左（一八九八—一九七二）於民國二十一年（一九三二）十月游泰山而發出『定泰山爲中華民國國山』的呼聲，并用其與日本富士山對抗，『用泰山的精神消滅富士山之魔影』[二]。隨着時代的發展，泰山和富士山逐漸發展爲友好山，在對比中互相觀照，在聯繫中隨着時代共同發展，二十世紀的富士山和泰山的關係表現出友好發展、互相交流的特點。東京日日新聞論説委員横山五市撰寫了一篇文章《富士山與泰山》，開篇就説『富士山是日本第一的名山，泰山是中國第一的名山』[三]。横山五市接着説，泰山的海拔高度雖然不如富士山，但是泰山在中國歷史文化中的重要地位難以找到第二座山與之匹敵。這篇文章延續了歷代富士山漢詩中把富士山與泰山作對比的意識，除了高低的比較之外，横山五市還指出，富士山和泰山作爲各自國家的代表名山，各有各的特色。由於交通工具和出行時間等的原因，横山五市路過泰山，從車窗看到了泰山，但并未登上泰山，所知不多。至於富士山，横山五市説人們一提到日本，首先會想到『萬世一系的皇室』和『萬世一系的富士山』。日本人對他們的土地上有一座富士山而感到幸福。昭和三十八年（一九六三）的《時事通訊》刊載了一篇文章《泰山與富士山的友好》，回顧了中日風雨曲折的歷史關係，以及新時代中日友好往來的趨勢，表達了對

〔一〕〔日〕森三樹三郎著：《支那古代神話》，東京：大雅堂，一九四四年，第二三二頁。
〔二〕易君左等撰，周郢譯：《定泰山爲國山芻議校注》（内部交流研究資料），泰安：泰山文化協會出版，二〇一〇年，第十九頁。
〔三〕〔日〕横山五市：《富士山與泰山》，《印刷時報》，大阪：大阪出版社，一九四〇年十二月，第二十—二十一頁。

中日構築穩固的友好關係的展望〔一〕。

筆者曾在《日語教材富士山插圖之美育研究》〔二〕一文中探討了富士山形象的形成過程、傳播過程和在教科書中的宣傳作用。該文提出，富士山作爲教材的封面、課文或課後練習的插圖，早在江户時代（一六〇三—一八六七）的初等教科書『往來物』中就經常可以看到。明治以後的教科書中，主要在國語、圖畫、音樂的教材裏能讀到富士山相關的内容，并通常附有插圖。二十世紀初，在小學一年級的課本中已經出現富士山。其插圖，除了高聳於課本方框之上，山頂覆蓋着白雪的插圖之外，還有文字告訴學生這是日本最大的一座山。小學三年級的教材中也有一篇贊美富士山的散文，并有插圖。之後，在六年級的教材中，也出現了富士山，這次的課文内容是登富士山。從當時教材的富士山插圖可以看出，教科書繼承了歷來的三峰型富士山的形象，即插圖中的富士山山頂有三個峰頭并峙，即『三峰』富士，是富士山圖像的一個顯著特點。此外，筆者過目的富士山插圖，幾乎每一幅都畫了白雪。説到富士山上的積雪，在《萬葉集》四千五百多首和歌中，已經有多首是吟詠富士山及其積雪的了。富士山這一形象特點的普及程度已經跨越國界。在富士山漢詩中，對富士白雪的吟詠也是一個經典的主題。

筆者曾在廣東第二師範學院（原廣東教育學院）進行一次印象富士簡筆畫調查，本次共收到來自數學、化學、思政、美術、音樂等專業的一年級、二年級和三年級的大學生所畫的富士山印象圖共九十一份〔三〕，其

〔一〕《泰山與富士山的友好》，《時事通訊》（時事解説版），東京：時事通訊社，昭和三十八年（一九六三）十月二十一日（星期一），第五四〇〇號，第一頁。

〔二〕拙作《日語教材富士山插圖之美育研究》，發表於《美育學刊》二〇一六年第六期，第二十九—三十八頁。

〔三〕在此對二〇一四、二〇一五、二〇一六級的大學生的配合和畫作表示衷心的感謝！并特别對此處引用的畫作的作者：美術系沈秀玲和外語系宋思嘉再次致謝！

中，把富士山畫成一座山頂披雪的高高山峰的最多，有八十份，如下圖3–8所示。把富士山畫成三座山頂披雪的山峰相連的有九份，如下圖3–9所示，畫成兩座披雪的山峰相連的有一份，畫成五座披雪山峰相連的也有一份。可見富士山形象的傳播是比較成功的，大家對富士山的印象比較穩定，其特點也比較鮮明：白雪，一山獨秀，高入雲霄，三峰相連。

圖 3–8　美術系沈秀玲所畫印象富士

圖 3–9　外語系宋思嘉所畫印象富士

富士山的這些特點都被漢詩寫入其中，對其白雪、對其高秀、對其神秘而神聖的三峰型的山頂都極盡筆墨去刻畫，去渲染。

那麼泰山的形象特點呢？仔細觀察明清方志等資料中出現的泰山圖，泰山給人最大的特點是多座山脉連綿起伏，山中人爲設置的景點較多，如封神臺、周明堂、丈人峰、靈應宫、玉皇廟、升仙坊和五大夫松等。山上山下，布滿景點。如圖3–10所示明代茉澄所畫的泰山图。

這幅泰山圖山脉相連，其中一座山脉高高聳立，明顯高於其他山脉。這幅圖所示的泰山特點是高和山

圖3–10　明代葉澄所畫《泰山圖》

圖3–11　橋本關雪所畫《泰山圖》

脉連綿起伏。對於泰山的印象，不僅國內畫家是如此，日本畫家橋本關雪（一八八三—一九四五）的《泰山圖》，也顯示了這一特點，如圖3–11所示。

筆者就泰山印象，同樣在廣東第二師範學院面向中文系大一、大二的大學生中進行了一次簡筆畫調查，發現以下幾個特點：

第一，泰山的形象比較高大，有不少畫上畫了很小的人在行走，以襯托泰山的高大。

第二，群山連綿的形狀。

第三，杜甫的《望嶽》影響較大，不少學生在畫紙上題寫了整首《望嶽》詩或其中的兩句、四句。

第四，泰山的宗教信仰比較突出，有些畫在泰山上畫了廟宇。

第五，祇畫局部的泰山景點，如迎客松、五嶽獨尊石刻、雲海。可見泰山的一些景點比較有名，大家印象比較深刻。

杜甫的《望嶽》對泰山形象的塑造起了巨大的作用，《望嶽》詩的普及與杜甫的聲名，以及我國基礎教育教輔材料選用了這首詩有很大關係。杜甫作爲唐代『詩聖』，聲名遠揚，《望嶽》中的『會當凌絶頂，一覽衆山小』膾炙人口，可謂婦孺皆知。教輔教材方面，《小學生經典誦讀》中，有《望嶽》〔一〕，詩歌後還有解釋和對泰山的介紹。《初中生語文專題訓練（中考衝刺版）》中也有關於《望嶽》的習題訓練〔二〕。《中學生學習素養讀本·詩詞中的哲學》也選録了杜甫的《望嶽》，并對此作哲理分析〔三〕。《學生必背古詩詞精選（彩圖版）》也選録了杜甫的《望嶽》〔四〕。《語文記憶》中的『初中篇』録有杜甫的《望嶽》〔五〕。《大學語文》（二十一世紀全國高等院校規劃教材）也有杜甫的《望嶽》〔六〕。《望嶽》一詩形容泰山高入雲霄，登上山頂讓人有豪邁雄壯之感，故曰『蕩胸生層雲，决眥入歸鳥』，又曰『會當凌絶頂，一覽衆山小』。詩中還形容泰山山體龐大，甚至可以『陰陽割昏曉』，泰山連綿起伏，故曰『齊魯青未了』。這首詩所寫的泰山的這些特點，都基本反映在了泰山印象簡筆畫中。在我國九年義務教育中，『這首詩在初中語文教學大綱背誦篇目中排序第二十』〔七〕，通過基礎教育的推廣，泰山的形象也隨着杜甫的《望嶽》走進了萬千學子的心裏。值得注意的是，杜甫的《望嶽》與泰山形象和文化在日本的傳播也具有不可忽視的重要影響，關於這一點，本書第三章進行了詳細而深入的論述，此處從略。

〔一〕胡憲和、王海燕、吕天旭主編：《小學生經典誦讀》，長春：吉林人民出版社，二〇一五年，第一〇八頁。
〔二〕孔立新主編：《初中生語文專題訓練（中考衝刺版）》，西安：陝西師範大學出版社，二〇一五年，第九十二頁。
〔三〕胡興松編著：《中學生學習素養讀本·詩詞中的哲學》，深圳：海天出版社，二〇一五年，第十四—十七頁。
〔四〕張新國主編：《學生必背古詩詞精選（彩圖版）》，北京：北京時代華文書局，二〇一四年，第一一九—一二〇頁。
〔五〕尹軍華編：《語文記憶》，廣州：南方日報出版社，二〇一六年，第三十三頁。
〔六〕楊三成、張翠萍主編：《大學語文》，北京：新華出版社，二〇〇六年，第一五七—一五八頁。
〔七〕馬光復編著：《中華文史精粹中學背誦本》，上海：上海遠東出版社；北京：北京工業大學出版社，二〇〇〇年，第八十四頁。

話説回來，泰山山體由多座山峰連綿相續組成，這可以説是目前筆者從這些簡筆印象畫中發現的泰山形象的最大特點。如果是這樣，那麽，在人們印象中，泰山與其他山脉的區别在哪裏呢？如果把這些畫着層巒疊嶂、連綿起伏的山脉群體的畫去掉所有文字説明，拿去給别人猜，估計很多人都説那衹是山，并没有什麽特别，也并没有能够讓人一下子反應過來，認爲那就是泰山的標志或者特徵。

筆者爲此對泰山研究院的研究員做了一些訪談，并請泰山研究專家畫了簡筆畫。多年來從事富士山與泰山文化比較研究的樊老師的簡筆印象畫反映了這一特點，其所畫富士山和泰山如圖 3–12 所示。

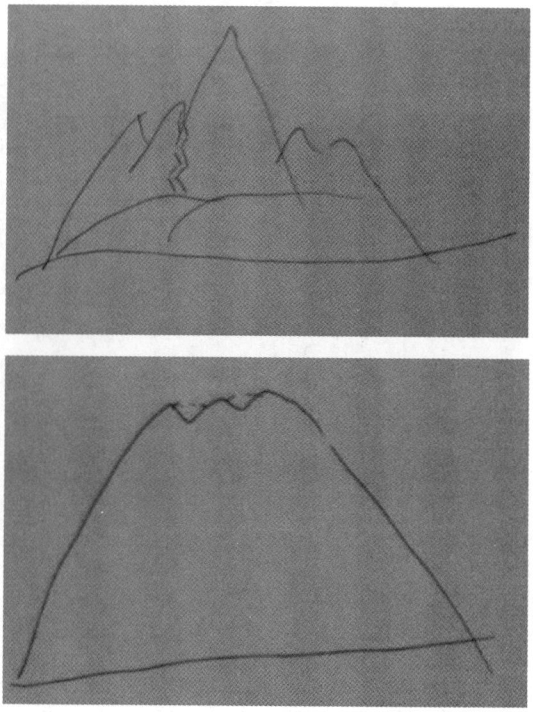

圖 3–12　泰山研究院樊老師所畫的泰山（上）和富士山（下）

從畫面可以明顯看出，富士山在樊老師的腦海裏輪廓比較鮮明、印象比較深刻，而泰山的畫作不像富士山那麽特點鮮明。據樊老師説，她畫富士山的時候没有思考，直接就能畫出來，但是畫泰山的時候想了好久纔畫出來，而且其畫作直接受到泰山學院和泰山研究院的泰山標志的影響，如圖 3–13 所示。

從圖來看，泰山多座尖尖的山峰相連，層巒疊嶂，綿延起伏。但這一山形特點，也是其他山脉普遍存在的特點。據樊老師所言，她家就在泰山脚下，畫泰山的時候，還是費了些時間纔畫出來的。她印象深刻的是

圖 3–13　泰山學院標志〔一〕　泰山研究院標志〔二〕　泰山風景名勝區管理委員會官網圖標〔三〕

晴天可見的模糊的十八盤，腦海中對泰山的印象，是一個群體山脉，没有一個精準的輪廓〔一〕。而另外一位在泰山研究院的研究員也被問到泰山爲何被畫成這樣的時候，她回答説大部分的山都是這樣，而且泰山本身就是多座山脉相連的〔二〕。她的回答反映了人們對泰山的形象特點把握就是綿延起伏的山脉群體。泰山學院王雷亭院長認爲泰山的形象有厚重穩當且大氣磅礴的特點，有泰山如坐之感，而目前的泰山形象圖標則缺少這種特質〔三〕。可見，對泰山形象的看法，衆説紛紜，難以統一。讓人能够從衆多連綿起伏的山形圖中一眼

〔一〕在此感謝樊麗麗老師接受筆者的采訪，談了對泰山和富士山形象的感受，并賜予畫作。
〔二〕在此感謝泰山研究院張琰老師的介紹和回答，并對周郢老師提供的協助和研究資料表示感謝。
〔三〕在此感謝泰山學院王雷亭院長接受筆者的訪談并不吝賜教。
〔四〕該 logo 來源於泰山學院官網。
〔五〕該 logo 來源於泰山研究院，特此鳴謝。
〔六〕感謝泰山風景名勝管理委員會宣傳部馬主任提供的清晰版的官網 logo。

認出泰山的標志性形狀特徵，到底是什麽呢？

在大學生所畫的泰山印象簡筆畫中，也能看出泰山形象的多樣化特點，由此可見泰山形象的模糊性和不統一，如泰山風景區管理委員會的標志又與上述的泰山圖標不同，是由『泰山』兩個字的草書和一個紅太陽組成的，由於文字的提示作用，一看就知道是泰山，如圖 3–13 所示。

泰山文化歷史悠久，含蘊豐富，要抽取其最大最鮮明的特點畫出來，并讓人一眼就能辨認出那就是泰山，這比較困難，加上泰山山體本身就是由多座山脉相連，綿延不斷，因此其形象的簡化并非易事。圖像學的研究表明，人們往往是從物體本身抽象到思想，再用詞語來進一步抽象思想并表達它〔一〕，如果反過來，從詞語還原到思想，再從思想還原物體并用圖像表示出來，中間不僅隔了兩層，并且會遺漏許多詞語和思想所蘊含的隱喻意義。因此，要把歷史悠久而積澱深厚、内涵豐富，本身山體形狀就連綿起伏、形態各異的泰山抽象簡化爲三兩筆的簡筆畫或一個特點，是難以想象的。而且，不得不承認的是，泰山不像富士山那樣被如此廣泛地應用於各種各樣的圖像標志，甚至商品廣告中；也没有如此普遍地深入到民間的日常生活裏。

對富士山漢詩的研究，不僅是研究關於富士山的漢詩，也是對中國文化和中日文學交流歷史的研究。通過富士山，通過江户時代日本人所創作的富士山漢詩，可以看出中日文學交流是何等密切，日本文學對中國古典文學的吸收，範圍廣、影響遠，日本文學中的漢詩一脉，取得了讓人驚訝的成果，漢詩的創作至今在日本綿延不絶，日本的漢詩人除了象牙塔裏的學者，也有忙碌市井之中的普通人。在對中國古典文學的吸收過程中，日本漢文學形成了自己的特性，發展了自己的特色，與日本傳統文化融匯在一起，奔騰在日本文學的長河裏。

〔一〕〔美〕W.J.T. 米歇爾著，陳永國譯：《圖像學：形象、文本、意識形態》，北京：北京大學出版社，二〇一二年，第二十三頁。

下篇　解題與影印

一、《富士紀行詩》解題與影印

《富士紀行詩》，快菴先生（快菴大森君欽舜民）著。大森快菴同時也刊行了《甲斐叢記》（甲斐叢書刊行會編，甲府市：少國民新聞社，昭和八年十二月），朝川善菴爲之作序，記述了大森快菴的生平及其晚年專心於著述的事迹。《甲斐叢書》最後還有一篇大森快菴的略傳，今據此簡述大森快菴的生平，供讀者參考：大森快菴爲甲斐國（今山梨縣）人，其家離富士山不遠，寬政九年（一七九七）出生，幼名宗十郎，後改名爲七郎左衛門，名欽，字舜民，快菴爲其號。其家世代務農，快菴壯時，頗有任俠之風，後因挺身解救良民被流放他鄉，不久獲免，回到江户（今東京），入朝川善菴門下，學經史，習國學和劍法。四五年後回到故鄉，初從祖業務農，後改從商，得陶朱之富，多善舉。晚年於鄉里召集弟子教學，并從事著述。嘉永二年（一八四九）卒，享年五十三，其墓設於報恩寺。本書所影印的《富士紀行詩》，天保二年（一八三一）刊，一册，和裝。灰蓝色封面，四眼綫裝，刻本長十八厘米，寬十二·一厘米，題簽上書『不二紀行詩』，由於日語中，『不二』與『富士』發音相同（ふじ），富士山有時又被爲稱『不二山』（含獨一無二、舉世無雙之意）。題簽長十三·一厘米，寬一·九厘米。内封上題：天保辛卯秋新鐫，快菴先生著不二紀行詩，詩史園藏。并有方形藏書朱印。

刻本半頁八行，行十八字，四周單邊，烏絲欄，版心處題書名和各卷名稱，單魚尾，下有頁碼，版心下有『詩史園』三字。有詩佛序、五山序、朝川序，有柳灣館題詞、竹谷崧菴題詞，三汝圭所畫富士山圖，另外還有廣瀨冲、二宫督、源亮、廣瀨章、水野行、竹村易、宇佐美明、土橋魯、天野亮、三井惟明、青島純、菅井俊之、松井濤、岡鹿門的題詞（均爲漢詩）。有江户曾繩卿所撰後序、述堂所作跋。現所影印的《不二紀行詩》爲國立國會圖書館所藏。

W131
142
新鐫
快菴先生著
詩史
62. 2. -5

東海中[illegible]我[illegible]不二

之[illegible]世[illegible]

[illegible]

於[illegible]不二[illegible]

[illegible]及[illegible]

[illegible]

不二見行　詩佛序　一　詩史閣

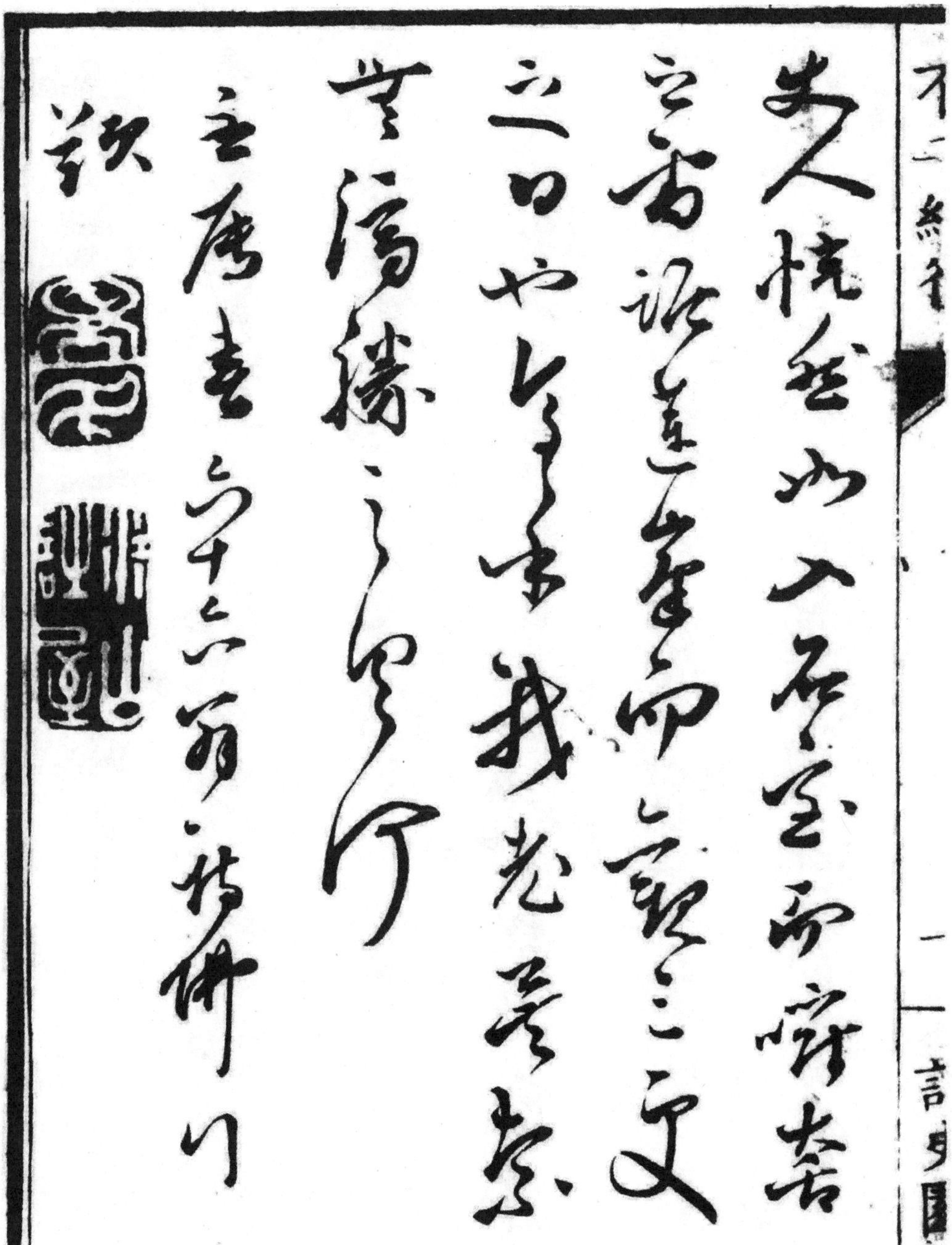

[illegible] 五山序 一 [illegible]

古之詩人咏富士者中畫
手為寡彩[illegible]佳[illegible]書[illegible]之
此是[illegible]風[illegible]不[illegible]畫
之此後之換地為之描
至之然來以為描富山之
緣[illegible]快尾擧歲而風

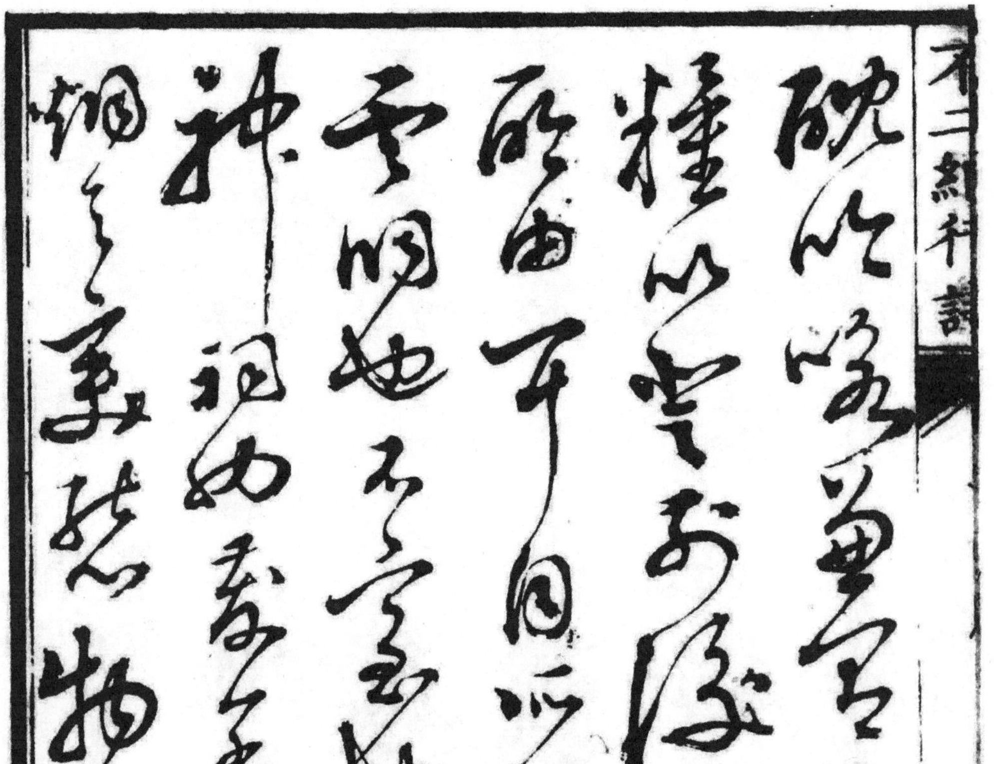

五山序　二　詩

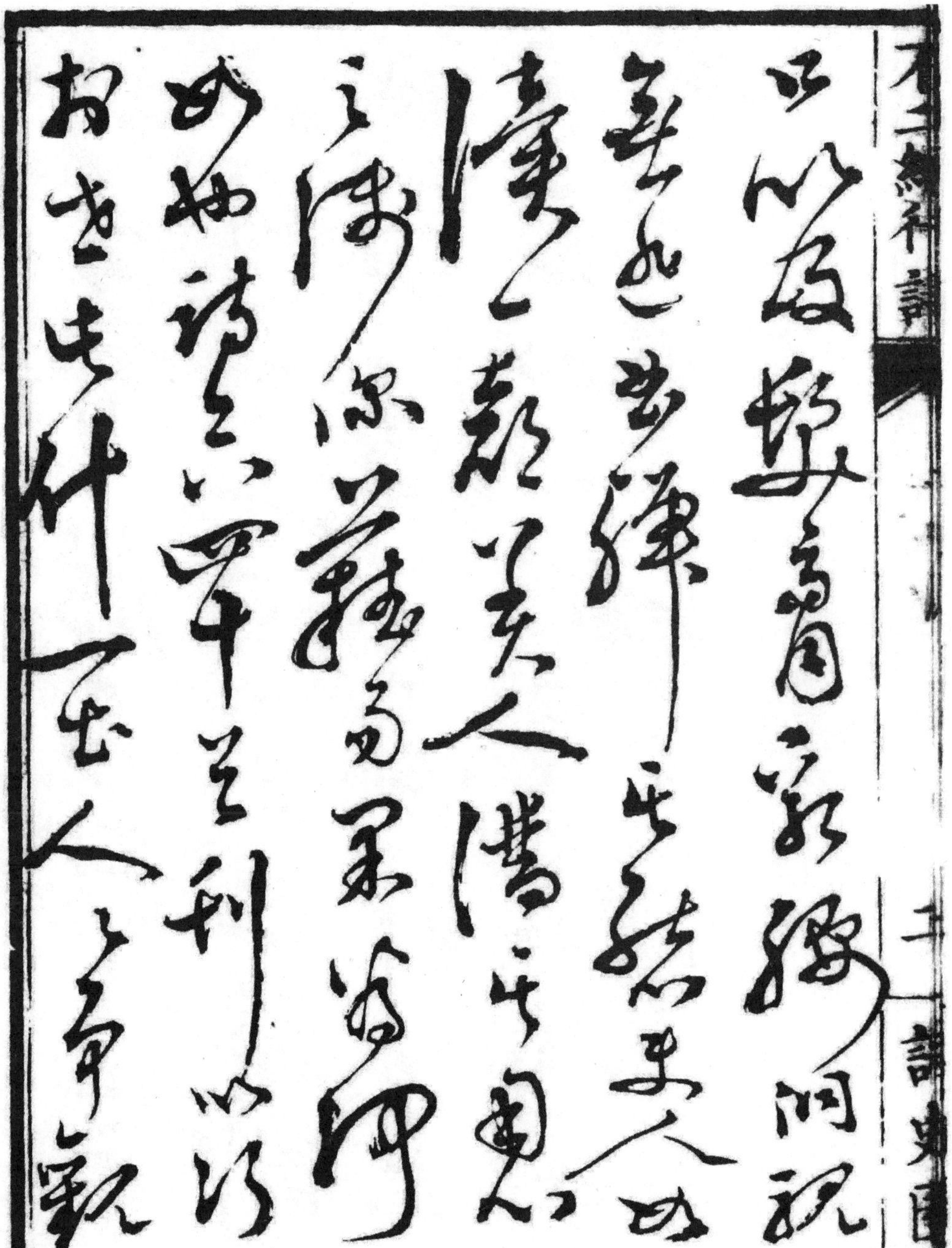

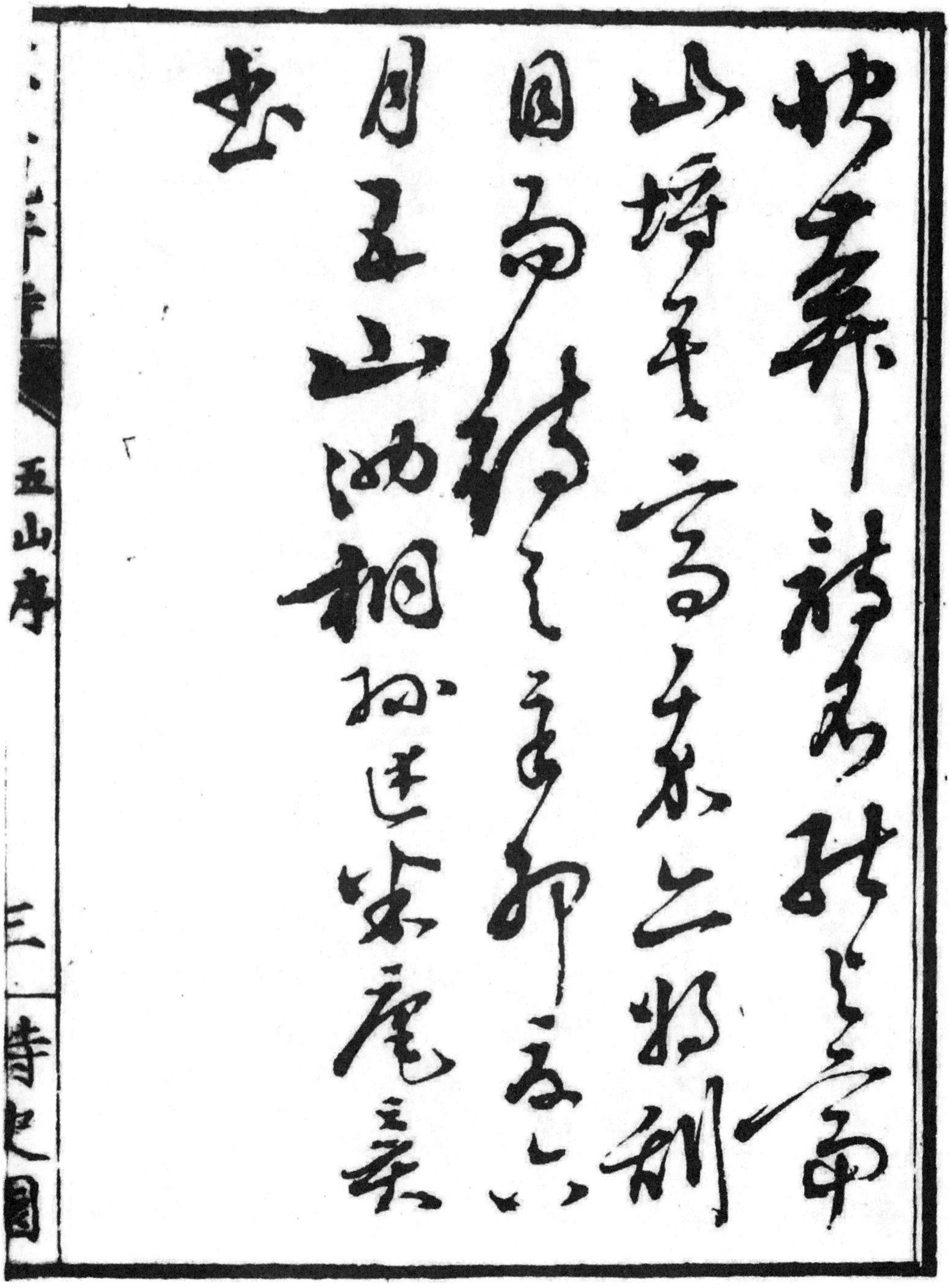
五山序　三

郁嘉平刻

富士紀行詩序

富士之距江戸三十里而遠其間箱根諸峯競秀爭奇孤聳撑空而富士獨塊然踔其上超出於三十里外其氣象雄偉莫之與京余又屢過山下近看遠看横看側看亦渾厚雄英

面々蓮華。不要奇而自奇。不求工而
自工。宜哉。其盤踞三國。嬰提孝穿而
傑出於東海之表。余遂以是移而論
士之要奇行怪。好殊異乎人。屡々之
豪傑自許者。抑亦山之雲仍也。何足
以為高哉。嘗為快庵道之。而快庵

頃日以其富士紀行詩見示余受而
讀之其山四時積雪雖六月必具紫
衣而登僅至半腹則一眸千里自有
小天下之志既而雲出捲雨風起飛石
倏忽變幻不可端倪其積石峨々嶄
巖危險絶巘深崖如削如鑿千奇

萬恠。莫可名狀。於是。寤然悟曰。豈惟山哉。士之不可以皮相論也。夫所謂英傑之士。胸中磊磈。自有一段豪骨存焉。苟徒見其渾厚雄義。以爲心是而已。則何能盡其人哉。古人云。看山如覓畫萬年。信哉。壬辰二月

初午日善庵朝川鼎撰蓑湖巻

大任書

題詞

一枕午窗睡思奇芙蓉萬
仞劈雲披豈言闲夢無嘉
兆傳得名山覽勝詩
登嶽新詩讀一回心胷斗
覺豁然開吐辭緣應多清

氣知勢千秋積雪来
靜讀佳編想峻標三峯聳
秀玉崔嵬待　君絶項重登
日更聽吟聲冲碧霄
柳灣館梲漫草時年
七十

我詩元自屬無聲
君畫有聲如許鳴
若把圍棋試相比
讓君今日十分贏
　於菴道人歌

煙嵐濃淡霧紛披百
里名山多少詩知是胸
中幾丘壑一層吐浮
一層奇

崧庵辻崧題
雨邨田耕書

碧波澄漾夕陽收滿
面清風涼似秋湖上
青山看不盡輕舟早
已到津頭古舟至河口泊
前船俾快庵森欽
湛齋弟書

汝圭圖

甲陽川口湖真景
西湖
鵜島

汝圭圖
吉田
舟津
蘆屋崎
老坂
川口村

芙蓉眺望川口湖爲最奇也余屢
遊川口頗盡奇景今秋復来游
焉會　大森舜民不二紀行之
詩刻成仍圖其髣髴以弁卷端
天保辛卯九月甲子
盤礴居士三汝圭誌

不二紀行詩題詞

廣瀨冲魁屋

芙蓉勝槩入詩来豪藻瑰奇絶點埃讀至一聲

長嘯句使人羽化上蓬萊

二宮督信菴

閑把詩篇子細看山峰萬壑在毫端讀至芙蓉

白雪句頓覺茅堂六月寒

源亮澹然

讀了新篇四十首神奇不盡與山高生憎此老
登無力獨使快菴詩句豪

廣[illegible]一谿

蟻穴邯鄲人世事素心盡是入幽眠曉風吹醒
登山夢四十新詩在枕邊

水野行　江堂

新詩翻卷坐三更不盡山風透骨清無限罪根
渾滅了亡疑兩腋羽翰生

竹村易洪齋

吟人攀上萬尋峯貪景仙梯數駐節寫出新詩
許多句瓊瓊積作小芙蓉

宇佐美明 立庵

東海名山千萬仞世間誰復可爭高八稜突兀
神仙窟何料收來在兔毫

土橋魯 松所

雪肌冰骨更雲鬟妝出天邊萬仞山奇絕風光

仙窟秘新詩露洩落人間

天野亮　適齋

石室煙巖奇又奇讀來清氣透人肌經過萬疊
白雲裏不是尋常一樣詩

三井惟明　恒山

第一東方不二山點雲拂盡好躋攀詩家膽力
何豪壯句句驚人傳世間

青島純　適齋

携得詩囊鎮長閑壯遊蹈破白雲間騷人幸福
無餘憾吟遍東方第一山

菅井俊之　蓼園

膽氣平生勢出群飄然鵬翼九霄摶雲鞋去討
神仙窟不盡烟霞在筆端

松井濤　煥齋

靈嶽曾成天外遊風雲唱和氣清遒從來君有
奪袍手不似巴吟覆甕頭

岡　琢麓門

一唫一讀益神奇果識聲名不我欺自古人稱景濂句比君真箇是凡詞

不二紀行詩

甲斐　快菴大森君欽舜民　著

富士之勝不獨本邦稱之雖異域亦稱揚不置故古今騷人墨客至畫家者流各窮其所能贊成其美實神仙之所宅也文化丙子余始登此一瞬千里殆盡天下奇觀小詩二十首以記其勝槩云

湖蜺名山太古春春妝鎮見木花神炎天六月

氷消日雪汁和鞋禱福人

一鑿穿来又一邱山中氣候似涼秋茫茫沙界

寸眸裏齊楚不論風馬牛

陰雲閣雨晝昏昏杜宇聲聲消客魂萬古千秋

題字客嵓頭斜墨幾痕存

鶴飛華表已千年三國名高第一山知否詩人

豪邁在仙寰秘景奪天慳

六根清淨響鈴聲七尺金剛杖自輕身落霧中

渾不覺上層人踏白雲行
徐福當年来海外訪仙採藥不歸鄉如今遺跡
無尋處山上唯餘大禹糧
詩囊携去扣神仙千仞振衣自冷然莫恠此行
無妙語驚人猶可恐驚天
行掃朝来數片霞天成棧路曲如蛇名山石室
書堪秘更擬立言成一家
雲樓霧閣席無温冷殺詩思入夢魂下瞰扶桑

東海暁石欄干外湧紅暾

不似人生行路難幾多墨客競躋攀我将探盡

洞天秘長使奎文満世間

建久年中出狩時功名千古殺青垂今逢四海

昇平日筆捲波瀾又一奇

八州入眼海山開寰宇初知至小哉一帯只看

湘水碧瑤池分派自天来

借得真人九節筇雲梯歩歩討仙蹤来遊玉井

蓮池上王母壇邉第幾峰

元氣蒼蒼蒸太空百盤鳥道費神工人人膽落

難攀處寫入快菴詩句中

三日詩人偷得閑朗唫飛去出壓寰滿天星斗

按圖寫身與風雷總不關

八稜峰聳更崔嵬人跡委蛇路僅開陰壑氣蒸

看似淺脚根容易踏雲来

三峯積雪入眸睛秀色居然凉意生一夜驚回

巖上夢天風透骨不堪清
碌碌燒砂看似空叓無一
登山嶮身落茫茫醉夢中
樹只聞風下山初覺
投宿羈亭恰似歸援毫書句未斜暉腕頭資得
山靈助不怪雲烟紙上飛
幾歲神飛殆不持遊期今日得時宜山中勝景
無遺漏一一收來入小詩

丁亥閏六月再登富士山次前韻

曾遊儫揹十餘春復向葭陀拜岳神巫祝慇懃
詢鄉貫三枚嶺券付行人山中以契券選人員地有三一日金剛杖二日八合三日

絶頂

竹輿扶憊陟高邱桔梗胡枝隨處秋行到馬田
時矚目相山如馬峡山牛
古木蕭森夾路昏行人到此欲消魂御釡巖上
曾題句蘚蝕沓封字半存
辜負煙霞十二年羼顔無恙舊知山重遊今日

堪慚愧脚力〻前不奈慳
山中買得金剛杖石磴雲梯步步輕怪底前回
遊賞路雪拋松檜絕人行（山中喚詠雪擁樹木曰雪拋）
求藥来披榛莽坐淡雲輕霧異塵鄉靈根認得
兩三種也是秦人養病糧
路轉山胥尋小嶽古祠一座更巖然忽驚脚下
陰雲暗雷霆無端倒走天
行行只覺咽烟霞路架青空更委蛇直到不毛

窮髮霙雲峒石室兩三家

山中無復酒呼温粥飯粉餮慰旅魂下視塵寰

天未曉蒼波萬頃浴朝暾

欹傾當面覂艱難石角巖稜耴次攀回顧白雲

堆去路不知身出碧霄間

十二年前登覽時山雲閣雨雨將垂重遊逢此

晴光好俯仰乾坤第一奇

雲物看看四面開豁然眼底望悠哉欲將詩句

酬州奇景恐被山靈冷笑來
一雙飛屐一枝筇窮險搜奇躡舊蹤多謝山僮
剛大力護吾直到八稜峰（山中喚擔重鄉導者曰剛力）
八稜突兀聳晴空驚看神奇造化工塵界無些
遮眼物丘山都在指呼中
杖屨高凌雲霧間身如羽化出人寰一聲長嘯
驚仙客陣陣剛風吹帝關
凌雲披霧上崔嵬俛看滿天星斗開行過瑤池

群飲處紫微宮闕按圖来
不識人間三伏熱皚皚氷雪栗將生洞中一滴
金明水洗得詩人肝肺清
燒砂嚙嶠須奔路雙脚堪輕似御風突兀芙蓉
五千仞冷然飛下霎時中
羊腸一路度雲歸纔到山村已夕暉困極牀敷
先就睡夢寬猶繞絶巔飛
八葉含靈長護持貯雲留雪四時宜要知不盡

山奇絶試讀快卷居士詩不盡字出萬葉蟲麻呂之國什

富士紀行詩後序

古稱詩不可以已也。夫人非木石。心非死灰。誰其不感物而動者。況山川邱壑之秀潔。花鳥風月之清雅。意之所觸情之所感。苟非假此物。何能伸雅懷乎。往者予與直叟風登芙蓉。百嶺層出。奇石並峙。既而至半腹。則一目千里何啻小魯。心游萬仞精騖八極。其爽快不可言也。友風皆能詩之。而余不能詩之。至今憶昔日之遊。猶之夢境矣。余每憾焉。友人快葊者峽人也。性卓犖豪爽。好讀書。亦善詩頃日有不二紀行詩四十首。字字爛粲。句句煥炳。丹臒其山川。錦繡其草木。

余之曩者欲言而不能言者。迺能言之。不唯使余無遺憾。又能使夫都人士足不涉頃步者。坐瞰山中之奥秘。則詩之不可以已也。不學詩無以言。夫子之云。不亦宜乎。

天保辛卯秋　江戸曽繩卿撰

尾惟德書

余病喘數月。吟節不出戶。覽披古人紀游詩文。以供臥遊。一日乃友人怏庵富士紀游詩而讀之。再四吟咏。漸倦就睡。吹之。一聲大辨而醒。侍兒驚問所以。乃曰吁吾夢游山〻隷〻絶。不覺呼奇乎。既曰〻樂可想爲不知山爲何名。請試射之。君嘗比〻富士。又無憾矣。一陟其巔。神之所游。果必富士山矣。年樹解曰。好兒子。能得吾心。其夢中所經樹叢隙。泉幾線。何巖奇。何石最怪。

雲雨萬變。可觀世態。山海一眸。是

小天下者。爲東一夕話。之乃喫酒藥一

碗。攪枕將之。驀然咳嗽。而口不能

持。囙指示曰。何勞饒舌。是篇可以

述堂跋　二

代焉。已取富士紀游詩投之。及刻成。
豈爲跋。庚寅孟冬。江戸述堂片山揃淺
於小泉書院。

蔣塘大竹培書

二、《富士山上真景縮圖》解題與影印

江户時代後期手寫繪本，烽臺山人原賢畫，大坪君之需模寫，成於嘉永五年（一八五二），彩色，長二十七厘米，寬十九．三厘米，封面有題簽，綫裝，内頁右下角有三邊長方形『柳河氏藏書』朱印。第一頁圖左上方有『特許局圖書』方形朱印。每幅圖長三四厘米，寬二十四厘米。所畫爲山麓到山頂的富士山登山圖景，各合目的神社、泉、石、雲霞等景點刻畫細緻。包含了許多民俗信仰資訊。末頁有手寫漢詩一首，曰：『不二峰頭景最幽，由來天下自無儔。神奇寫得圖新就，便是使人爲卧游。』現所影印的《富士山上真景縮圖》爲國立國會圖書館所藏。

眞景縮圖
全
特許局圖書
224
W166
N43

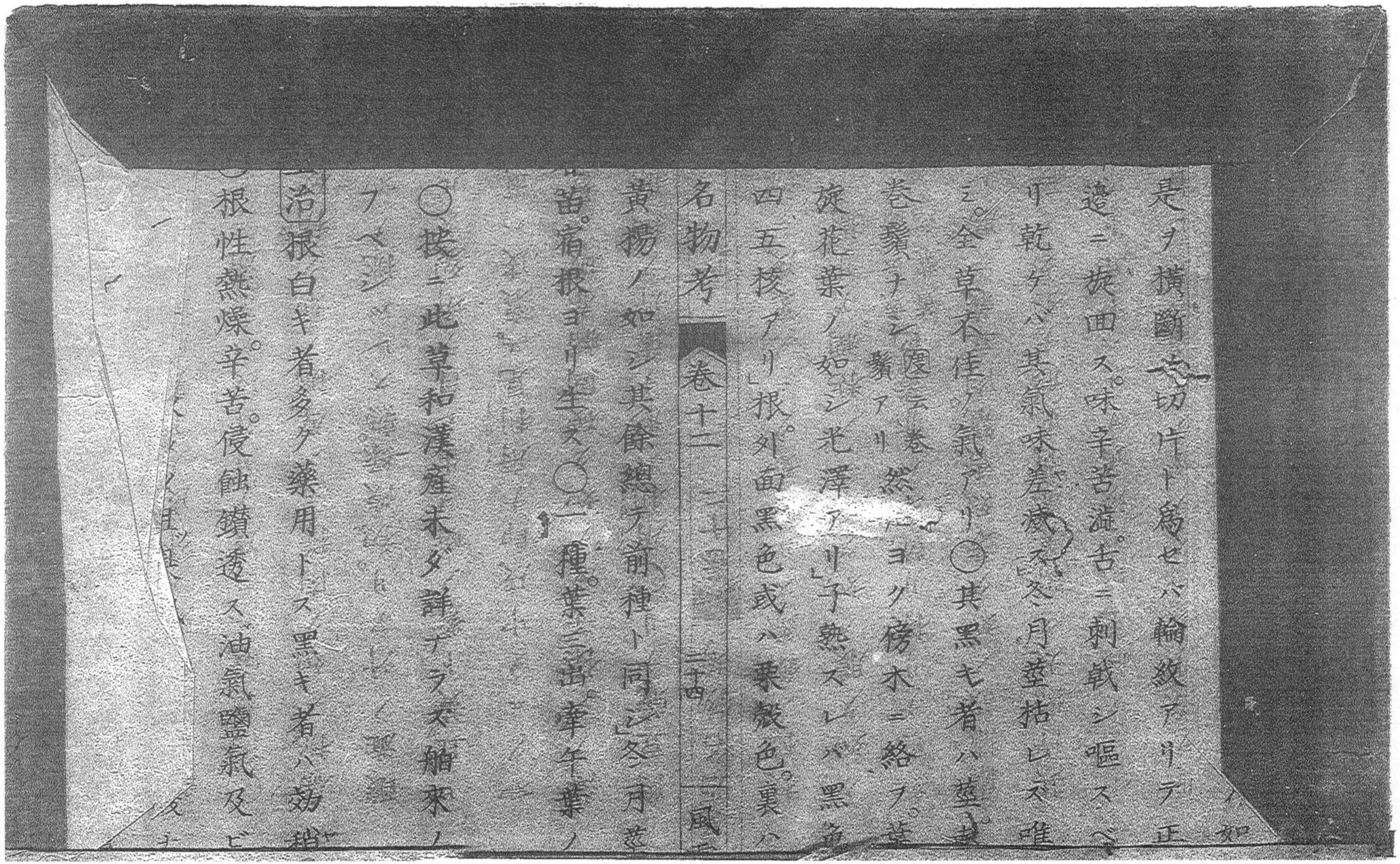
是ヲ横斷シテ切片ト爲セバ輪紋アリテ正
邊ニ旋面ス。味辛苦澁。舌ニ刺戟シ嘔スベ
リ乾ケバ其氣味差減ス。冬月莖枯レズ唯
ニ。全草不佳ノ氣アリ○其黑モ着ハ莖
巻鬚ナシ。圜云巻鬚アリ然レドヨク傍木ニ絡フ。葉
旋花葉ノ如シ光澤アリ「子熟スレバ黑色
四五椏アリ」根。外面黑色或ハ栗殻色。裏ハ
名物考　巻十二　二十四
黄楊ノ如シ其餘總テ前種ト同ジ。冬月莖
苗。宿根ヨリ生ス○一種。葉三出。牽牛葉ノ
○按ニ此草和漢産未ダ詳ナラズ舶來ノ
フベシ
治　根白キ着多ク藥用トス黑キ着ハ効
○根性熱燥。辛苦。侵蝕鑽透ス油氣鹽氣及ビ

古吉田之圖

金山
桂川
明見道

上吉田宿

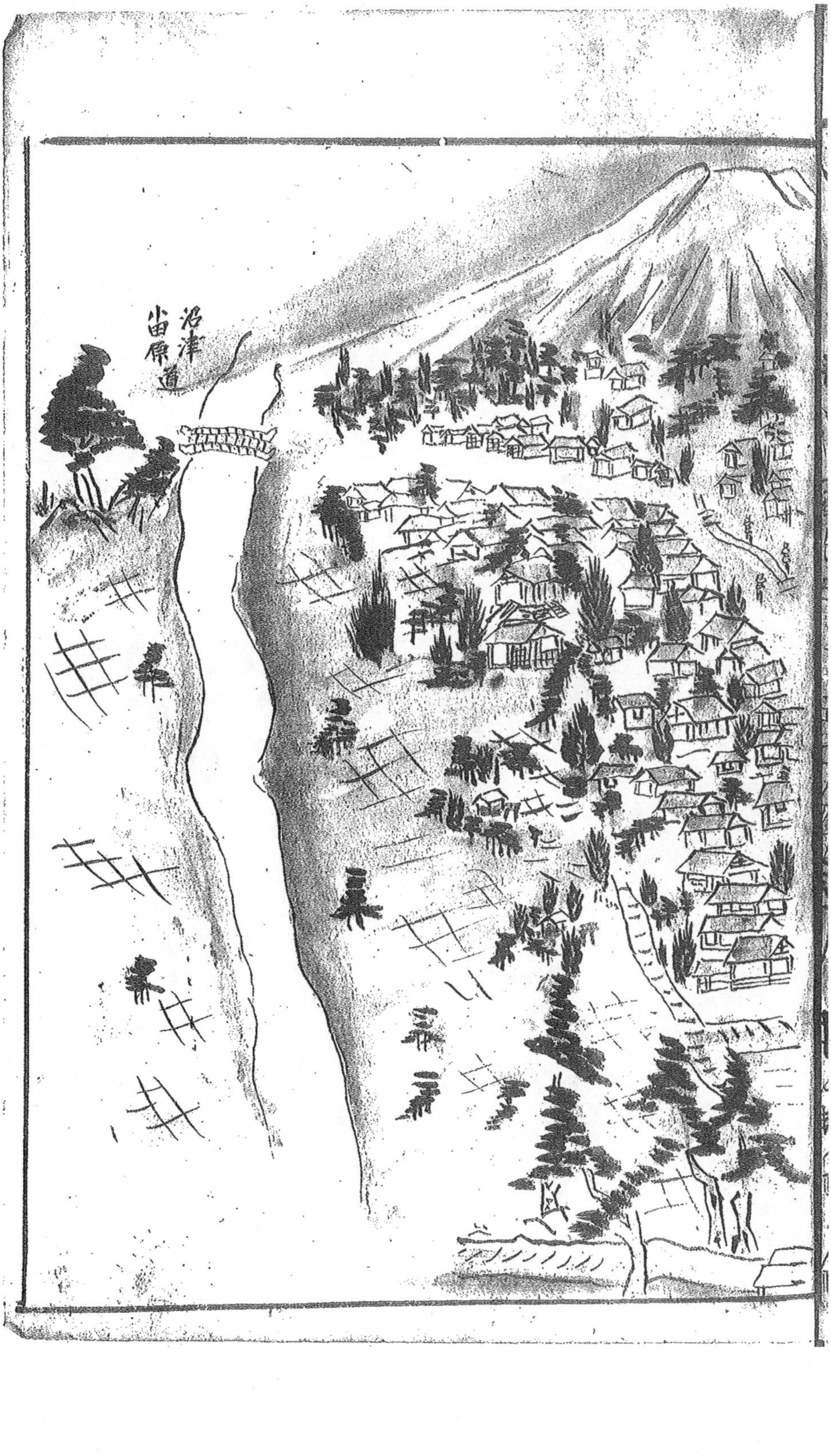
沼津
小田原道

淺間宮社
祭神三座
天津彦々火瓊々杵尊
大屋嶋津義命
木花開耶姫命
胎内道
國司社

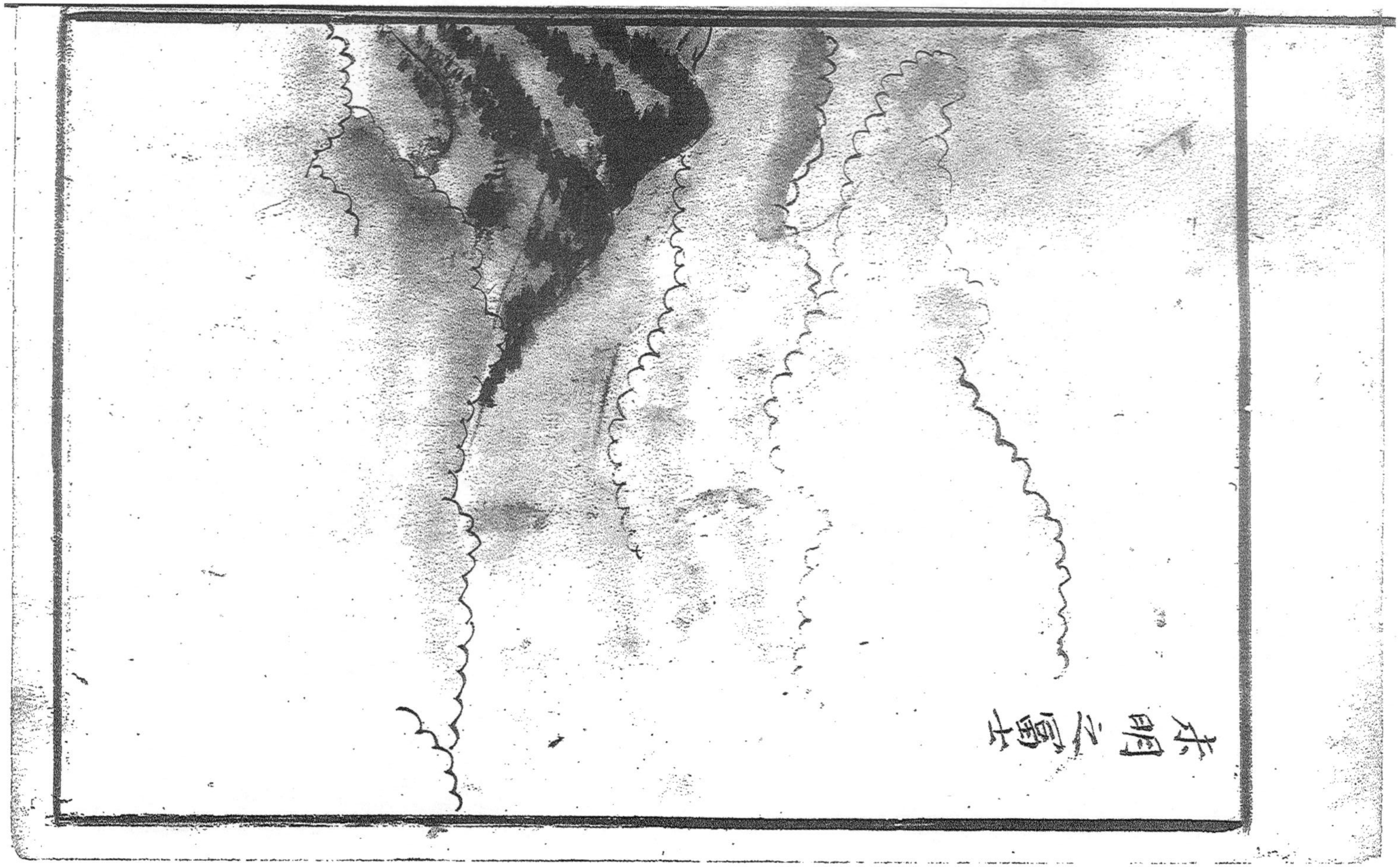
未明之富士

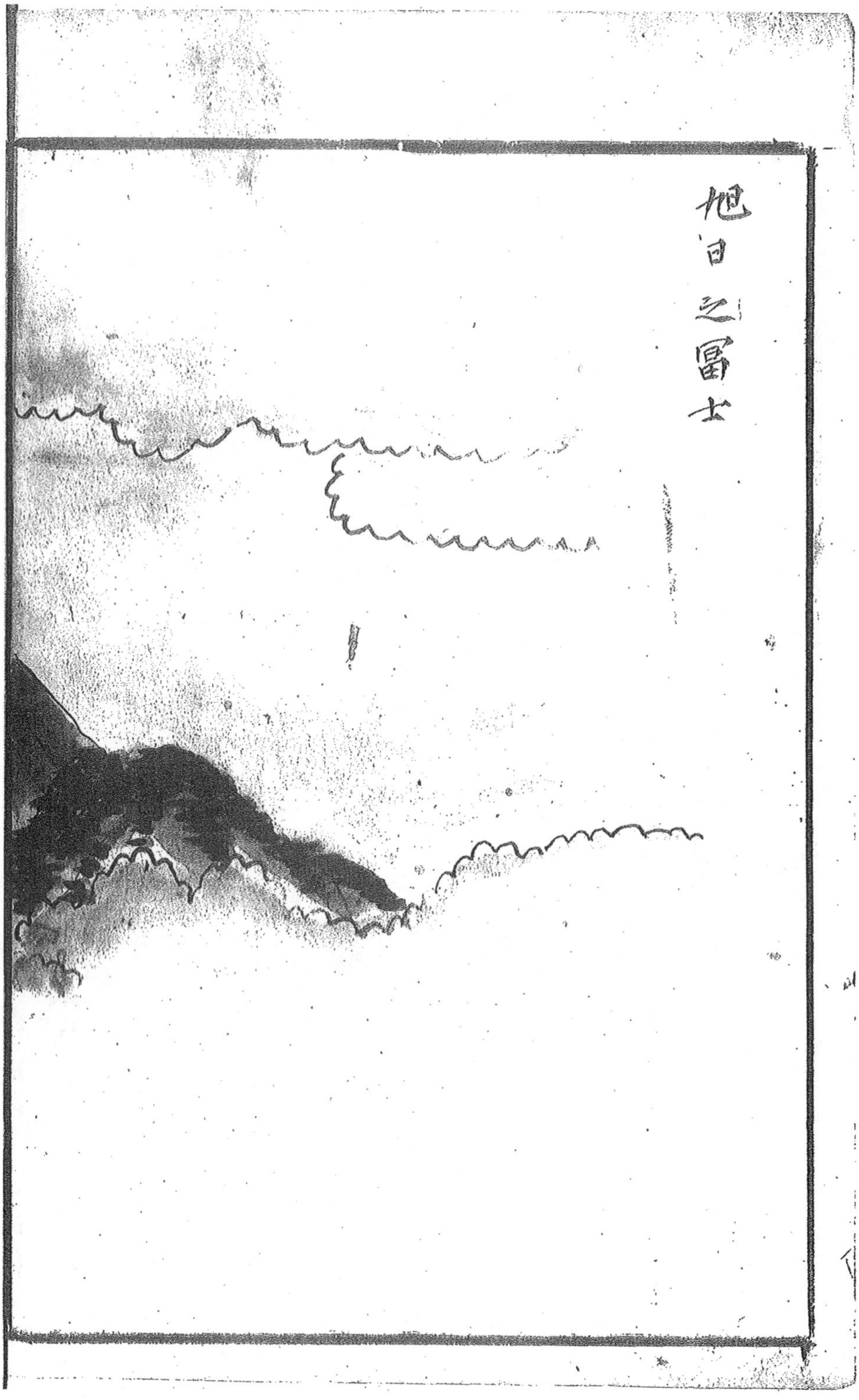
旭日之富士

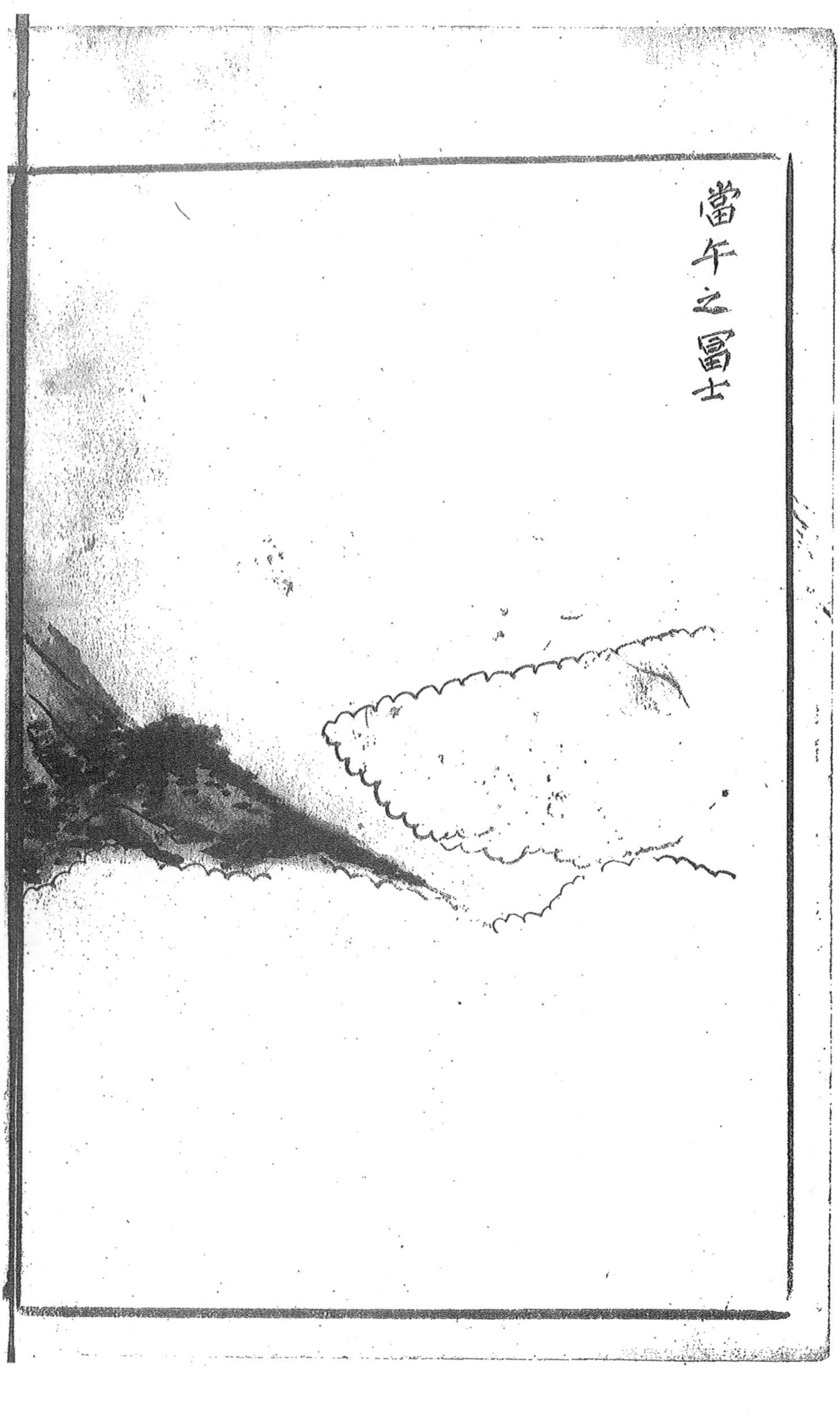
當午之富士

夕暮之冨士

諏訪森出口

三里ヶ原始

源頼朝公
當山御狩
之時以弓
探奉祈念
則湧出泉
中茶屋

父母御胎内
舟津道

吉田道

中之茶屋
胎内道

龍ヶ馬場
大炭山
トリヱ木
竜ヶ馬場

八久掛松

鈴原御馬返

一之嶽大日社

二合目一之鳥居

二合目
小室淺間社
行者堂

女人
御来迎場

二合目中改役所

女人来迎道

二合目 金剛杖役場

三合目

四合目開運大黒天

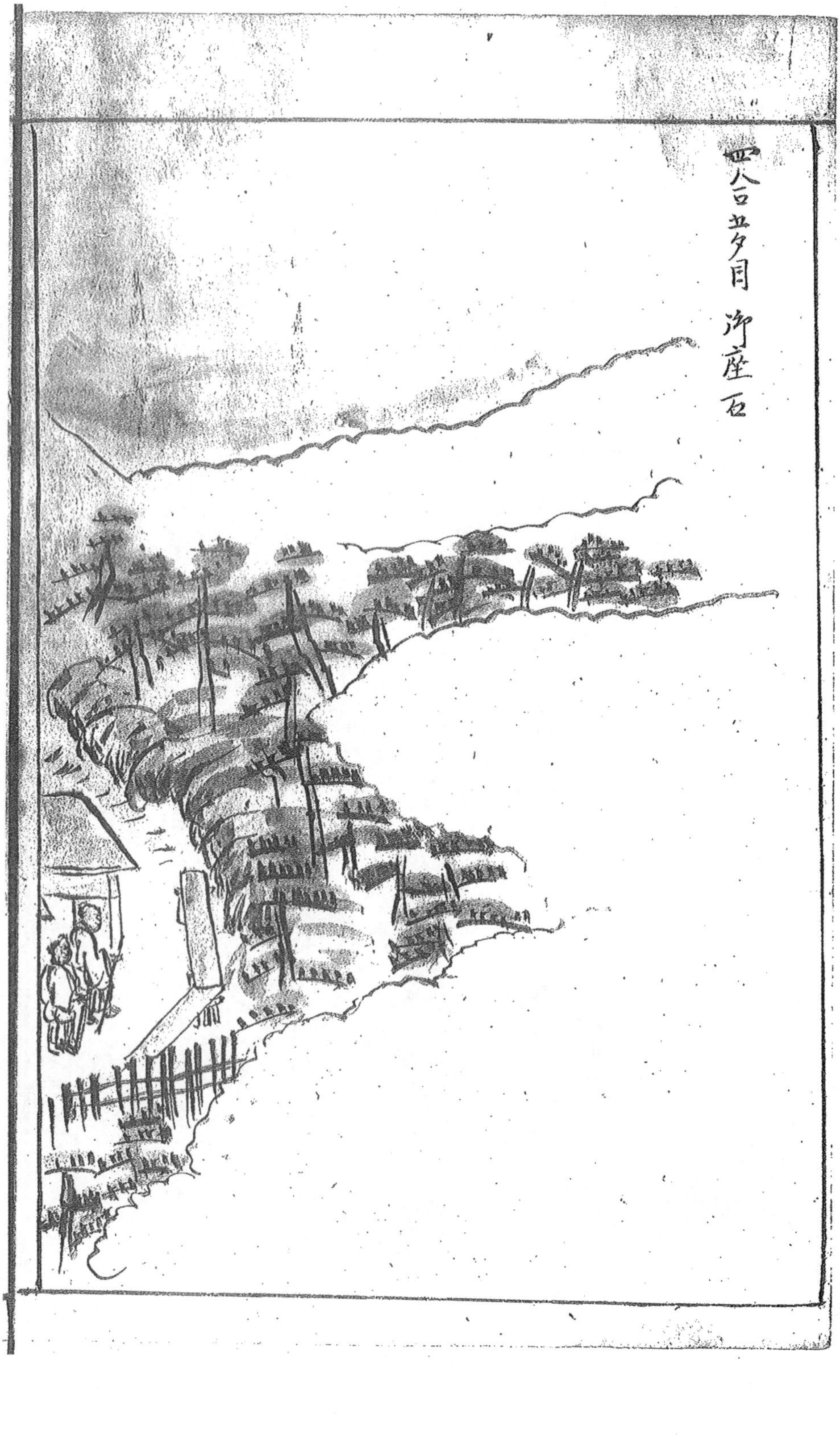
四合五勺目 御座石

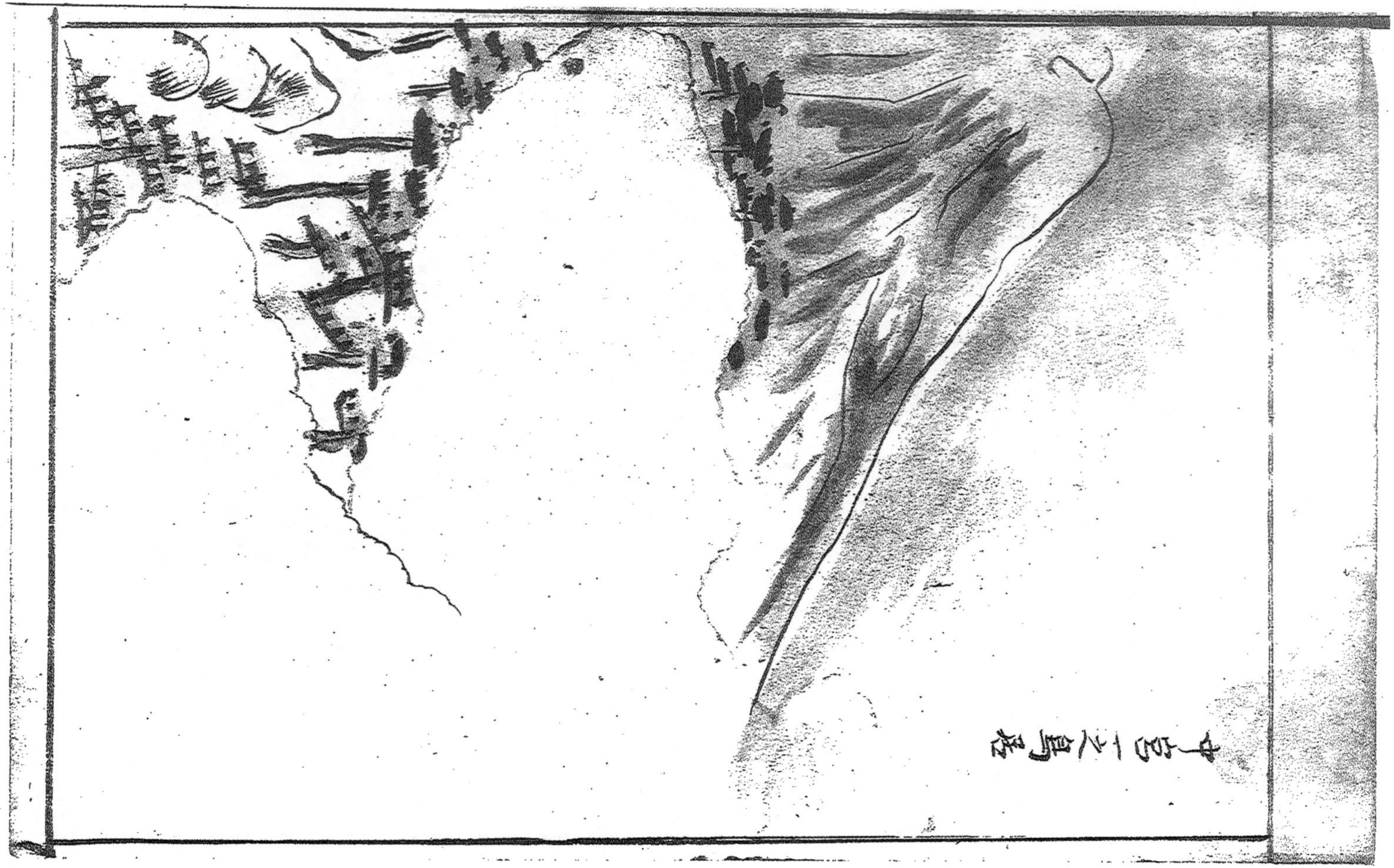

中宮役塲

天地境浅間社
小御嶽一ノ鳥居

淺間社

小御嶽一之鳥居入口
従是十八丁

ヨコフキ

経ヶ嶽日蓮上人
百日行場

同

同神満岩ト唱

ハシリ

仝
烏帽子岩
ハシリ

八合目

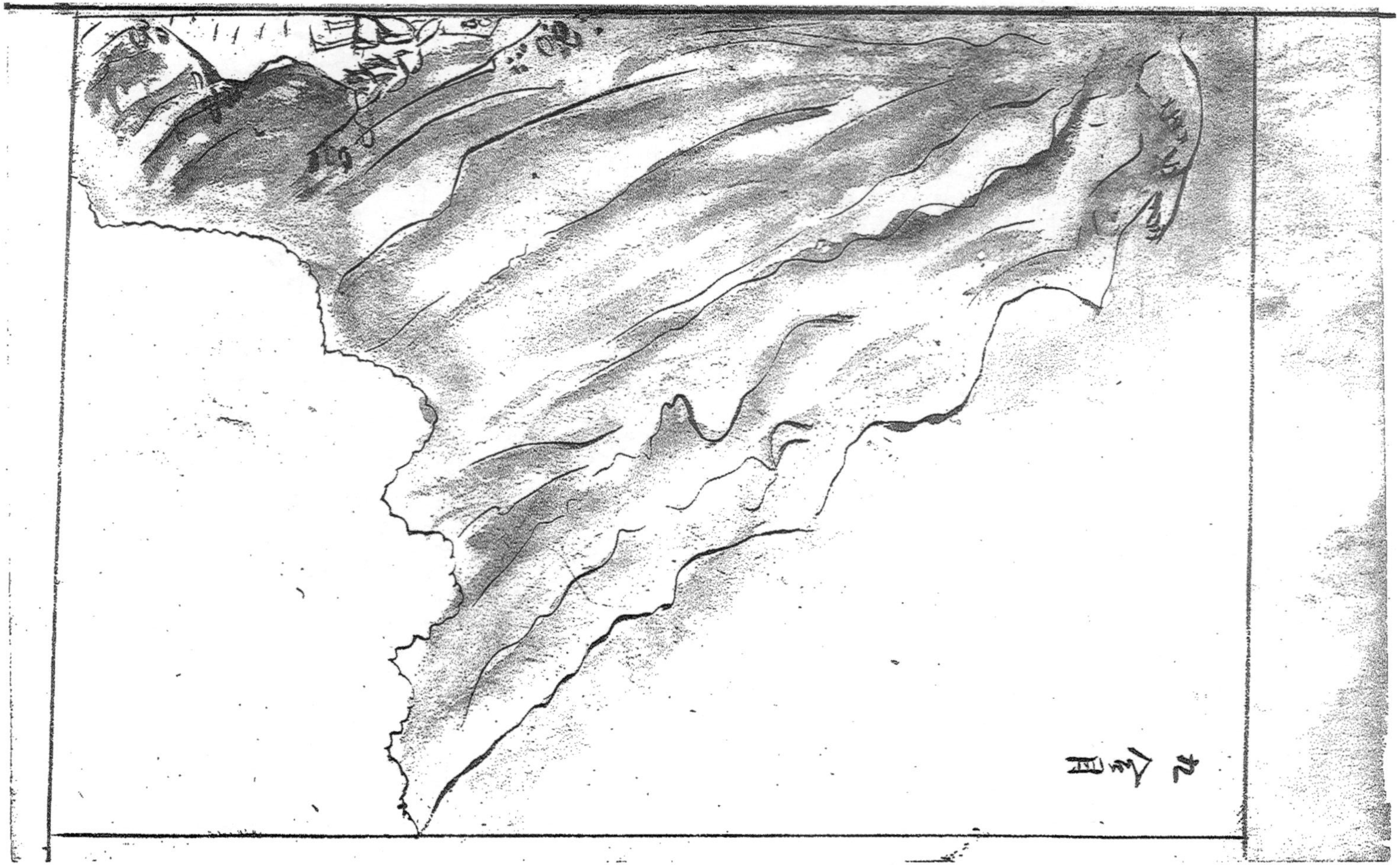
九合目

胸突

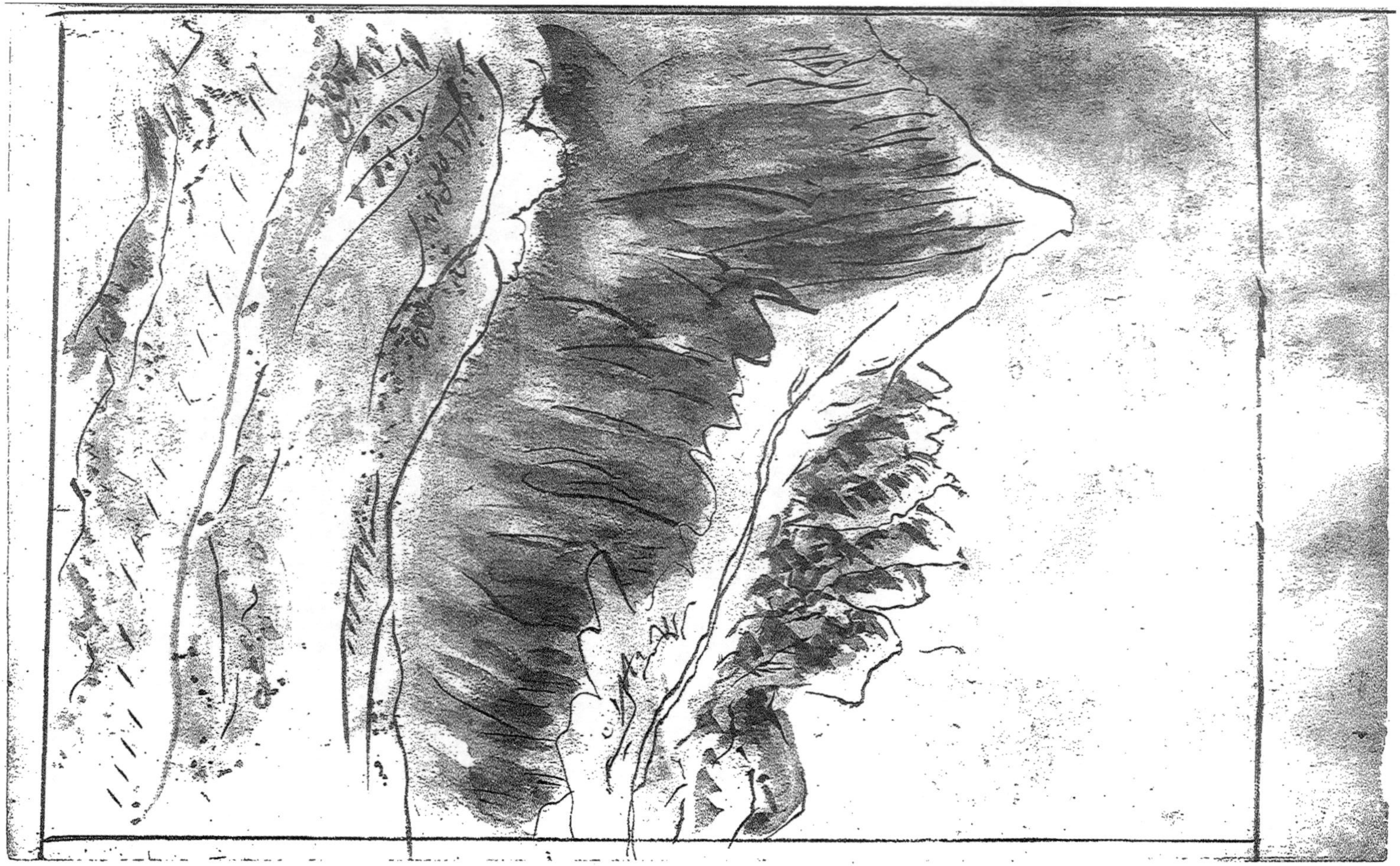

セリシガ窟

サイノ原

シ大ケ嶽

無明橋

劔之峯

甲斐國吉田口御写の祝
山澤年人深賀信謹寫

不二峯頭景最幽由來天下
自無儔神奇寫得圖新就使
是使人為卧遊

嘉永五年歲次壬子十一月應
大坪君之需摸寫　烽臺山人原賢

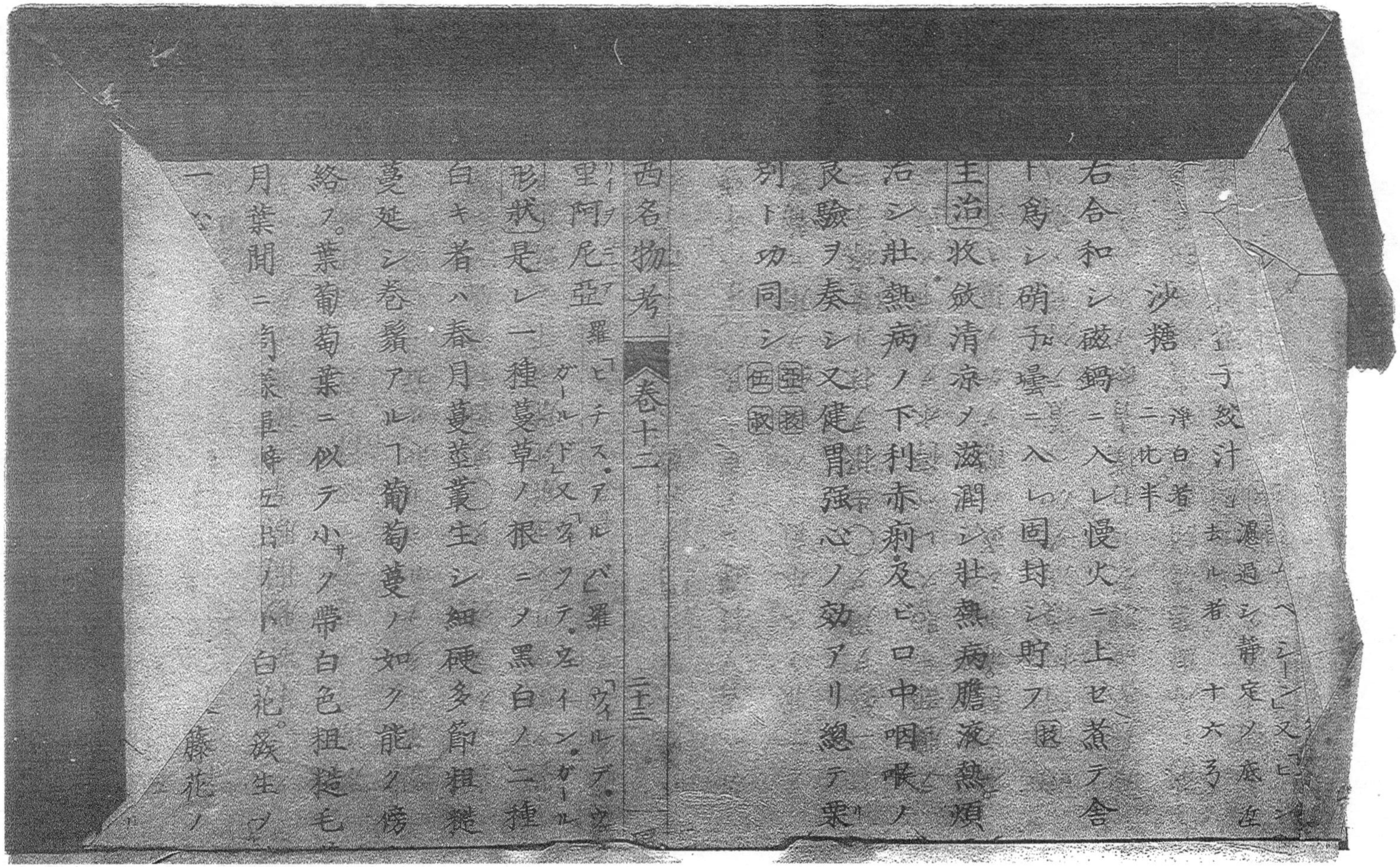

ベシーン」又「ビ
ヲ絞汁シ濾過シ靜定ノ底在
去ル者十六ろ

沙糖 二匕半 淨白者

右合和シ磁鍋ニ入レ慢火ニ上セ煮テ含
ト爲シ硝子壜ニ入レ固封シ貯フ
主治 收斂清凉ノ滋潤シ壯熱病膽液熱煩
治シ壯熱病ノ下利赤痢及ビ口中咽喉ノ
良驗ヲ奏シ又健胃强心ノ効アリ總テ果
列ト功同シ

西名物考 卷十二 二十三

里阿尼亞 羅「ピチス・アルベ」羅「ウイルデ・ウ
ガールド」又「ウァイン・ガール」
形狀 是レ一種蔓草ノ根ニ黑白ノ二種
白キ者ハ春月蔓莖叢生シ細硬多節粗糙
蔓延シ卷鬚アルヿ葡萄蔓ノ如ク能ク傍
絡フ。葉葡萄葉ニ似テ小サク帶白色粗糙毛
月葉間ニ　白花ヲ簇生ス
一　藤花ノ

後書き：富士山漢詩の研究について

本書はその名の通りに、富士山を焦点にして、それに関連する漢詩を論じるものであるが、漢詩の論説だけではなく、民俗や山の信仰などにも触れた。漢詩と山の信仰の諸相との関わりを考えつつ、『詩経』及び『神仙伝』さらに唐代の詩などの中国の文学との比較研究を含み、約十年にわたって研究したものである。

日本の研究者は中国の文学や山の信仰などに対して、あまたの研究成果があるのに対して、中国側では日本の最も有名な山についての研究が少ないという現状を痛感し、私は日本の漢詩漢文を起点として、日本文学への探索を始めた。

中国には富士山に関しての資料が管見の限り多くはないため、論説以外に本書では国立国会図書館にある江戸時代の富士山資料を取り上げ、復刻の許可を貰った上で影印し、中国で公刊することになる。従って、本書は上編と下編により構成され、上編は私の富士山漢詩についての研究で、合わせて三章十五節により構成するものである。第一章は富士山に関する漢詩文献とその先行研究である。第二章は富士山の漢文学、及びそれと泰山の民俗との関係についてである。第三章は富士山の漢詩と泰山の詩についての比較研究である。その中に、江戸時代の富士山漢詩と杜甫の五言詩「望嶽」との関係を例として、日本人の富士山への感慨や誇りを精緻に分析した。

本書の下編は影印の文献とその解題である。影印の文献は二つあり、『富士紀行詩』と『富士山上真景縮図』を選んだ。全て江戸時代の文献であるが、『富士紀行詩』は江戸後期の儒者大森快庵の漢詩集である。『富士山上真景縮図』は嘉永五年（一八五二）に成立した漢籍で、富士山登山の図を主とし、漢詩は一点だけあるが、『富士雪譜』以外に、富士山の絵と詩についての資料として、『富士山上真景縮図』は珍しくて、中国の研究者に紹介すべきと思った。

本書は江戸時代の日本人詩人が書いた富士山の漢詩を主な研究対象にして、民俗や物語などの視点からも研究を行っている。なぜ江戸時代へ関心を持つのかといえば、その理由は簡単だ。周知の通りに、江戸時代が日本の漢詩の実を結ぶ時代だからである。その上、鎖国政策を実施した江戸時代においても、日本と中国の交流は相変わらず継続していたことも面白い。この時代には、膨大な資料が残り、日本と中国の研究者が研究すべきものが数多くある。

江戸時代に入り、富士山の漢詩集は多く出ており、それを通じて、日本人はどのように漢詩を以て、富士山を詠じているかがよりよくわかる。日本人にとって、「外国文学」としての漢詩漢文は全然難しくないように、漢語と中国の古典を自由に操る様子に私は感心した。日本人の漢詩漢文は中国との違うところは何だろうか、と富士山漢詩の分析を通じて、本書ではある程度解明できたと思う。

私の博士論文は泰山をはじめとし、中国の名山文化と詩についてであった（二〇一二年，上海師範大学）、論文では、富士山の信仰にも言及したが、それについては今後の課題にし、私と富士山との約束になった。そして、富士山漢詩の単著を二〇二〇年の夏に無事に出版できることで、私は富士山との約束を叶えたという感じがして心より嬉しくなる。

本書を出版する際に、いろいろなお教えをいただいた日本と中国の方々に、一つ一つ名前を列挙するのは紙幅の限りでできないが、この場を借りて、心より感謝の意を表したい。特筆すべきは、日本国際交流基金及び国際日本文化研究センターである。日本語が専門ではない私にとって、日本研究を徐々に進められるのは、上記の両方のおかげである。その他に、東京学芸大学の佐藤正光教授と国際日本文化研究センターの荒木浩教授にはいろいろなお力添えを賜り、私は貴重な研究資料を入手できた上、日本文学への理解が深くになった。今後は、江戸時代の百物語についての研究を頑張って行こうと決意している。